회귀 경찰의

리셋 라이프

The Reset Life

회귀 경찰의 리셋 라이프 38

초판 1쇄 발행 2024년 9월 20일

지은이 ㅣ 한길
발행인 ㅣ 최원영
편집장 ㅣ 이호준
편집디자인 ㅣ 박민솔
영업 ㅣ 김민원 조은걸

펴낸곳 ㅣ ㈜ 디앤씨미디어
등록 ㅣ 2002년 4월 25일 제20-260호
주소 ㅣ 서울시 구로구 디지털로32길 30 코오롱디지털타워빌란트 1301-1308호
전화 ㅣ 02-333-2513(대표)
팩시밀리 ㅣ 02-333-2514
E-mail ㅣ papy_dnc@dncmedia.co.kr
블로그 ㅣ blog.naver.com/gnpdl7

ISBN 979-11-364-5582-6 04810
ISBN 979-11-364-2581-2 (SET)

Papyrus Modern Fantasy

한길 현대 판타지 장편소설

회귀 경찰의 리셋 라이프

38

PAPYRUS
파피루스

1장. 귀국(2)

귀국(2)

"억?!"

우당탕!

햇빛이 얼굴을 밝힘에 기겁하며 일어나 방을 빠져나간 종혁이 낯설지만 낯설지 않은 거실의 풍경에 멈춰 선다.

"아니…… 하아."

매일 똑같이 반복되는 자신의 모습. 아무래도 오랜만에 집에 왔다고 너무 풀어진 것 같다.

"나도 일 중독이야, 일 중독."

머리를 긁적인 종혁이 기지개를 켜며 화장실로 향했다.

딸랑!

"어머, 최 서장!"

씩 웃은 종혁이 뷔페 안을 바라본다.

9시가 넘었음에도 사람들이 제법 들어차 있는 뷔페. 가만 보면 절반 이상이 정혁빌딩의 세입자다.

'어제도 무쟈게들 달렸나 보구만……?'

뷔페에 있는 세입자 대부분이 대학생들인데 하나같이 얼굴이 퉁퉁 부어 있다.

고개를 저은 종혁은 일단 비빔밥 그릇에 국부터 듬뿍 펐다. 그도 어제 꽤 달렸기 때문이다.

"오, 황태국."

역시 어머니는 센스가 넘쳤다.

지이잉! 지이잉!

"예, 최종혁입니다."

―서장님―!

"아, 강력계장님. 무슨 일이십니까?"

―언제 오십니까!

"하하. 미안하지만 신안으로 내려가는 건 좀 더 지켜봐야 할 것 같습니다."

―예?!

"저도 휴가는 즐겨야죠. 그리고……."

종혁의 표정이 가라앉는다.

"전에도 말했듯 군민들 숨통을 좀 더 틔워 줘야 하고요."

신안 전체를 뒤집었고, 신안 군민들 전원이 관련자다. 아무것도 모르는 아이들을 제외한 전원이.

당연히 자신이 껄끄러울 수밖에 없었다.

사건 이후 계속 엉덩이를 뭉개고 있었으면 모르되, 이렇게 자리를 오래 비운 이상 좀 더 풀어 줘야 했다.

'이왕이면 인사이동 전까지 계속 자리를 비우는 게 좋겠지만……'

그럴 수는 없었다.

"때가 되면 돌아갈 테니까 결재 서류는 계속 제 메일로 보내 주세요. 그보다 사건 진행은 어떻게 되어 가고 있습니까?"

-……후우. 어제부로 마지막 피의자에 대한 선고가 내려졌습니다.

형량이 가장 낮았지만, 그래도 징역 18년.

경찰을 준비한다고 했던 20세의 청년이었는데, 앞으로 경찰은커녕 노가다도 하기 힘들어질 것이다.

"좋네요. 알겠습니다. 그럼 계속 수고해 주시고, 군민들과도 계속 어울려 주세요. 돈은 계속 보내 드리겠습니다."

꽉 닫힌 군민들의 마음의 문을 두드릴 돈.

-……알겠습니다.

"예, 오늘도 파이팅입니다. 수고하세요."

통화를 종료한 종혁은 빈자리에 앉았고, 그런 그의 앞에 믹스커피를 든 고정숙이 앉는다.

"안 내려가 봐도 돼?"

"괜찮아요."

"정말? 벌써 2주째잖아."

"에헤이. 괜찮다니까. 밀린 휴가 쓰는 건데 누가 뭐라해."

솔직히 괜찮지 않다. 벌써 2주 동안 아침 운동을 빼먹었기 때문이다.

'아무리 최근에 일이 많았다지만…….'

정말 내일부터는 긴장을 다시 끌어올려야 할 것 같다.

"그보다 이번 주말엔 어떻게 하실 거예요?"

벌써 5월이다. 4월에 벚꽃 구경을 가지 못했으니 다른 구경이라도 가야 했다.

"알았어. 안 그래도 시간 빼놨어."

"오케이. 그럼 아들은 밥 먹겠습니다."

종혁은 재빨리 퍼 온 밥을 국에 말았고, 고정숙은 오랜만에 집에 붙어 있는 아들의 얼굴을 빤히 바라보다 몸을 일으켰다.

벌써 2주째, 이제 아들의 얼굴은 볼 만큼 봤다.

* * *

웅성웅성. 와글와글.

"후우우."

서울역 인근의 카페 앞, 종혁이 담배 연기를 길게 내뿜는다.

오랜만에 사우나에서 땀을 쭉 빼고, 때도 밀며 광을 낸그.

다 피운 담배를 꺼 근처 쓰레기통에 버린 종혁이 카페 안으로 들어간다.

"아이스 아메리카노 한 잔이랑 카라멜 마끼아또 한 잔 이요."

"네. 결제 도와드리겠습니다."

진동벨을 들고 빈자리에 앉은 그가 메고 온 가방에서 태블릿 PC를 꺼내 들다 멈춘다.

"하아. 진짜 일하기 싫네."

봄비조차 내리지 않는 화창한 봄날.

답답한 사무실을 벗어난 건 다행이지만, 그럼에도 일을 손에 놓을 수 없다는 것이 우울할 뿐이다.

"그래도 해야지."

어쩔 수 없이 해야 된다.

결재는 심장이다. 결재가 막히는 순간 경찰서 업무도 마비되는 것이었다.

투덜거리던 종혁은 곧 어젯밤 사이 있었던 일들을 검토하기 시작했다.

"후우. 끝났…… 억?"

종혁이 어느새 앞에 앉아 있는 미인에 깜짝 놀란다.

"왔으면 말을 하시지."

"저도 사회인인데 그럴 수 있나요."

"미안해요, 시연 씨."

홍시연은 아니라는 듯 고개를 젓는다. 솔직히 집중하는

종혁의 모습을 구경하느라 시간 가는 줄 몰랐다.

"대신 맛있는 거 먹으러 가요. 가고 싶은 곳 있으면 어디든 말해요."

"어디든요? 비행기 타고 먹으러 가자고 해도요?"

"홍콩 갈래요?"

"……방금 건 진짜 아저씨 같았어요."

"아니, 방금 건 진심인데……. 이 아가씨가 무슨 음흉한 생각을 한 거지?"

"이, 일어나죠!"

얼굴이 빨개져 일어나는 그녀의 모습에 피식 웃으며 따라나선 종혁이 카페를 나서자 그녀를 불러 세운다.

"잠깐 서울역 좀 들르고 가요. 가방 좀 넣어 놓고 가게요."

오랜만에 데이트다. 몸도 마음도 가볍고 싶었다.

"오늘은 차 안 가져오신 거예요?"

"날이 너무 좋잖아요."

이런 날 차 안에서 시간을 보내면 좀 아쉽지 않을까.

"그래서 운동화를 신고 오라고……."

"숭례문 거쳐서 덕수궁까지. 오케이?"

"연인끼리 덕수궁 돌담길 걸으면 안 좋다던데……."

"돌담길만 안 걸으면 되죠."

"그런가?"

아무래도 좋다. 종혁과 함께할 수만 있다면 말이다.

둘은 손을 꼭 잡고 서울역으로 향했다.

"아, 여기 잠시만 있어요. 금방 다녀올게요."

"네, 알았어요. 얼른 갔다 와요."

고개를 끄덕인 종혁이 서울역 안으로 들어서는 순간이었다.

퍼어엉!

서울역 역사 안에서 들려오는 커다란 폭발음.

눈을 부릅뜬 종혁이 재빨리 홍시연을 본다. 많이 놀란 것인지 몸을 움츠린 채 흔들리는 눈으로 종혁을 보는 그녀.

하지만 그것도 잠시다. 이내 입술을 깨문 그녀가 애써 가슴을 펴며 종혁을 또렷이 응시한다.

"다녀오세요. 전 아까 그 카페에 있을게요."

"……미안해요."

종혁은 얼굴을 구기며 서울역 안으로 몸을 날렸다.

'씨발! 어째서!'

* * *

"뭐야. 뭔데?"

"워씨, 깜짝이야. 뭐가 터진 거야?"

"이야. 뭐가 터졌는데, 저 스프링클러는 작동도 안 하네."

'하, 진짜.'

진짜 이놈의 안전불감증은 사라지질 않았다.

종혁이 한 군데 둥글게 모여 있는 사람들에 뒷목을 잡
는다.

"잠시만요. 비키세요."

"아, 뭐…… 흡?!"

사람들을 헤치며 나아간 종혁은 박살이 나고 그을린 소
지품 보관함을 발견하곤 망연자실해한다.

폭탄이 작았는지 하나만 박살 난 보관함.

다행히 폭발에 의한 피해를 입은 피해자는 없지만, 발
끝에서부터 분노가 끓어오른다.

"어째서…… 왜?"

벌어지지 말았어야 할 일이 벌어졌다.

"대체 왜?"

혼란해하던 종혁은 이내 이를 악물며 핸드폰을 들었
다.

"수고하십니다. 신안경찰서장 최종혁 총경입니다. 지
금 서울역인데 폭발 사고가 일어났습니다. 아무래도 테
러가 발생한 것 같습니다. 지금 당장 폭발물 해체반과 수
습할 인원들 파견해 주세요."

-헉! 거, 거기도요?!

"……이 개새끼들이 진짜!"

종혁의 얼굴이 다시 구겨졌다.

"이쪽으로 오시면 안 됩니다! 물러나세요!"

소지품 보관함을 중심으로 널찍하게 쳐진 폴리스라인.

두꺼운 방호복을 입은 폭탄 해제반이 박스에 담긴 폭발 잔해들을 옮기고, 엑스레이 같은 것으로 다른 보관함들을 투시한다.

그리고 이내 보관함들을 전부 강제로 뜯어내며 모든 물품들을 확인하는 그들.

폴리스라인 바깥에 서서 그 모습을 지켜보던 종혁에게 한 사람이 다가선다.

"이게 대체 무슨 일이야?"

"아, 대장님."

서울경찰청 소속 대테러부대 SWAT의 대장을 본 종혁이 눈을 가늘게 뜬다.

"최 총경이 첫 신고자라면서?"

"예고 같은 건 안 왔습니까?"

"예고? 그런 건 안 왔는데?"

'그럴 리가……'

말도 안 된다.

회귀 전, 서울역과 서울고속버스터미널에서 발생한 폭발 사건.

오늘이 그 폭발 사건이 벌어졌던 날이기에 종혁은 미리 대테러부대에 폭탄 예고를 보내 놨었다.

그래서 상황이 어떻게 되나 확인도 할 겸 홍시연과의 만날 장소를 이곳으로 잡았던 그.

뒷목이 다시 뻣뻣해지는 순간이었다.

띠리링! 띠리링!

"얜 또 왜 전화하는 거야? 왜?"

-대, 대장님-! 지, 지금 우편물들 사이에……!

"우편물들 사이에 뭐?"

-테, 테러 예고장이……!

쿵!

"……야, 이 개새끼야-! 그걸 지금 발견하면 어떡해! 아오, 씨발! 알았어! 끊어!"

종혁이 한숨을 내쉰다.

"예고장이 왔답니까?"

"어. 왔단다. 하아으아아! 씨발, 진짜. 인력 좀 보충해 달라니까-!"

"……설마 SWAT도 많이 털린 겁니까?"

움찔!

종혁의 말이 맞다.

몇 번의 내사로 적잖은 숫자의 대원들이 퇴직을 하게 된 SWAT.

거기다 이번 인신매매 사태로 전국 모든 경찰 부서에 감찰을 받으며 또 몇 명의 대원이 퇴직을 하게 되었고, 더더욱 인력이 부족하게 되었다.

그런데 이번에 퇴직하게 된 대원 중에 하필이면 우편물을 담당하는 대원이 있었던 것 같다.

"진짜 내가 최 총경한테는 면목이 없다. 미안하다."

"……제게 미안할 게 아니라 여기 시민들에게 미안해 야죠."

회귀 전에도 다행히 피해자가 발생하지 않았던 이번 폭발 사건.

그러나 얼마나 놀랐을까.

대한민국이 테러 청정국으로 치부되기에 다행이지, 그렇지 않았다면 씻을 수 없는 마음의 상처를 줄 뻔했다.

미국이나 아프가니스탄 등 테러에 치를 떠는 나라들이었다면 정말 그랬을 것이다.

"그건 당연하고…… 하아. 아무튼 알았어. 지금부터는 우리에게 맡기도록 해."

그 말에 잠시 입을 다물었던 종혁은 이내 고개를 끄덕였다.

"알겠습니다. 그럼 수고하십시오. 제 도움이 필요하면 언제든 연락하시고요. 지금 휴가 중이거든요."

"그래. 알았어."

종혁은 손을 젓는 SWAT 대장을 뒤로하며 몸을 돌렸다.

'개입을 하려고 해도…….'

현재로선 명분이 없다.

종혁은 혀를 차며 홍시연이 있는 곳으로 향했다.

"미안해요. 걱정 많이 했죠?"

"괜찮아요?"

"네. 별일 아니었어요. 아무래도 부탄가스 같은 게 터졌나 봐요."

"부탄가스가요? 그게 터지기도 해요?"

세계 제일의 안전성을 가지고 있는 국내의 밀폐 기술.

"중국산이었나 보죠."

"아."

"그럼 갈까요?"

"……우리 조금만 더 앉았다 가요."

"그래요, 그럼."

많이 놀라고 걱정한 것인지 쉽게 일어서지 못하는 그녀의 모습에 종혁은 미안해하며 그녀의 손을 꼭 잡아 주었다.

* * *

-오늘 낮 서울역과 서울고속버스터미널에서 폭발 사고가 발생해…….

뭔가가 어지럽게 널려 있는 공간.

어둠 속에서 유일하게 불을 밝히는 TV를 보던 안경 쓴 사내가 입술을 비튼다.

"저게 진짜로 터져 주네. 와, 내 옛날 실력 진짜 안 죽었네…….''

비틀린 웃음을 터트린 그는 등 뒤에 놓인 작업대를 보며 눈을 빛냈다.

그때였다.

벌컥!

노크도 없이 열린 문에 눈을 감는 그.

"뭐해?! 밥 먹어!"

"아씨, 노크 좀 하라니까. 내가 작업 중이었으면 어쩔 뻔했어!"

"알았으니까 식사하시라고요."

쾅!

거칠게 닫힌 문에 입술을 이죽거린 그는 이내 몸을 일으켜 방을 빠져나갔다.

"얼마나 빠졌어?"

"아직은……. 일단 테러 청정국이잖아."

하지만 내일부턴 좀 다를 거다.

"흠. 예고장이라도 보내야 하나?"

"됐으니까 숟가락이나 들어. 아, 국 식는다고!"

식탁에 둘러앉은 사람들은 앞치마를 입은 사내의 재촉에 입맛을 다시며 숟가락과 젓가락을 들었다.

* * *

쾅!

서울경찰청에 모인 장희락 경찰청장과 서울경찰청장이 소파를 후려치며 이를 악문다.

"테러라니……."

빠드드드득!

장희락의 얼굴이 도깨비의 그것보다 더 흉악하게 일그러진다.

"기자들 입은 확실하게 막았습니까?"

"예. 일단 예고장 같은 건 안 왔다고 발뺌을 하긴 했는데……."

문제는 테러 이후 경찰청과 112의 전화가 마비되고 있다는 점이다. 자신이 폭탄을 터트렸다는 장난전화로 말이다.

"잘했습니다. 이놈을 잡을 때까진 어떻게든 테러라는 단어가 나오는 걸 막아야 해요."

그동안 한국은, 그리고 서울은 테러 청정 지역이었다.

그동안 테러 시도가 없었던 건 아니지만, 모두 잘 막아냈다. 그렇기에 이번 일이 테러로 밝혀지게 되면 서울에 혼란이 발생하게 될 것이다.

그건 무조건 막아야 했다.

"하지만 문제가 있습니다. 이 사건을 수사할 인력이 없습니다."

"그게 무슨…… 흠?"

장희락이 눈을 가늘게 뜨며 서울청장을 바라본다.

그리고 서울청장 역시 그런 장희락을 가만히 바라본다. 짧은 순간 눈빛으로 많은 대화를 나눈 둘.

"……으음. 일단 본청의 특수대는 일이 많은데 말입니다."

현재 대한민국 노조들의 뒤를 파며 정보와 증거를 모으는 데 여유 인력 전부를 쓰고 있는 특수범죄수사대.

"흠. 이거 어쩔 수 없군요."

"예. 아무래도 특수본을 조직해야 할 것 같습니다. 그래서 말인데…… 최종혁 총경, 아직 서울에 있습니까?"

"호오?"

의외라는 듯, 지금 이게 뭐하는 짓이냐는 듯 서울청장을 바라보던 장희락은 이내 종혁에 대해 떠올리곤 묘한 표정을 지으며 핸드폰을 들었다.

"최 서장, 지금 뭐하는 중이지?"

한참 홍시연과 데이트 중이었던 종혁은 갑작스런 장희락의 전화에 눈을 동그랗게 떴다.

2장. 브레이크가 없는

브레이크가 없는

끼이이익!

"잔돈은 됐습니다!"

홍시연과의 데이트를 도중에 중단하고 다급히 택시에서 내린 종혁이 딱딱하게 굳은 얼굴을 한 채 본청의 지하로 향한다.

개입을 하고 싶었지만, 명분이 없었던 이번 일.

그렇기에 상부의 이번 결정이 이해가 되지 않는다.

'아, 설마?'

뭔가를 떠올린 종혁이 얼굴을 쓸어내린다.

"진짜 지랄한……."

"최 서장."

종혁은 자신을 맞이하는 장희락 경찰청장과 서울청장을 향해 경례를 한다. 속이 뒤틀려도 일단은 그렇게 한다.

"그럼 특수본을 부탁하지."

어깨를 두드린 장희락과 서울청장이 물러나자 종혁은 그들의 뒤에 있던 수십 명의 경찰을, 그들이 조직한 경찰들을 일견했다.

그리고 낯빛이 딱딱하게 굳어 있는 정용진을 향해 다가가 그의 귓가에서 입술을 달싹였다.

"아무래도 서울청장님이 경찰청장이 되려고 하시나 봅니다."

한 파벌에서 무려 3번이나 경찰청장을 배출하며 파벌의 균형이 지나치게 무너져 있는 상황.

최기룡 일파의 반대 파벌에 속해 있던 서울청장은 어떻게든 다음 경찰청장이 되기 위해, 장희락 경찰청장과 모종의 거래를 한 것이 분명했다.

"……마침 저도 그렇게 생각하던 참이었습니다. 어떡하시겠습니까."

"당연히 관리관님께서 지휘하셔야죠."

이곳 치안상황관리센터의 지휘를.

이런 테러 상황 발생 시 본청의 치안상황관리센터가 가동된다.

테러나 재난처럼 특수한 상황에선 모든 절차를 무시하며 모든 경찰에게 명령을 내릴 권한을 가지게 되는 치안상황관리센터.

그리고 정용진은 그런 치안상황관리센터의 수장, 치안상황관리관이었다.

회귀 전에도 가동했던 치안상황관리센터.

당시 치안상황관리센터엔 수사 인력이 없던 탓에, 지휘는 치안상황관리센터가 하되 현장에는 특수본이 조직되어 움직였었다.

그러나 지금의 치안상황관리센터엔 특별수사팀이라는 수사팀이 엄연히 존재했다. 별도의 특수본을 꾸릴 필요가 없었다는 것이다.

그럼에도 장희락 경찰청장과 서울청장은 특수본을 꾸릴 뿐만 아니라, 특수본의 본부장으로 종혁을 밀어넣었다.

이는 치안상황관리센터의 특별수사팀을 배제하여 정용진의 영향력을 줄이려는 목적이 분명했다.

젊은 나이에 경무관으로서 치안상황관리센터의 수장이 된 정용진.

경찰로서는 유능한 인재이지만, 최기룡 일파의 간부이기에 파벌이 다른 서울청장으로서는 어떻게든 힘을 빼놓고 싶을 것이다.

'불화도 만들고 말이지.'

종혁이 원하는 바는 아니었다곤 하나, 결국 정용진이 맡아야 할 자리를 종혁이 꿰차게 된 상황.

인간이라면 기분이 나쁠 수밖에 없고, 상대방의 의도가 어떻든 안 좋은 감정이 생기는 게 당연했다.

그로 인해 종혁과 정용진 사이에 불화가 생긴다면?

서울청장은 그때 종혁의 편을 들어 주며, 종혁을 자신의 파벌로 끌어들이려는, 사냥개로 만들려는 심산일 터였다.

'자신을 경찰청장까지 이끌어 줄 사냥개 말이지.'

종혁이 정재계에 두루 인맥이 있다는 건 고위 간부들 사이에선 이미 다 아는 이야기였다.

경찰청장을 목표로 한다면 종혁은 반드시 손에 넣고 싶은 카드일 것이었다.

"최 서장이 어지간히 욕심나나 봅니다."

"제가 좀 잘나긴 했죠?"

"그리고 얕잡아 보였고요."

"예. 이렇게 특수본 본부장 자리를 주면 좋아할 거라고 생각했나 봅니다. 상황이 어떻게 될지 모르니, 자신 파벌의 관리자급들은 뒤로 숨겨 버린 양반이 말입니다."

혹여 사건을 해결하지 못해도 문책은 최소한으로 받기 위해 관리자급 이하의 경찰들만 보낸 것이다.

이번 서울청장은 장희락보다 더한 보신주의 성향인 것 같다.

하지만 어쩌겠는가.

"관리자가 돼서도 언제나 현장에 개입하던 제 성격을, 수틀리면 조직의 수장까지도 물어뜯는 제 지랄 맞은 성격을 탓해야죠."

"그렇게 보이도록 의도한 건 아니고요?"

맞다. 그동안 그 누구도 이용할 수 있지만, 결코 다루기 쉽지 않은 사냥개로 보여지도록 노력했다.

어느 한 파벌에 소속됐다가 정권이 바뀌면 팽 당하지

않기 위해서, 이득을 위해 이합집산을 반복하는 상부가 꼴 보기 싫어서 수틀리면 제멋대로 움직이는 개새끼를 연기했다.

그리고 그것은 정답이었다.

"보십시오."

이렇게 이합집산을 하지 않은가.

"할 말이 없군요. 그럼 부탁드리겠습니다."

"걱정 마십시오. 그럼 잠시."

종혁이 특수본을 향해 몸을 돌리자 정용진은 자신을 빤히 쳐다보고 있는 치안상황관리센터의 직원들을 보며 입을 열었다.

"그럼 현 시간부로 치안상황관리센터를 가동합니다. 서울 및 수도권의 모든 CCTV를 실시간으로 연결시키고, 인식 프로그램으로 서울역과 서울고속버스터미널에 폭발물을 가져다 놓은 놈을 찾으세요."

"충성!"

한편 특별수사대책본부의 수십 명 경찰 앞에 선 종혁이 그들을 주욱 둘러본다.

돌아가는 상황이 이상하다는 걸 알아차린 것인지 표정들이 썩 좋지 못한 그들.

자신들이 여기 왜 있나 하는 미안한 표정들을 확인한 종혁은 고개를 끄덕이며 입을 열었다.

"반갑습니다. 현 시간부로 이번 특수본의 본부장을 맡

게 된 최종혁 총경입니다. 제대로 된 인사는 나중에 하도록 하고, 현 시간부로 치안상황관리센터 산하 특별수사팀의 여유 인력은 특수본에 징집됩니다. 이유는 수사 인력의 부족. 불만 있습니까?"

"……없습니다!"

종혁은 사무실 문 앞에서 눈만 데굴데굴 굴리고 있는 특별수사팀을 바라봤다.

"뭐합니까. 안 뛰어나오고."

"추, 충성!"

우르르!

순식간에 본청 지하의 복도를 빼곡하게 채우는 경찰들.

그 순간이었다.

"차, 찾았습니다!"

치안상황관리센터 안으로 고개를 돌린 종혁은 정용진이 자신을 보며 고개를 끄덕이자 다시 특수본의 경찰들을 봤다.

그리고 얼굴을 흉악하게 일그러트렸다.

"저 새끼들 잡아 오세요."

무슨 수를 써서라도.

종혁의 전신에서 살의가 넘실거리기 시작했다.

* * *

부우웅! 빵빵!

아직 퇴근 시간까진 한참이 남았는데도 혼잡한 도로.

─아빠 언제 와?

"아빠? 지금 가는데?"

운전대를 잡은 남성의 얼굴에 웃음꽃이 환하게 피어난
다.

─구래? 진짜?

"왜에?"

─아뉘이. 지율이는 저녁에 치킨이 먹고 싶은데 엄마
가…….

─야! 하지율!

"푸하핫! 그래? 아, 신호다. 지율아, 아빠가 들어갈 때
치킨 사 갈게!"

─응! 얼릉 와!

신호가 떨어지자 얼른 전화를 끊은 남성이 액셀을 밟는
다.

그 순간이었다.

부아앙!

끼익! 빠아앙!

"야, 이 새끼야─!"

앞을 스쳐 지나가는 오토바이에 깜짝 놀라 소리치는 사
내.

사고가 날 뻔했지만, 뒤에 커다란 박스를 단 오토바이
는 아무렇지도 않은 듯 도리어 코웃음을 치며 속도를 높
인다.

그뿐만이 아니다.

빠앙! 빠아앙!

무리하게 차선을 변경하고, 또 신호까지 위반해 가며 달리다 어느 건물 앞에 오토바이를 멈춰 세우고 건물 안으로 들어간 그.

"택배요!"

"왔다! 여기다 사인하면 되죠?"

급한 택배였다는 듯한 여성이 다급한 얼굴로 택배를 받아 든다.

그러나 그는 택배를 놓지 않는다.

"착불인데요."

"아니…… 하아. 잠깐만 기다리세요."

다시 안으로 들어가 돈을 가지고 나오는 여성.

"수고하세요."

"예, 수고하세요."

돌아서 건물을 빠져나온 그는 그제야 헬멧을 벗으며 귀에 낀 이어폰을 꾹 누른다.

−어, 왜?

"시마이 쳤습니다. 이제 퇴근하겠습니다."

−뭐라고?! 오늘 두 개밖에 안 가져간 놈이 지금 끝냈다고? 지랄 말고 와서 다른 물건 가져가! 그리고 너 또 과속했지! 김 경장한테 연락 왔어, 새끼야! 계속 이러면 자기도 봐줄 수 없다고!

"아니, 그럼 제시간에 배달해야 되는데 신호 위반을 어떻게 안 합니까! 아니면 번호판이라도 떼게 해 주든지!"

　-그러다 벌금 날아오면! 네가 책임질 거야!? 그리고 네가 아까 서울역으로 옮긴 그거……!

　"아, 몰라요. 몰라. 전 여기서 퇴근합니다."

　-야, 인마! 야-!

　통화를 종료한 그는 거리를 향해 침을 뱉었다.

　"카악, 퉤! 씨발 내가 좆같아서 진짜……."

　'확 그냥 씨발 뒤통수를 까 버려?'

　주먹을 쥐었다 폈다 하던 그는 이내 고개를 저으며 이어폰과 연결된 핸드폰을 꺼냈다.

　"어, 나야! 지금 출발하니까 한 30분 정도 걸릴 거야! 그래! 끊어!"

　전화가 끊긴 핸드폰을 다시 품에 집어넣으며 시동을 켜던 그가 눈을 가늘게 뜬다.

　'서울역이라…….'

　꼬르륵!

　"쯧. 하, 씨발. 배고프네."

　아무래도 아까 밥을 너무 부실하게 먹은 것 같다.

　끼릭! 부르릉!

　헬멧을 쓴 그는 뒤도 돌아보지 않고 그대로 도로를 향해 뛰어들었다.

　그 순간.

　부아앙! 꽈아앙!

　'어?'

허공에 뜬 그는 허공을 나는 자신의 몸뚱이에 눈을 껌뻑였다.

* * *

치안상황관리센터 안.

정용진이 거대한 관리센터의 정면 벽을 가득 채운 천여 대의 모니터를, 오직 두 명만 실시간으로 추적하는 모니터들을 보며 입술을 달싹인다.

"본부장, 이거 괜찮겠습니까?"

예고장까지 온 테러 사건이다. 신중하게, 저 두 놈이 아지트로 돌아갈 때까지 기다려야 한다.

그런데 종혁은 두 놈을 잡아 오라고 명령했다.

"아, 괜찮습니다. 방법이 있거든요."

"'서울역', 멈췄습니다! 박스 들고 이동 중!"

"터미널, 계속 이동 중!"

서울역과 서울고속버스터미널로 폭발물을 옮긴 두 놈에게 내려진 코드명, '서울역'과 '터미널'.

종혁은 정용진을 봤다.

그에 정용진은 잠시 생각하더니 입을 열었다.

"1팀에게 '서울역' 앞에 차 세운 후 감청을 준비하게 하고, 3팀은 놈이 나오자마자 바로 박스를 수거할 준비를 하게 하세요. 5팀은 '서울역' 뒤에 대기. 무차별 테러일 수도 있으니 조심하라고 전달해 주시고요."

'서울역'이 오늘 배달한 물건은 서울역에서 폭발한 것과 지금 가지고 가는 것까지 해서 두 개다.

종혁이 정용진을 보며 눈을 가늘게 떴다.

"저것도 폭발물일 수 있다는 겁니까?"

"아닐 수도 있습니다. 확률은 반반."

"공범?"

"그러니까 감청을 하려는 겁니다. 단순히 아무것도 모른 채 이용을 당하는 것일 가능성도 배제할 수 없으니까요."

말을 마친 정용진이 입술을 깨문다.

만약 저 박스가 또 다른 타깃을 노리는 거라면 지금 당장 막아야 하지만, 공범에게 가는 거라면 막아선 안 된다.

현재로선 그 숫자가 몇 명인지 모르는 테러범들. '서울역'이 가는 곳에 주범들이 몰려 있다고 확신을 할 수가 없었다.

그 말에 종혁은 고개를 끄덕였다.

아무것도 확실하게 밝혀지지 않은 상황. 정용진의 지시는 적절하다고 볼 수 있었다.

종혁은 정용진의 지시를 전달한 후 다시 모니터를 바라봤다.

이윽고 한 건물로 들어가는 '서울역'.

ㅡ감청 시작합니다.

그 말과 함께 곧 '서울역'의 목소리가 치안상황관리센

터를 왕왕 울린다.

그러자 종혁과 정용진의 눈이 가늘게 떠진다.

정용진은 종혁을 보며 고개를 끄덕였고, 종혁은 입을 열었다.

"3팀. 놈이 나오면 곧바로 택배 수거합니다. 폭탄물 제거반도 함께 출동."

-뒷문 확인. 뒷문으로 들어가겠습니다.

-'서울역'! 핸드폰을 꺼내 들었습니다!

쿵!

시한폭탄이었던 서울역과 서울고속버스터미널에 설치된 폭발물들.

하지만 원격 조종일 수 있기에 정용진과 종혁의 입이 빨라진다.

하지만······.

-저, 전화를 하는 것 같습니다!

"······후우. 김 경사는 '서울역'과 그 주변 전체 발신자 위치 추적 준비하세요!"

"예!"

약간 풀렸던 긴장이 이내 곧 '서울역'의 통화 내용에 조금 더 풀어져 버린다.

정용진은 출발하려는 '서울역'의 모습에 종혁을 봤다. 이제 준비한 걸 꺼내 보라는 듯한 눈빛.

종혁은 무전기를 들어 올렸다.

"5팀, 박아 버리세요."

쿵!

정용진과 치안상황관리센터 경찰들이 기겁하며 종혁을 본다.

─예?

"제가 책임질 테니까 그냥 박으시라고요. 아, 경찰이란 건 티 내지 말고요. 뭐합니까! 빨리!"

─저, 저흰 정말 지시대로 하는 겁니다! 에라이!

부아앙! 꽈아앙!

도로로 나오다 들이박힌 '서울역'이 허공을 날아 도로를 뒹굴고, 정용진과 센터 직원들이 망연히 종혁을 본다.

그 시선을 무시한 종혁이 무전기를 든다.

"10팀, 앰뷸런스 확보했습니까?"

움찔!

"본부장……?"

─확보했습니다! 지금 '서울역'에게 이동 중입니다!

"10분 후 도착하는 걸로 합시다."

─수신!

종혁은 이제 자신의 계획을 알겠냐는 듯 정용진을 봤고, 그는 입을 떡 벌렸다.

"아니 이런 건 대체 어떻게……."

"FBI 애들이 이런 짓들을 잘하더라고요."

FBI.

정용진은 헛웃음을 터트렸다.

                          * * *

"와……."

'뭐지?'

자신이 무슨 일을 당한 것일까.

갑작스런 사고에 몸과 정신이 먹먹하다.

"괘, 괜찮으십니까!"

"아니, 씨발. 운전을 어떻게……."

몸을 일으키다 다가오는 험악한 인상들에 잠시 입을 다물었던 '서울역'이 얼굴을 일그러트린다.

그리고 형사들을 빤히 바라보다 핸드폰을 든다.

"예. 보험사죠?"

보험사에게 전화를 한 '서울역'은 사고 현장 사진을 찍은 후 오토바이를 갓길로 이동시켰고, 그러고 나서야 다시 형사들을 봤다.

"아니, 씨발! 운전을 어떻게 하는 겁니까!"

"죄, 죄송합니다. 야, 얼른 119에 신고해!"

"이미 신고했어!"

"죄송합니다. 이, 이걸 어떻게 보상해야 될지……."

"하, 씨발. 됐고. 마실 것 좀 가져와요."

"예! 알겠습니다!"

황급히 자리를 떠나는 형사 한 명을 바라보던 '서울역'은 보도블록에 주저앉으며 다시 핸드폰을 들었다.

"어, 나야. 오늘 못 만날 것 같다. 몰라. 배달하고 나오는데 어떤 좆같은 새끼들이 나를 그냥 박았다고. 알았어. 병원은 도착하면 알려 줄게. 어. 걱정 말고. 끊어."

"여, 여기 있습니다!"

"일단 치료부터 받고 이야기합시다."

그래야 합의금을 산정할 수 있을 테니 말이다. 지금이야 너무 놀라서 아픈 곳이 없지만, 검사를 받으면 얼마나 다쳤는지 알게 될 것이다.

'흐흐. 공돈 벌겠네.'

자신이 뒤를 보지 않고 나온 건 잘못이지만, 그거야 우기면 그만. 저쪽의 과실이 몇 배 더 크기에 질 수가 없는 일이었다.

삐요오옹!

"왔네."

"여깁니다! 여기!"

곧 도착한 구급대원들이 내려 '서울역'을 들것에 눕혀 앰뷸런스에 싣고, 형사 중 한 명이 앰뷸런스에 같이 탄다.

그리고 닫히는 뒷문.

타악!

"아, 병원은 한방병원……."

콱!

"켁?!"

한방병원이 병원비가 많이 나오기에 거기로 가 달라고 말하려던 '서울역'이 갑자기 잡히는 목에 눈을 부릅뜬다.

그리고 그의 목을 잡은 형사가 경찰공무원증을 내민다.

그에 화들짝 놀라는 '서울역'.

형사의 표정이 흉흉해진다.

"야, 네가 무슨 짓을 저지른지 알지? 그러니까 딱 한 번만 묻는다. 공범들 지금 어디 있어?"

'무, 무슨?!'

'서울역'은 형사를 보며 당황했다.

*　*　*

모든 모니터에 구급차 안의 상황이, 당황하는 '서울역'의 모습이 비추는 치안상황관리센터.

-그, 그게 무슨 말이세요! 공범이라뇨!

-너와 함께 테러를 일으킨 공범 말이야!

-테, 테러?!

'서울역'의 얼굴이 하얗게 질린다. 하나도 꾸미지 않은 날것의 감정에 정용진이 눈을 가늘게 뜨고 있는 종혁을 본다.

-마, 말도 안 돼! 전 그냥 택배를 받아서 거기다 넣어 둔 것뿐이라고요!

-하, 넌 진짜 안 되겠다.

-저, 정말이에요-! 미치겠네, 진짜!

바디캠 영상으로 보이는 그의 진실 된 표정. 오랜 기간 정보국에서 일해 온 정용진의 낯빛이 굳는다.

"5팀, '서울역'에게 종교가 뭔지 물어보세요."

─……야. 너 종교가 뭐야?

─예? 처, 천주교인데요?

"최 서장."

"……저놈 말이 진실인지부터 확인해 봐야 할 것 같습니다."

"으음."

정용진뿐만 아니라 치안상황관리센터에 있는 사람들도 약간 실망한 표정을 짓는다.

새로운 수사기법을 창시한 프로파일링의 대가이자 행동심리학의 대가인 종혁이라면 '서울역'의 표정에서 뭔가를 읽었을 거라고 생각했기 때문이다.

혀를 찬 정용진은 마이크를 들었다.

"5팀, 핸드폰 통화 내역 확보하시고, 조 경위는 저놈 말이 맞는지 확인해 봅니다. 그리고 국내외 모든 종교 단체들의 채널뿐만 아니라 SNS, UCC, 스트리밍 사이트, 너튜브 등도 다시 훑습니다."

"예!"

마이크를 내린 정용진이 종혁을 보며 몸을 돌린다.

사무실 안으로 들어가는 그. 종혁도 그의 뒤를 쫓는다.

"이놈들의 목적이 뭘까요?"

테러는 목적을 가진다.

목적이 있기에 테러를 벌이는 것이고, 그를 통해 자신의 뜻을 관철하는 것이다.

그리고 그 목적은 가지각색인데, 그중 가장 골치 아픈 유형은 아무래도 단순 쾌락에 의한 테러다.

쾌락을 좇아 테러를 저지르는 놈들은 예상이 불가능하여 대처하기 어렵기 때문이다.

쿵! 쿵!

"찾았습니다!"

사무실을 빠져나온 종혁의 눈에 '서울역'이 택배를 수령했다는 장소에 폭발물로 추정되는 박스를 가져다 놓는 인물이 비친다.

그리고 어딘가로 향하는 그. 이내 한 차량에 올라탄 그의 모습에, 조수석과 운전석에 앉은 사내들의 얼굴을 확인한 종혁의 눈썹이 꿈틀거린다.

'어? 이 새끼들도 아닌데?'

회귀 전 검거된 놈들의 면상이 아니다.

"과, 관리관님!"

다급히 벽면 모니터의 한쪽에 하나의 영상이 띄워진다.

─모두 오늘 발생한 성전의 결과를 확인했습니까?!

─예에!

"바, 방금 전 SNS에 올라온 영상인데!"

종혁은 미간을 좁혔다.

* * *

서울역과 서울고속버스터미널에서 폭탄 테러가 발생하

기 며칠 전 어느 교회.

"와아아아아!"

"성령이시여!"

"흐어어엉!"

환호와 감동의 울음이 가득한 공간.

푸근한 미소를 지은 장년인이 단상에서 내려와 신도들의 손을 잡으며 그 머리에 손을 올린다.

"내가 하나님의 아들임을 믿습니까."

"믿습니다!"

"내가 예수임을 믿습니까."

"믿습니다!"

"저 사탄의 무리들을 찌르고 나를 지킬 창과 칼이 되겠습니까."

"되겠습니다—!"

"넌 이제부터 내 창이요, 칼이며, 나의 땅을 지킬 전사이리라. 아멘."

"아멘—! 흐어어엉!"

장년인, 아니 자칭 예수인 목사는 오늘 예배에 참석한 다른 사람들에게도 충성서약을 받아 낸다.

"자! 일어서라, 나의 전사들이여! 창과 칼을 쥐고 나아가 나를 핍박하고 억압하는 사탄의 무리들을 무찌르라!"

"으아아아아아!"

오늘 예배에 참석한 수십여 명의 전신에서 광기가 터져나온다.

목사의 손길을 조금이라도 더 느끼려 애쓴다.

그런 그들을 다시 푸근한 눈으로 지켜본 목사는 이내 몸을 돌려 예배당을 빠져나갔고, 중년인이 그의 뒤를 따랐다.

"미니룸에 게시한 이후 성금이 5억이나 모였습니다, 목사님."

움찔!

복도를 걷던 목사의 눈이 중년인에게로 향한다.

"……흐하핫! 믿음이 신실한 전사들이 이렇게 많군요. 형제자매님들께서 주신 이 돈은 이 땅에 하나님의 의지를 강림시킬 위대한 성전을 위해 쓰겠다고 전해 주세요."

"예, 목사님!"

고개를 끄덕인 목사가 옆에 있는 문을 열고 들어간다.

"헉! 모, 목사님!"

"오오! 목사님!"

2평도 안 되는 좁은 공간.

다닥다닥 붙어 앉아 노트북과 컴퓨터를 만지작거리던 4명의 남녀가 벌떡 일어서자 목사가 푸근히 웃는다.

"편집은 잘되어 가고 있습니까."

방금 진행했던 예배의 편집. 이 교회의 방송팀인 이들은 녹화되는 영상을 실시간으로 편집하고 있었다.

"예! 10분 안에 마무리 짓고, 미니룸과 UCC, 저희 교회의 홈페이지에 올릴 예정입니다!"

"어디 한번 볼까요?"

"여, 영광입니다!"

"흐으윽! 목사님!"

방송팀은 다급히 비켜섰고, 목사는 그들이 편집한 영상을 가만히 응시했다.

"이번에도 편집된 부분이 별로 없군요."

"요, 용서해 주십시오! 하지만 목사님의 말씀 한 마디, 한 마디가 모두 주옥과 같아서……!"

성령의 성음이고, 자신들이 방송팀이 아니었다면 감히 이렇게 가까이서 볼 수 없는 존안이다. 함부로 편집을 할 수가 없었다.

"그래도 예배에 참석하지 못하신 우리 형제자매님들께서 지루하지 않게 만드셔야지요."

"그 무슨 참담한 말씀이십니까! 감히 누가 목사님의 말씀을 지루해한단 말입니까!"

"앞으로 우리 교회의 신도가 되실 분들을 위함이니, 그들로 하여금 우리의 세를 넓혀 저 사바의 사탄들이 감히 이 땅을 침탈하는 참담한 짓을 하지 못하게 하려는 것이니 부탁드리겠습니다."

"그, 그런……!"

감히 그런 불신자들이 있을까 반발심이 생겨나지만, 그와 동시에 그런 불신자들마저 끌어안으려는 목사의 자애로움에 눈물이 차오른다.

"흑! 알겠습니다……."

목사는 하기 싫은 티가 팍팍 나는 그들의 모습에 눈을

가늘게 떴다.

"여러분, 내가 누굽니까."

"하나님의 아들이자 성령이시며, 저희들을 구원하러
오신 메시아입니다! 아멘!"

목사는 그제야 다시 미소를 짓는다.

"아멘. 할렐루야."

"할렐루야!"

목사는 자신의 말에 울컥하는 방송팀의 어깨를 두드렸다.

"부탁드리겠습니다."

"아멘!"

"할렐루야!"

"할렐루야−! 흐어엉!"

울음바다가 되는 방송팀 사무실을 빠져나온 목사는 복
도 가장 안쪽의 방 안으로 들어간다.

황금으로 만든 커다란 십자가와 백자, 청자들로 장식이
된 화려한 사무실.

소파에 앉은 목사가 목을 어루만진다.

방금 전 목청을 높여 예배를 해서일까, 아니면 평소보
다 더 부르짖는 신도들의 모습 때문일까, 목에서 간절한
갈증이 일어난다.

그에 중년인이 다급히 맥주를 가져온다.

"1시간 뒤에 3부 예배가 있지 않습니까."

"이런 술 따위가 어찌 감히 목사님을 취하게 할 수 있
단 말입니까."

"음."

그냥 한 번 사양을 했던 목사가 싱긋 웃으며 맥주를 단숨에 들이켠다.

"크으!"

얼음장처럼 차가운 쌉쌀한 맥주에 목을 태우는 듯했던 갈증이 미약하게나마 가라앉는다.

"후우."

"왜 그러십니까, 목사님."

"나를 지킬 전사들의 숫자가 참 적은 것 같아서 그럽니다."

여타 메이저 목사들이 운영하는 교회들에 비해 세가 작아 걱정이 이만저만이 아닌 그.

후발 주자인 자신이 그들을 따라잡기 위해서는 무언가 기발한 한 수가 필요했다.

그런 의미로 미니룸 등 SNS에 신도들만 접근할 수 있는 홍보 수단을 만들었는데, 도통 신도의 숫자가 늘어나질 않는다.

"언젠가 이 땅에 하나님 아버지의 전사들이 내려와 사탄을 물리치며 그분이 기거하실 곳을 만들 때 함께 싸워 줄 전사들이 더 필요하거늘……."

그로 말미암아 자신의 손에서 재탄생된 전사들은 하나님의 나라와 대지에서 구원과 영광, 만세의 복을 얻으리.

"죄, 죄송합니다, 목사님! 모두 제가 부족해서!"

"아아, 박 권사를 탓하려는 게 아닙니다."

생각보다 훨씬 잘해 주고 있다.

SNS나 홈페이지 등은 자신도 생각하지 못했던 방법.

이를 통해 신도들의 숫자가, 그것도 젊은 신도들의 숫자가 조금씩이나마 늘어나고 있으니 자신이 가장 잘한 일은 바로 박 권사를 영입한 것이었다.

목사가 그런 마음을 담아 다독이자, 박 권사는 눈물을 글썽거렸다.

"잠시 쉬고 싶군요."

"곧 들여보내겠습니다, 목사님."

고개를 숙인 박 권사가 나가자 목사는 사무실 안쪽에 있는 문을 연다.

그러자 커다란 침대와 따뜻한 김이 올라오는 욕조가 목사의 두 눈에 들어온다.

똑똑똑!

"목사님."

"들어와요."

열린 문을 통해 들어오는 두 명의 미녀.

"목욕을 도와드리겠습니다."

속이 다 비추는 속옷을 입은 미녀들이 자신의 옷을 벗기기 위해 손을 뻗자, 목사는 히죽 웃으며 자신이 성령이 됐던 그날을 떠올렸다.

* * *

핏물과 물기가 가득한 타일 위.

차갑다 못해 삭막한 고문실 안에 피투성이가 된 고깃덩이 하나가 바닥을 기며 꿈틀거린다.

고문실 한쪽에서 그것을 보며 짜장면을 먹던 한 중년인이 일어나 고깃덩이, 아니 목사의 머리채를 낚아챈다.

"야, 이 사기꾼 새끼야. 네가 감히 각하를 팔아?"

"죄, 죄송합니다! 살려 주십시오! 제발! 제발!"

어쩌다 자신이 이렇게 됐을까.

왜 이곳에서 이런 모진 고문을 당하고 있는 것일까.

'나, 난 그저 남들보다 조금 더 풍족하게 살려고 했던 것뿐인데…….'

그러려고 했던 것뿐이다.

그러다 대통령의 이름을 살짝 팔았을 뿐이다. 남들도 다 하기에, 자신도 괜찮을 거라고 생각했을 뿐이다.

그런데 이렇게 남영동으로 끌려오게 됐다.

무릎을 꿇고, 손이 발이 되도록 비는 목사의 두 눈에서 후회의 눈물이 흘러내린다.

그의 머리채를 낚아채 흔든 중년인은 그런 목사를 보며 눈을 가늘게 뜬다.

그의 눈에 '실적'이라는 탐욕이 서리기 시작한다.

이 남영동에서 가장 큰 실적은 오직 하나.

"야. 살고 싶냐?"

움찔!

목사가 멍하니 중년인을 바라본다.

"살고 싶어, 죽고 싶어?!"

"사, 살고 싶습니다! 살려 주세요!"

"그래? 흐. 그러면 너 내가 하라는 대로 해라. 그러면 살려 줄게."

"뭐, 뭘⋯⋯."

"빨갱이 고발."

"예⋯⋯?"

잔악하게 일그러지는 중년인의 얼굴이 목사의 망막에 맺혔다.

퍼억!

"커허억?!"

"개새끼! 찢어 죽일 새끼!"

퍽! 퍽퍽퍽!

"저 살자고 동지들을 팔아?!"

아니다. 자신은 민주화운동을 한 게 아니다. 그저 남영동에서 준비한 조서에 사인만 했을 뿐이다.

그런데 어느새 자신은 민주화운동을 하는 운동권 사람들을 팔아 버린 사람이 되어 버렸다.

지옥을 벗어나니 또 다른 지옥.

교도소 운동장 한구석, 외면하는 교도관들의 시선 속에서 몸을 웅크린 채 겨우 머리만 보호하는 목사의 눈이 죽어 간다.

삐익! 삑!

"운동 끝!"

"카악, 퉤! 넌 내일도 죽을 줄 알아."

"가자고."

그렇게 기척들이 멀어지자 그제야 슬그머니 일어난 목사가 방망이를 빼든 채 다가오는 교도관들의 모습에 교도소 건물 안으로 걸음을 옮긴다.

모진 구타에 금방이라도 쓰러질 듯 힘이 없는 발걸음.

온몸이 부서질 듯한 고통보다 창살 너머에서 경멸 어린 눈으로 쳐다보는 재소자들의 눈이 그의 마음을 찢어발긴다.

끼이익! 쿵!

등 뒤로 닫힌 철문.

목사는 구석으로 가서 등을 돌렸고, 못마땅한 눈빛들이 그의 등에 틀어박힌다.

"아오, 저 새끼!"

"놔두세요. 남영동의 모진 고문이라면 저라도 하나님을 팔았을 겁니다."

"신부님!"

감방에서 가장 따뜻한 자리 온화한 미소를 지은 신부가, 민주화운동을 하는 사람을 숨겨 줬다는 죄로 잡혀 들어온 그가 몸을 일으켜 목사에게 다가간다.

"힘들죠?"

"시, 신부님……. 저, 저는…….."

"다 압니다. 형제님도 형제님의 의지가 아니었겠죠."

"흐윽!"

목사의 눈에서 눈물이 차오른다.

신부는 다 이해한다는 듯 그의 등을 토닥인다.

"흐어어엉! 저는! 저는……!"

신부의 품을 파고들어 아이처럼 울어 버린 목사. 신부는 말없이 그의 설움을 받아 주었다.

"죄, 죄송합니다."

"아닙니다. 형제님, 이걸 받으세요."

"이, 이건?!"

"신부님, 그건……!"

바깥의 물건은 아무것도 들고 들어올 수 없는 교도소임에도 신부가 가지고 들어왔던 성경책.

손때가 가득 묻은 성경책의 온기에 목사의 눈이 흔들린다.

신부는 왜 그런 보물을 저딴 배신자에게 주냐는 듯 노려보는 같은 감방의 사람들에게 진정하라고 손짓한 후 목사를 향해 푸근히 웃어 주었다.

"그곳에서 하나님의 뜻과 희망을 찾길 바랍니다."

"시, 신부님……."

신부는 이제 할 일을 다 마쳤다는 듯 다시 몸을 일으켜 자신의 자리로 향했고, 목사는 성경책을 빤히 바라보다 첫 장을 열었다.

그리고 그날 그는 성경책에서 하나님의 뜻을 찾았고, 하나님의 아들이 되었다.

                    * * *

짹짹짹!

이름 모를 새들이 잠을 깨우자 목사의 얼굴에 미소가
피어난다.

양옆에서 느껴지는 보드라운 살갖의 감촉.

눈을 뜬 목사가 양옆에 누워 있는 젊은 여성들의 이마
에 성호를 그린다.

"오늘도 성령이 충만한 하루가 되길."

"아멘……."

고개를 끄덕인 목사가 잠이 가득한 여성들을 뒤로하며
침대를 빠져나온다.

원래라면 저 둘이 일어나 가운을 입혀 줘야 하지만, 어
젯밤 많이 괴롭혔기에 오늘은 봐주기로 마음먹는다.

달칵!

"기침하셨습니까, 목사님."

마치 기다리고 있었다는 듯 문 앞에 서 있는 박 권사.

"예. 좋은 아침입니다, 박 권사."

목사는 거실의 소파에 앉았고, 박 권사가 냉큼 부엌으
로 달려가 샌드위치와 커피를 내온다.

그러며 다이어리를 빼 든다.

"오늘 스케줄은……."

아침을 잔잔하게 흔들어 깨우는 나지막한 목소리.

목사는 커피로 목을 축이며 고개를 끄덕이거나 저으며

스케줄을 수정한다.

"그리고 내일은 단합대회가 있습니다."

움찔!

"벌써 그날이 온 겁니까?"

봄맞이 단합대회.

목사의 성실한 전사인 교회의 신실한 신도들과 그 가족들이 모두 모여 성령의 충만함을 느끼고, 신에 대한 믿음을 다시 채우는 날.

"예. 박 검사와 김 의원……."

내빈들의 명단이 박 권사의 입에서 흘러나온다.

"이렇게 참석한다고 합니다."

"내일은 할 일이 많겠군요. 예, 알겠……."

지이잉! 지이잉!

말이 끊긴 목사가 못마땅한 얼굴로 박 권사를 본다.

"받아 보세요."

"죄, 죄송합니다!"

몸을 돌린 박 권사가 얼른 전화를 받는다.

"이 시간엔 연락하지 말라고 했잖아! 목사님의 평온이 깨지…… 뭐?"

박 권사의 미간이 찌푸려지자 목사가 의아해한다.

"알았어. 금방 갈게."

"무슨 일입니까?"

"경찰이 찾아왔다고 합니다."

"……또 그 마귀 놈 때문입니까?"

불경하게도 목사를 괴롭히는 마귀.

누군지 감도 잡히지 않는, 솔직히 한 명인지 여러 명인 지조차 감이 오질 않는 놈.

머리를 잘 써서 결코 잡히지 않는 놈.

"예. 이번에도 신고를 받았기에 출동을 했다고 합니다. 아무래도 잠시 나갔다 와야 할 것 같습니다."

"알겠습니다. 다녀오세요."

고개를 숙인 박 권사는 얼굴을 일그러트리며 목사님이 머무는 집을 나섰고, 목사는 그 모습을 빤히 바라보다 샌드위치를 물었다.

"……사탄보다 더 사악한 놈. 쯧."

일주일에 꼭 한 번씩은 찾아오는 거지 같은 아침.

목사는 혀를 찼다.

* * *

쿵덕쿵덕!

"그쪽! 그쪽을 잡으란 말이야!"

"이쪽으로 옮겨 주세요!"

이른 아침부터 시끄러운 경기도의 청소년수련원 안으로 버스들이 줄줄이 들어선다.

"와, 이번에도 여기구나!"

"목사님은? 아직 도착 안 하셨나?"

"하나님 아버지, 거룩한 절대자시여……."

흥분이 가득한 얼굴들을 한 채 버스에서 내리는 목사의 신도들. 그들은 저마다 가족의 손을 붙잡고 있다.

"이, 이모. 여긴 왜 온 거야."

"와아! 사람 많다!"

불안해하며 겁을 먹는 사람들, 반대로 드디어 인정받는 신도가 됐음에 기쁨에 찬 젊은 신도들.

기존의 신도들은 매번 보는 풍경에 푸근히 웃으며 그들을 맞이한다.

"처음 온 거예요?"

"아, 아뇨! 두 번째 오는 거예요."

"운이 좋네! 두 번째 왔는데, 이렇게 단합대회도 다 오고! 원래 우리 교회에 다니던 형제자매님이라도 있나 봐요?"

"아이고. 이모 따라온 거예요? 기특하네. 자, 여기 용돈."

"가, 감사합니다."

저마다의 방법으로 환대를 하는 신도들.

그들이 기다리는 목사도 청소년수련원에 거의 다다른다.

"후우."

성경책을 붙잡은 채 웅얼거리다 돌연 한숨을 쉬는 목사의 행동에 박 권사가 걱정 어린 표정을 짓는다.

"괜찮으십니까?"

오늘 아침부터 낯빛이 어두웠던 목사.

"왜인지 오늘따라 마음이 무겁군요. 아무래도 어제 만난 분들 때문인 것 같습니다."

"목사님……."

박 권사가 입술을 깨문다.

아무리 목사가 취하지 않는다지만, 그런 그에게 마구잡이로 술을 먹였던 사탄의 무리들.

그런 그들마저 자신의 품으로 끌어안으려는 목사의 숭고한 희생에 박 권사의 눈에 눈물이 글썽거린다.

"죄송합니다. 제게 아주 작은 힘이라도 있었더라면……."

"아닙니다. 박 권사는 충분히 잘해 주고 있습니다."

힘없이 웃은 목사가 차창을 열고 시원한 바람을 맞는다.

'흐읍. 후우. 하, 이제야 좀 살 것…… 음?'

"잠깐! 멈춰!"

"예?! 예!"

끼이이익!

차가 멈추자 목사가 얼굴을 구기며 한 곳을 가리킨다.

"저건 뭡니까?

"예? 헉! 저, 저건?!"

[마지막 기회입니다. 김요한 목사님. 지금이라도 자수하세요.]

2차선 도로의 나무와 나무 사이에 묶여 있는 현수막의

끔찍한 문구에 박 권사가 다급히 차에서 뛰어내린다.

"이, 이……! 야, 이 새끼들아! 너희 지금 뭐하는 거야-!"

"예? 뭘…….."

"이따위 현수막을 왜 여기다 거는 거냐고! 너 뭐하는 놈이야?! 설마 네놈이 그 사탄이냐!"

계속 경찰에 신고를 해서 목사와 그들 교회를 괴롭히는 사탄.

박 권사가 바닥에 떨어진 커다란 돌을 들어 올린다.

"히익! 왜, 왜 이러세요!"

시뻘겋게 충혈된 눈으로 노려보는 박 권사의 모습에 현수막을 걸던 사람들과 피켓을 나누던 사람들이 겁을 먹고 주춤 물러난다.

"박 권사, 지금 뭐하는 겁니까. 형제자매님들께서 겁을 먹지 않습니까."

"하지만 목사님……!"

걱정 말라는 듯 어깨를 두드려 준 목사가 네 명의 젊은, 아니 어린 남녀를 바라본다.

이제 고작해야 20살이나 됐을까 싶을 정도로 앳된 외모들. 그중 한 여성을 보며 눈을 빛낸 목사가 푸근히 웃는다.

"내가 그 현수막의 주인인 김요한입니다."

"……네?!"

깜짝 놀랐다가 울상이 되는 그들.

목사는 어쩔 줄 몰라 하는 그들을 향해 더 짙은 미소를 보여 준다.

"혹시 아르바이트입니까?"

"네, 네! 아르바이트 사이트에서 어떤 사람이 이 현수막을 여기다 걸어 주고, 3시간 동안 이 피켓을 들고만 있으면 10만 원씩 준다고 해서……."

선금으로 5만 원씩 받았다.

이제 20살이 된 그들로서는 아주 큰돈인 10만 원. 날짜가 주말이기도 해서 냉큼 수락을 했었다.

하지만 이런 거라면 수락을 하지 않을 걸 그랬다.

"목사님."

"예. 이번에도 그 사탄 놈이 머리를 썼군요."

만약 저게 계속 걸려 있었다면 어떻게 됐을까. 오늘 참석할 귀빈들에게 말도 못할 망신을 당했을 거다.

가슴을 쓸어내린 목사는 몸을 한껏 움츠린 남녀 학생들, 아니 여학생을 보며 입을 열었다.

"다들 식사는 했습니까? 아직 먹지 않았다면……."

"아, 아니요! 저흰 이만 가 볼게요!"

"안녕히 계세요!"

느낌이 좋지 않았다. 피켓을 내던진 그들은 재빨리 근처의 버스정류장을 향해 뛰었고, 몸에 착 달라붙는 청바지에 여실히 드러나 씰룩이는 여성의 엉덩이를 바라보던 목사는 입맛을 다셨다.

"하나님 아버지의 거룩한 은총을 듬뿍 받은 자매님이

사탄의 세계에 계시는군요."

"알아보겠습니다."

"예. 그렇게 해 주시고…… 저거 치우세요."

이를 드러낸 목사는 다시 차에 올랐다.

너무 놀란 나머지 숙취가 모두 깨 버렸다.

* * *

"아이고, 목사님!"

"오랜만입니다, 박 기자 형제님. 아, 인사가 늦었습니다, 박 검사 형제님."

"늦었습니다."

"아닙니다. 사탄의 무리에서 저희를 보호하시느라 바쁘신 분들인데 시간의 늦고 빠름이 뭐 중요하겠습니까."

기자, 검사, 교수, 정치인 등 이들 모두 목사를 보호하는 방패이자 사탄의 공격을 물리치는 칼이며, 하나님의 또 다른 아들들이다.

귀빈들의 손을 잡으며 미소를 지어 준 목사가 단상으로 향한다.

"와아아아아아!"

"목사님-!"

"엉엉엉엉엉!"

그가 모습을 드러내자 양손을 가슴 앞에 모으며 눈물을 흘리는 신도들.

오늘도 가슴이 벅차게 만드는 그 모습에 목사가 손을 든다.

그에 언제 그랬냐는 듯 입을 꾹 다무는 신도들.

목사가 푸근히 웃으며 입을 연다.

"반갑습니다, 형제자매님들. 김요한 목사입니다."

"와아아아아아아!"

봄맞이 단합대회가 시작됐다.

–나는 목사님의 사랑!

목사와 귀빈들이 박수를 치며 아리따운 아가씨 신도의 공연을 감상한다.

중간중간 타는 목을 술로 달래서 그런지 얼굴이 빨갛게 달아오른 그들.

"이번 신녀님은 꽤 성령이 충만하신 것 같습니다."

"하하. 곧 아나운서로 데뷔할 신녀입니다."

훗날 하나님의 나라에서 목사를 도와 만세의 광영을 펼칠 신녀.

귀빈들이 그녀를 보며 입맛을 다시자 눈을 곱게 접은 목사가 박 권사를 본다.

그러자 잠시 사라지더니 이내 곧 웬 젊은 여성들을 데리고 그들이 앉아 있는 천막 안으로 들어오는 박 권사.

"형제님들, 앞으로 수많은 시련을 이겨 내며 자격을 증명해 저와 함께 하나님의 나라에 가실 예비 신녀들입니다."

"오오!"

"호오?"

신녀라 불린 이들이 들어서자 귀빈들의 눈이 음흉하게 빛난다.

목사는 그 눈빛을 읽고는, 움츠리는 예비 신녀들을 보며 입을 열었다.

"예비 신녀 자매님들. 오늘 그날입니다. 하나님께서 여러분들에게…….."

지이잉! 지이잉!

모두의 못마땅한 시선이 박 기자에게로 향한다.

"아, 이거 죄송합니다. 전화 좀 받겠습니다. 어, 나야. 뭐?!"

천막을 나서다 그대로 굳어 버리는 박 기자의 모습에 의아해할 때, 박 검사의 전화도 울린다. 김 의원 등도 마찬가지다.

그리고…….

웅성웅성.

"응?"

'뭐지?'

운동장에 줄줄이 늘어선 천막에 모여 공연을 즐기고 있던 신도들에게서 동요가 일어나고, 박 권사가 하얗게 질린 얼굴로 달려온다.

"모, 목사님!"

"왜 그러십니까, 박 권사."

"대, 대체 언제! 언제 이런 것을 준비하신 겁니까, 목사님!"

박 권사가 감격하고 감동한 얼굴로 자신들 교회의 SNS에, 오직 교인들만 볼 수 있는 SNS에 올라온 영상을 재생시킨다.

-퍼어엉!
-꺄아악!
-우와악!

터져 나가는 보관함들과 깜짝 놀라 물러서는 사람들.

너무 사실 같은 광경에 목사도 깜짝 놀랐지만, 그게 문제가 아니었다.

뒤에 나타난 경악스런 문구가 문제였다.

[성전이 열렸다! 전사들이여, 창과 칼을 들고 일어나라!]

쿵!

'……이, 이런 미친-!'

그가 경악한 그때였다.

"모, 목사님!"

"오! 목사님-!"

핸드폰을 꽉 쥔 신도들이 눈을 뒤집으며 목사를 향해

달려든다.

드디어 성전이다.

하나님의 땅으로 향할 거룩한 날이 다가온 것이다.

"김 목사!"

"목사님!"

목사는 기함하며 자신을 부르는 귀빈들을 딱딱하게 굳은 눈으로 응시했다.

그는 그들을 향해 손을 들었다.

*　*　*

"이름. 김요한. 본명 전동혁. 나이 58세. 사기 전과 4범이며, 전광순복음교회의 목사로서 자신을 하나님의 아들이자 메시아로 자칭하고 있습니다."

치안상황관리센터를 울리는 보고에 경찰들이 입을 다문다.

"……사기꾼이 목사라고?"

"뒷말 못 들었어? 자신을 보고 예수이자 메시아라잖아."

"아, 사이비?"

"예. 일명 사이비입니다."

보고를 하던 경찰이 다른 경찰을 보며 고개를 끄덕이자 치안상황관리센터의 모니터에 방금 전 올라온 예배 영상이 나타난다.

야외인 듯 푸른 하늘과 잔디, 노란 흙이 가득한 장소.

신도들로 보이는 사람들이 뜨거운 눈으로 목사를 응시하고, 목사는 화사하게 웃으며 입을 연다.

−모두 오늘 발생한 성전의 결과를 확인했습니까?!

−예에!

−드디어 하늘에서 하나님의 전사들, 선발대가 내려 왔습니다!

−와아아아아아!

광기다.

"······미쳤네."

"바, 방금 순교라고 외친 거 맞지?"

"와, 씨발. 와."

경찰들이 헛웃음을 터트린다.

정용진도 어이없다는 듯 종혁을 본다.

"최 서장?"

"······아닙니다. 계속 듣도록 하죠."

'하긴. 회귀 전과 많은 부분이 달라졌으니까.'

당시엔 오직 전광순복음교회의 홈페이지에만 올라왔던 영상.

종혁의 시선을 받은 경찰이 다른 영상을 재생한다.

테러가 발생한 순간 SNS를 비롯한 모든 시스템에 접근 권한이 생긴 치안상황관리센터.

"전광순복음교회의 평소 예배 모습입니다."

예배 공간으로 보이는 장소, 광기에 휩싸인 무리들과 그 주인이 그곳에 있다.

−내가 하나님의 아들임을 믿습니까.

−믿습니다!

−저 사탄의 무리들을 찌르고, 나를 지킬 창과 칼이 되겠습니까.

−되겠습니다−!

−넌 이제부터 내 창이요, 칼이며, 나의 땅을 지킬 전사이리라. 아멘.

−아멘−!

"됐습니다."

더 이상 볼 것도 없었다.

경찰들이 헛웃음이 더욱 커진다.

그리고 그 안에서 분노의 불길이 타오르기 시작한다.

"허. 사이비에 빠지면 답이 없다더니……."

그렇기에 경찰들은 선뜻 이해를 하지 못했다.

대체 얼마나 돌아 버렸기에 이 대한민국에서 테러를 벌인단 말인가. 또 그걸 왜 SNS에 게시를 한단 말인가.

상식으로선 결코 이해할 수 없는 모습.

한 경찰의 중얼거림에 다른 경찰이 코웃음을 친다.

"야, 넌 사이비가 우리랑 같은 인간으로 보이냐?"

사이비는 인간이 아니다.

따르는 신을 위해 재산도, 자식도 모두 가져다 바치는 짐승들.

그리고 그런 짐승을 만드는 교주란 악마.

저것들은 인간이 아닌 짐승, 아니 그 이하의 폐기물이었다.

경찰들은 불타오르는 눈으로 정용진을 응시했고, 정용진은 이를 드러냈다.

"저놈들 잡아 오세요. 강제 진압을 허가합니다."

쿵!

경찰들이 주먹을 꽉 쥐며 흉악한 미소를 지었다.

* * *

"으아아아아!"

"흐어어엉!"

가자. 가야 한다.

하늘에서 내려온 전사들을 돕기 위해 가야 한다.

하지만 갈 수 없다.

-본대가 내려오기까지 우리는 침묵해야 합니다, 전사들이여!

"예!"

-나의 전사들이여-!

"예에에!"

"여기 있습니다! 당신의 전사가 여기 있습니다—!"

가슴을 치며 눈물을 흘린다. 발을 구르며 몸을 들썩인다.

목사는 그들을 향해 손을 뻗었다.

—본대가 내려올 때까지 저 사탄의 무리들이 우리가 이곳에 있음을 알아차리게 해선 안 됩니다! 우린 하나님 아버지가 안배한 비수! 저놈들이 본대의 공격에 정신이 없을 때, 우리가 비수가 되어 저 사탄의 무리들을 징치해야 합니다!

그러겠습니다.

이 타는 가슴을 잠시 진정시키며 때를 기다리겠나이다.

그러니 목사님. 우리의 목사님. 예수이자 메시아시여.

우리가 당신과 함께함을, 당신의 명령을 기다리고 있음을 알아주옵소서.

"목사님—!"

"아멘! 할렐루야—!"

광기에 빠지는 신도들을 둘러본 목사가 마이크를 내려놓으며 몸을 돌린다.

"흐윽! 모, 목사님!"

왜 지금은 안 되는 것인가.

왜 지금 나아가 준비한 창과 칼을 휘두를 수 없는 것인가.

수많은 의문이 떠오르지만 목사의 안배가 있을 것이기

에, 목사에겐 자신 같은 범인 따위는 알지 못할 거룩한 뜻이 있을 것이기에 박 권사는 입을 다물며 그저 목사의 손을 잡고 눈물만 펑펑 흘린다.

목사가 말한 약속의 때가, 아득히 멀 것이라 생각했던 순간이 곧 도래할 것임을 이제 완전히 알게 됐기에 그는 안도하며 전의를 불태운다.

그런 박 권사의 어깨를 두드린 목사가 귀빈들이 모여 있는 천막으로 향한다.

"김 목사, 당신 지금 무슨 짓을……."

하얗게 질린 박 검사가 입술을 떠듬거린다.

박 검사뿐만 아니라 다른 귀빈들도 질리고 겁먹은 눈으로 목사를 본다.

무려 폭탄 테러다. 저 대국인 미국에서도 결코 용납하지 않는 범죄.

"당신 미쳤어?!"

이제부터 경찰의 치안상황관리센터가 가동될 것이다.

아니, 사건이 발생한 지 벌써 4시간이 넘게 흘렀다. 치안상황관리센터는 이미 가동됐을 것이고, 십만 경찰이 범인을 찾기 위해 도끼눈을 뜨고 있을 것이다.

"지금 목사님께 그 무슨 불경한 말입니까-! 사과하십시오!"

"뭐, 뭐라고?"

"그리고 목사님께서 우린 숨겨진 비수라고 말하지 않습니까!"

그래서 이 예배 영상도 자신들 교회의 SNS와 홈페이지에만 올린 것이 아닌가.

박 권사가 나서며 외치자 검사가 얼굴을 와락 구긴다.

"그게 뭔 개소리야! 그걸 왜 올려—!"

테러 상황이 발생하는 순간 경찰의 치안상황관리센터는 대한민국의 모든 기관, 매체, 인터넷 사이트에 강제로 접속할 권한이 생긴다.

영화나 드라마 속 FBI나 CIA가 모든 걸 실시간으로 감청하는 것과 같은 막강한 권한.

테러가 발생했을 시 치안상황관리센터는 국정원에 준하는 권한을 가지게 되는 것이다. 아니, 국정원 또한 직접 움직이고 있을 거다.

"그, 그게 무슨……!"

"안 되겠어. 김 목사, 그동안 고마웠습니다. 난 이만…….."

투다다다다다!

저 멀리서 들리는 소리에, 사방에서 들리는 헬기 소리에 다급히 자리를 뜨려던 귀빈들의 입이 다물어진다.

그 순간이었다.

부아아아앙!

헬기 소리 사이를 뚫으며 들리는 과속하는 자동차의 소리.

저 멀리 청소년수련원의 대문을 향해 검은색 차량들이, 경찰청 대테러부대 SWAT의 차량들이 달려오고 있다.

"미친……."

늦었다.

꽈아앙!

귀빈들은 눈을 질끈 감았다.

끼이이익!

서울경찰청 대테러부대 SWAT의 전술트럭과 버스들에서 경찰들이 내린다.

총과 대검으로 무장한 SWAT 대원들과 달리 야구방망이나 쇠파이프로 무장한 특수본의 형사들.

그리고 방패와 몽둥이로 무장한 전경들.

"사탄의 무리다! 목사님을 보호해!"

"우와아아아아아!"

상황을 깨달은 전광순복음교회의 광신도들이 눈을 뒤집으며 달려들려는 위험한 순간.

찰칵! 치이익!

"후우."

담배 연기를 길게 내뿜은 종혁이 사납게 웃는다.

"단순한 사이비가 아니라 테러 단체입니다. 싹 다 쓸어버리세요."

쿵!

"아, 폭탄이 있을지 모르니 반항 시 발포도 허가합니다."

"충성-!"

이를 드러낸 경찰들이 연장을 들어 올리며 달려들었고, 대테러부대 SWAT이 총구를 들어 올리며 저 멀리 김요한 목사를 향해 달려갔다.

"우와아아아아!"

콰과광! 퍼버벅!

청소년수련원 운동장의 중앙에서 광신도와 경찰들이 격돌했다.

그리고 가장 먼저 튀어 나간 종혁이 광신도의 턱을 돌려 버렸다.

* * *

콰과광! 콰앙!

"끄아악!"

"지, 진짜로 총을 쐈어?!"

"이, 이 미친 새끼들-!"

"아악! 살려 줘!"

광신도들이 패닉에 빠진다.

그동안 격렬한 시위 현장 같은 곳에서도 먼저 공격을 하지 않는 게 경찰이지 않았던가.

그런데 지금은 다르다. 모든 경찰이, 전경들이 살기를 줄줄 내뿜으며 무기를 휘두른다.

아무리 눈이 돌았다고 해도 대가리를 터트리는 몽둥이 찜질과 몸을 꿰뚫는 총탄 앞에는 장사 없었고, 그 무자비

한 폭력 앞에 눈이 원래대로 돌아온 광신도들은 주춤거리며 엎드렸다.

경찰들은 그들의 몸을 향해 다시 몽둥이를 휘둘렀다.

"엎드려, 이 새끼들아! 엎드려!"

"대가리 박아! 대가리 박으라고-!"

"아악! 때리지 마세요!"

겁에 질린 신도들과 그들이 그럴수록 더 잔인하게 몽둥이를 휘두르는 경찰들을 지나친 종혁이 목사에게로 다가간다.

"엎드려! 엎드리라고! 엎드려!"

"끄으윽! 모, 목사님을 보호해!"

"목사님, 이쪽으로……! 제발요! 목사님-!"

SWAT에게 포위되어 어쩔 줄 몰라 하는 목사와 그 주위 사람들.

종혁은 몸에 총탄의 구멍이 뚫렸음에도 목사를 대피시키려 하는 몇 명의, 정말 목사에게 모든 걸 바친 광신도들의 모습에 혀를 내둘렀다.

그리고 그들에게 다가가 발을 들어 올렸다.

뻐엉!

종혁의 발에 걸어차인 신도가 비명도 지르지 못한 채 날아간다.

그렇게 신도들을 날려 보내고 쳐 낸 종혁이 목사 앞에 선다.

금방이라도 주저앉을 듯 흔들리는 다리를 일견한 종혁

이 수갑을 꺼내 든다.

"김요한, 아니 전동혁. 너를 국가보안법 위반 및 내란 혐의로 체포한다. 넌⋯⋯."

콰악!

종혁은 자신의 손을 잡은 목사를 보며 눈썹을 꿈틀거렸고, 목사는 살기 위해 외쳤다.

"아, 아닙니다! 난 아니에요-!"

아니다. 자신이 한 일이 아니다.

종혁은 눈물, 콧물 모두 흘리며 손을 젓는 목사를 보며 눈을 가늘게 떴다.

'이 새끼 보소?'

종혁의 주먹이 움찔거렸다.

* * *

서울역, 서울고속버스터미널 폭발 사고? 아니다! 폭탄 테러였다!

사상 초유의 테러! 주범이 잡히다! 주범은 사이비 교단의 교주!

전광순복음교회의 목사 전 모 씨 검거!

마치 영화를 방불케 했던 진압 작전! 경찰 3천 명 동원돼!

총성이 울린 진압 현장! 신도 수백 명 응급실행!

경찰, 과잉 진압?

포털사이트의 실시간 순위들이 빠르게 바뀌기 시작했다.

* * *

"으하핫! 최 서장!"

종혁이 양팔을 벌리며 다가오는 장희락 경찰청장과 그의 옆에서 뚱한 표정을 짓고 있는 서울청장의 모습에 속으로 피식 웃는다.

"수고했어! 암, 정말 수고했지!"

테러가 발생한 지 고작 6시간 만에 범인을 검거했다.

그동안 욕을 먹어 가면서도 상용화시켰던 인식 프로그램 시리즈와 군사정권 시대로의 회귀라는 여론에도 늘렸던 CCTV가 빛을 발한 거다.

그중 하나라도 부족했다면 이런 성과도 없었을 터.

장희락은 하늘로 날아갈 것 같았다.

반면 서울경찰청장은 그러지 못했다.

종혁이 자신의 생각처럼 움직이지 않은 것도 모자라, 치안상황관리센터 산하 특별수사팀까지 특수본에 끌어들이면서 정용진을 향한 수작까지도 막아 버렸다.

"으음. 수고했어, 최 총경."

"아닙니다. 당연히 해야 할 일을 했을 뿐입니다. 그리고 뛰어난 베테랑 형사들로 특수본을 조직해 주셔서 감사합니다. 그분들이 아니었다면 이렇게 빠르게 범인과 그 세력을 검거할 수 없었을 겁니다."

"……어흠. 그런가?"

"충성."

차마 그렇다고는 대답할 수가 없어서 그저 경례만 한 종혁.

솔직히 굳이 서울경찰청장이 뽑은 형사들이 아니라도 그만큼 해 줄 베테랑들은 널리고 널렸다.

"그럼 전 취조 상황 좀 살피러 가 보겠습니다."

"그래. 가 봐, 가 봐. 바쁜 사람을 붙잡아 둘 순 없지. 아, 그보다 브리핑은 언제쯤이나 가능할 것 같나."

"24시간 안까지 마무리될 수 있도록 해 놓겠습니다."

"씁. 그건 좀 늦는데……."

"최대한 노력해 보겠습니다. 충성."

장희락은 어쩔 수 없다는 듯 손을 저었고, 종혁은 특수 본 사무실로 향했다.

"그냥 초대받아서 간 것뿐이라니까! 야! 너 내가 누군 지 알아!"

"경찰청장 어디 있어! 경찰청장 데리고 와!"

"이거 풀어! 이거 언론 탄압이야, 알아?!"

바락바락 목소리를 높이는 검사와 정치인, 그리고 기자 들.

상황이 꽤 재밌게 됐다.

'회귀 전에도 이렇게 싹 다 잡혀 왔던가?'

당시 담당 사건이 아니었기에 그것까진 잘 모르겠다.

다만 한 가지만은 알고 있다.

'이 사건, 그렇게 회자되지 않았어.'

그저 '사이비 교단 교주 검거'라는 글귀만이 신문 한 토막에 작게 실렸을 뿐이다.

폭탄 테러라는 터무니없는 사건임에도 스케일에 비해 조용히 묻힌 것이 이상했는데, 아무래도 저들 때문이었던 것 같다.

지이잉!

"예, 검사님."

강철선 검사다.

─……종핵아. 혹시 그기에 남부지검의 박창제 검사라 꼬 있나?

"예. 이번 테러 사건의 범인과 연관된 인물로서 현장에서 체포됐습니다. 왜요? 빼 드려요?"

─……아이다. 됐다. 알았데이. 하아…….

"힘내십쇼."

고개를 끄덕인 종혁이 통화를 종료한다.

'하긴 함께 있다가 체포됐는데 빼 달라는 말을 할 수가 없지.'

다른 사건도 아닌 대한민국 국민을 노린 폭탄 테러 사건이다. 그것도 어디 외진 곳이 아니라 하루에도 수천, 수만 명이 왔다 갔다 하는 서울역과 서울고속버스터미널에서.

설사 그 단합대회 자리에 대통령이 있었다고 하더라도

빠져나갈 방법이 없었다.

"에휴."

종혁은 취조실로 향했다.

-난 정말 아니란 말입니다!

-닥쳐, 새끼야! 이걸 보고도 발뺌을 해? 네가 지껄인 말이잖아!

-아니! 형사님도 생각해 보십쇼! 제가 왜 그딴 짓을 저지르겠습니까! 이렇게 형사님들이 쳐들어올 걸 뻔히 아는데-!

거울유리 너머에서 항변을 하는 목사.

종혁이 다시 눈을 가늘게 뜨며 정용진을 본다.

"뭐 좀 나왔습니까?"

"아니요. 계속 혐의를 부인하고 있습니다."

그래서 어이가 없는 한편 의구심도 든다.

다른 것도 아니고 테러 사건, 발생하는 순간 국가의 모든 수사기관과 정보기관들이 나서게 되는 그런 종류의 사건이다.

전동혁이 다른 교인들과 마찬가지로 사이비 종교에 심취한 진짜 미친놈이라면 모를까, 종교를 이용해 사기 행각을 벌이고 있을 뿐인 사기꾼이라면 이해할 수 없는 일이긴 했다.

나쁜 짓을 저지른 놈일수록 자신을 감추고, 모습을 감추는 법이다. 관심에 미친 쾌락 범죄자가 아니라면 말이다.

단순히 돈이 목적인 사기꾼이라면, 자신의 사기가 겉으로 드러나서 모든 것이 물거품이 될 만한 일을 자초할 리가 없는 것이다.

　그렇게 고민에 빠진 종혁은 본 정용진이 고개를 모로 기울인다.

　"……기뻐하지 않는군요."

　상황이 모두 끝났음에도 종혁의 표정에서 후련함을 찾아볼 수가 없다.

　"뭔가 걸리는 게 있는 겁니까?"

　"……저도 잘 모르겠습니다."

　뭔가 꺼림칙하다.

　분명 정답을 잡았는데, 정답이 아닌 느낌.

　똑똑똑!

　"들어오세요."

　문이 열리며 검은 양복과 선글라스를 낀 사내들이 들어오다 종혁을 발견하곤 흠칫 굳는다.

　"어흠. 오랜만입니다, 최 코치님."

　"예, 오랜만이긴 한데……."

　종혁의 눈이 가늘게 떠지자 사내 중 한 명이 재빨리 정용진을 본다.

　"정용진 치안상황관리관이시죠? 반갑습니다. 국정원에서 나왔습니다."

　국정원. 이번엔 정용진의 눈이 가늘게 떠진다.

　"저희가 잡았습니다만?"

순간 날이 서는 그의 목소리에 국정원 요원들은 난처해했고, 종혁은 그런 그들을 보다 몸을 돌렸다.

"어디 가십니까?"

"담배 피우러 갑니다. 수고하십쇼."

이야기만 했다 하면 사람 복창을 터트리는 국정원. 굳이 계속 상대해서 골이 아파질 이유는 없었다.

귀찮은 걸 정용진에게 떠넘긴 종혁은 다시 치안상황관리센터로 향했다.

"엇? 총경님?"

다시 비상 가동을 멈추고 원상태로 돌아간 치안상황관리센터. 모든 사건이 끝났기에 커피 한 잔의 여유를 즐기고 있던 센터 경찰들이 의아해하며 종혁을 반긴다.

"무슨 일이십니까? 뭐 두고 가신 거라도 있으십니까?"

"아니요. 뭐 좀 확인하려고요."

"어떤 걸……?"

"전동혁 이 새끼의 예배 영상과 SNS에 게시된 게시물 좀 다시 화면에 띄워 주십시오. 그리고 '서울역'과 '터미널'이 박스를 수령한 장소에 박스를 가져다 놓은 놈들 좀 계속 추적해 주시고요."

"예? 예…… 뭐, 알겠습니다."

그들은 의아해하면서도 치안상황관리센터의 벽 한 면을 가득 채운 모니터들 중 하나에 종혁이 말한 영상과 게시물을 띄웠고, 종혁은 눈빛을 가라앉히며 그걸 상세히 살폈다.

그렇게 얼마의 시간이 흘렀을까.

돌연 종혁이 담배를 문다.

찰칵! 치이익!

"그러네."

이젠 확실히 알겠다.

꺼림칙한 느낌이 왜 들었는지.

"전동혁, 이 새끼……."

누명을 썼다.

그것도 터무니없는 누명을.

뿌드득!

"예, 관리관님."

종혁이 이를 갈며 몸을 돌렸다.

* * *

"……!"

저 멀리 나무에 매여 있던 현수막이 떼어진다.

피켓을 들어 올리려던 학생들이 도망치듯 목사와 그의 충실한 부하 박 권사에게서 멀어진다.

그런 광경이 보이는 먼 곳의 건물 위.

쌍안경을 내린 청년이 울리기 시작한 핸드폰을 귀에 가져간다.

지이잉! 지이잉!

"예, 여보세요."

―죄, 죄송합니다. 저희 못하겠어요. 주신 선금은…….

"그냥 가지세요. 잔금도 곧 보내 드릴게요."

―네?! 아, 아니…….

통화를 종료한 청년은 이를 악문다.

"결국 끝까지 자수하지 않는구나……."

이번이 정말 마지막 기회였다.

지난 1년여 동안 수차례 기회를 줬지만, 후회 따윈 하지 않았던 목사.

기사를 내려고 해도 막히고, 신고를 해도 묵살됐다. 정치인, 검사, 기자들이 목사의 편이었다.

아무리 외쳐도, 아무리 신고를 해도 아무런 변화가 없었다.

그러니 이젠 자신의 방법으로 처벌해야 했다. 정치인, 검사, 기자들도 막지 못할 처벌을.

청년은 어딘가로 전화를 걸었다.

"시작하자."

청년은 몸을 돌리며 화사한 봄의 푸른 하늘을 바라봤다.

"모두…… 당신이 자초한 일이야."

앞으로 일어나는 일 모두.

아마 대한민국이 뒤집어질 거다. 비명이 터져 나올 것이고, 피가 흐를지도 모른다.

피의 붉은색이 가슴을 적시는 것 같음에 얼굴이 일그러진 청년은 잠시 어쩌다 이렇게 됐는지를 생각했다.

* * *

청년의 가정은 여느 가정집과 다를 게 없었다.

"다녀왔습니다!"

"지금 시간이 몇 시니? 어후! 땀 냄새! 얼른 씻어! 옷은 빨래통에 집어넣고!"

"네! 아, 엄마! 여기 성적표!"

"82점? 너-!"

"악! 씻고 올게요!"

왜 그렇게 불만이 많은지 맨날 잔소리만 하는 잔소리쟁이 엄마.

"앉아 봐."

"네……."

"이번엔 82점을 맞았다면서? 저번보다 5점 떨어졌네?"

"아니, 그게…… 답을 헷갈리는 문제가 몇 개 있어서……."

"맞힐 수 있었던 걸 틀렸다는 거야? 시험지 가져와 봐."

"아, 아빠!"

"성적이 떨어졌다고 혼을 내는 게 아니야. 왜 틀렸는지 알아야 다음엔 안 틀리지."

"아, 네!"

일하시느라 항상 바쁘셔서 함께 있을 수 있는 시간은 많지 않지만, 함께 있을 때만큼은 자신과 똑같은 눈높이에서 자신을 이해하려고 노력하셨던 자상한 아빠.

여느 집과 마찬가지로 평범한 가정이었다.

그런 가정에 금이 간 건 IMF 한파에 아빠가 실직을 하신 이후부터였다.

아빠는 양복 대신 흙과 페인트로 범벅된 허름한 작업복을 입으셨고, 말수가 부쩍 줄어들었다.

언제나 집에서 자신을 맞이해 주셨던 어머니는 식당에 나가시게 됐고, 아빠보다 더 늦게 퇴근하셨다.

아빠와 엄마의 몸에선 언제나 술과 땀 냄새가 났다.

그래도 좋았다.

짝!

"누가 너보고 아르바이트를 하래! 엄마, 아빠가 너 하나 못 키울 것 같아?!"

"죄, 죄송해요…… 흐윽!"

"아, 아냐. 엄마, 아빠가 미안해. 우리 아들에게 믿음을 주지 못해서 미안해."

집안에 도움이 되고자 아르바이트를 했지만, 불같이 화를 내셨던 엄마와 아빠.

어째서 자신에게 화를 내는지 알았기에, 부모님이 어떤 심정일지 충분히 이해했기에 청년은 함께 눈물을 흘렸다.

그렇게 힘들지만 화목함을 잃지 않았던, 서로 힘을 내서 균열을 메워 갔던 가정은 무너져내리는 건 한순간이었다.

공사 현장에서 실족하여 허리를 다쳐 하반신이 마비가 된 아빠.

"술 가져와, 술! 너 이 새끼! 왜 이제 와!"

마치 뭔가를 놓아 버린 사람처럼 극단적으로 변해 버린 아빠.

"여보, 이것 좀 가지고 있어 봐."

부적이나 괴상한 걸 가져와 아빠에게 주기 시작한 엄마.

그리고 청년은 그런 집에 들어가기 싫어 늦은 시간까지 거리를 방황하게 됐다.

그러던 어느 날이었다.

"안녕하십니까, 형제님. 김요한 목사입니다. 허리를 다치셔 하반신에 장애를 입으셨다고요. 우리 함께 성령의 힘으로 이겨 내 봅시다."

엄마가 다니는 전광순복음교회의 목사라는 사람이 매일같이 찾아와 아빠를 위해 기도를 해 주었다.

그 꼴이 보기 싫었던 청년은 그날 이후 더더욱 집에 있는 시간이 줄어들었다.

그렇게 엄마는 온종일 교회에 있고, 청년은 밤거리를 떠돌아다니는 탓에 늦은 저녁까지 집에 홀로 있어야 했던 아빠.

집에 아무도 없는 탓에 아빠는 직접 휠체어를 타고 술을 사러 나가야 했고, 또 한 번 사고를 겪고 말았다. 좁은 골목에서 갑작스레 달려든 차를 피하지 못한 것이다.

아빠의 교통사고 소식을 들은 청년은 서둘러 병원으로 향했고, 거기서 뜻밖의 소식을 듣게 되었다.

부러진 뼛조각이 허리의 신경을 누르고 있었고, 그 탓에 하반신이 마비되었었다는 것.

제거 수술을 하자 거짓말처럼 아빠의 다리는 감각이 돌아왔다.

그리고 시간이 흘러 재활 훈련을 통해 두 발로 걷는 아빠의 모습을 보았을 때, 청년은 그동안 참아 왔던 눈물을 흘렸다.

이제 다시 옛날로 돌아갈 수 있음에, 화목했던 그때로 돌아갈 수 있음에 청년은 울 수밖에 없었다.

하지만…….

"모두 하나님 아버지께서 형제자매님을 돌보신 덕분입니다."

"맞아요! 아아! 하나님-! 감사합니다! 정말 감사합니다!"

기적 같은 일이 벌어졌기 때문일까.

부모님은 그날 우연히 교통사고를 당한 것을, 뛰어난 의사가 몸속에 남아 있는 뼛조각을 발견한 것을 전부 하나님의 은총이라 여겼다.

그때부터 아빠까지 전광순복음교회를 나가기 시작했고, 그들의 가정은 이전보다 더 끔찍하게 변해 버렸다.

"아빠! 그건 내가 아르바이트해서 모은 내 등록금……!"

"조용히 해! 하나님과 목사님의 은총이 아니었다면 아빠가 다시 걸을 수 있었을 것 같아? 헌금을 해야 우리 가족이 앞으로도 계속 행복할 수 있는 거라고!"

"아들, 엄마랑 같이 교회 갈까?"

"내가 메시아임을 믿습니까!"

"믿습니다―!"

엄마와 아빠가 목사를 향해 눈물을 흘리며 목청껏 외쳤다.

광기 어린 부모님의 모습에 겁을 먹은 청년은 그길로 도망을 쳤다.

하지만 세상은 가출한 미성년자에게 호의적이지 않았다. 냉혹했고, 지독했다.

나쁜 어른에게 속아 폐차장에서 일하게 됐다.

족쇄를 찬 채 그 위험한 곳을 돌아다녔고, 먼저 잡혀 왔던 형들이 죽어 가는 걸 두 눈으로 목격했다.

그곳은 지옥이었다.

평생 벗어날 수 없을 거라 생각했던 그곳에서 청년은 한 사람을 만나 구원을 받았다.

그 사람 덕분에 안전한 곳에서 공부를 할 수 있었고, 일본으로 유학까지 갈 수 있었다.

게으름 부리지 않고 열심히만 하면 적지 않은 연봉을 받을 수 있는 전공.

과거엔 삼류 대학이었지만, 누군가의 투자를 받으며 나날이 위상을 높아져 지금은 일부에선 나름 알아주는 대학.

안정적인 미래가 그려지기 시작하자 청년은 그제야 용

기를 내어 부모님을 찾았다.

"아, 아들!"

"미안하다. 아빠가 미안해."

마치 옛날처럼, 화목했던 그때처럼 깔끔한 집.

다시 양복을 입은 채 옛날처럼 푸근하게 웃던 아빠.

앞치마를 입은 채 뒤집개를 들고 있던 엄마.

비록 전등의 빛은 옛날보다 어두웠지만, 후회의 눈물을 흘리며 맞이하는 부모님의 모습에 청년도 후회의 눈물을 흘릴 수밖에 없었다.

"다녀…… 왔습니다."

이럴 줄 알았다면 더 빨리 찾아뵐걸.

후회와 후회 속에서 잠이 들었다. 옛날처럼 깔끔했던 자신의 방에서.

"다시 일본으로 돌아갈까요?"

"안 되지! 가긴 어딜 가? 한국에서 돈을 벌어야 목사님께 드릴 헌금을 받아 낼 거 아니야!"

"그러다 또 도망가면요?"

"일단 한국에서 자리 잡을 때까진 조용히 있어야지. 자리를 잡고 나면 쌓아 올린 게 아까워서라도 못 도망칠 거야."

쿵!

예전으로 돌아온 게 아니었다.

오히려 더 지독해졌다.

청년은 부모님에게 일본에 있었다는 말밖에 하지 않은 걸 다행이라 생각하며 다시 도망쳤고, 다시 한번 부모님을 자신의 인생에서 지워 버렸다.

그러다 비보를 전달받게 됐다.

"아이고! 아이고!"

"으아악! 네가 왜 죽어! 왜! 차라리 날 데려가지 왜 너를 데려가!"

절망과 울음이 가득한 장례식장.

그러나 청년이 있는 빈소만은 조용했다.

빈소를 지키는 건 청년과 함께 공부했던 친구들, 형들과 누나들과 동생들. 그리고 후원을 해 주셨던 분들뿐이었다.

부모님의 사인은 폭행치사였다.

집까지 다 팔다 못해 빚까지 져서 헌금을 내다가 노숙생활을 하게 되었는데, 그곳에서도 전도를 하다가 참다 못한 노숙자들에게 집단 폭행을 당했다고 한다.

분명 인생에서 지워 버렸던 분들이다.

그러나 천륜은 끊을 수 없는 것일까.

청년은 가슴에서 뜨거운 무언가가 올라옴을 느꼈다.

"이렇게 가려고, 장례식장도 찾아오지 않을 사람을 위해 그렇게 다 가져다 바친 거예요?"

그의 눈에서 복수의 불똥이 튀었다.

* * *

"무슨 생각을 그렇게 해?"

"아."

정신을 차린 청년이 친구를 본다.

초조한지 다리를 떨고 있는 친구.

이 복수에 기꺼이 동참해 준 고마운 친구.

"아냐, 아무것도."

"너 설마?"

낯빛이 굳는 친구의 모습에 청년은 고개를 저었다.

"걱정 마. 후회는 안 하니까."

"……정말 안 해? 편한 길도 있었잖아."

"그러기엔 이미 너무 많은 걸 받았잖아."

평생을 갚는다고 해도 못 갚을 은혜를 입었다. 이 이상
도움을 바라는 건 욕심이었다.

"그리고 표면적으로 김요한 그 자식은 목사니까."

그것도 신도 수가 천 명이 넘는 큰 교회의 목사. 검사,
정치인, 기자들까지 배경으로 두고 있어서 경찰도 함부
로 할 수가 없는 목사.

"하지만……."

"됐어."

차가운 의자에 앉은 청년은 씁쓸히 고개를 저으며 한
곳을 힐끔 바라봤다.

웅성웅성.

"아이고, 늦었다!"

"저기요. 21번 게이트가 어디예요?"

많은 사람이 오가는 서울고속버스터미널.

"웩?! 이게 무슨 냄새야?"

"어우, 씨. 누가 여기다 똥을 싸 놨나."

보관함 앞을 지나려던 사람들이 코를 막으며 멀찍이 돌아간다.

청년은 친구를 봤다.

"서울역은 팻말 같은 걸 놓았다고 했던가?"

"응. 수리 중이라는 팻말을 놔뒀어. 방귀탄 원료를 구하기 힘들어서."

"한 번 전화해 봐."

곧 시간이다. 아무리 목사에게 복수를 하기 위함이지만, 애꿎은 피해자가 발생해선 안 됐다.

"응. 나야. 거긴 어때? 아, 그래? 알았어. 거기도 사람들이 비켜 간대."

"다행이네."

고개를 끄덕인 청년이 시간을 확인한다.

앞으로 30초만 흐르면 세상은 목사에 대해 알게 될 것이다.

"후욱! 훅!"

청년은 시간이 가까워지자 숨이 거칠어진 청년을 봤다.

"괜찮아?"

"야. 정말 치안상황관리센터라는 게 가동할까?"

"······할 거야."

믿을 만한 사람이 이야기해 주었던 치안상황관리센터

의 존재 이유.

"만약 아무런 움직임도 없다면…… 2차 테러를 준비해
야겠지."

2차로도 안 된다면 3차, 그로도 안 된다면 4차.

청년은 세상이 목사에 대해 알 때까지 테러를 할 준비
가 되어 있었다.

청년의 눈이 서늘하게 가라앉았다.

그리고 시간은 속절없이 다가왔다.

'3, 2, 1.'

퍼어어엉!

"으악!"

"꺄아악?!"

순간 아비규환이 되는 서울고속버스터미널에, 그럼에
도 다친 사람이 한 명도 없는 모습에 터져 버린 보관함을
일견한 청년은 친구의 손을 꼭 잡았다.

"고맙다."

이런 위험한 행동에 어울려 줘서. 함께 동참해 줘서.

"……됐어. 가자. 배고프다."

둘은 몸을 일으키며 서울고속버스터미널 밖으로 걸음
을 옮겼다.

"와, 씨. 나 방금 30만 원 벌었어."

"뭐? 야, 너 진짜로 한 거야?!"

"혹시나 해서 해 봤지! 그런데 미국 애들이 존나 예민

하게 반응하네?"

"이런 씨!"

"야! 내가 밥상머리에선 밥만 처먹으라고 했지!"

숟가락을 강하게 내려놓는 덩치 큰 친구의 말에 아지트에 모인 세 명은 황급히 고개를 박았다.

다른 건 다 허허롭게 넘어가지만, 식사만큼은 그 누구보다 예민한 친구.

안 그래도 다들 정신이 없던 와중이라 늦게 밥을 먹는 거라서 더 예민해진 친구를 괜히 자극할 필요는 없었다.

그렇게 식사를 마친 그들은 오늘의 테러에 아무도 다치지 않은 걸 축하하기 위해 맥주캔을 들었다.

"……내일은 정말 달라지겠지?"

서울역과 서울고속버스터미널에서 폭탄 테러가 발생했는데도 긴급 뉴스에선 단순한 폭발 사고라 말했다.

"그럴 거야. 조사하다 보면 뭔가 이상하다는 걸 느낄 테니까."

아니라면 경고장을 보내면 된다.

그러면 치안상황관리센터가 가동될 것이고, 자신들이 해킹해 작성한 전광순복음교회의 게시물을 보게 될 거다.

"……그 개자식 꼭 처벌받았으면 좋겠다."

"받을 거야. 경찰은 달라졌으니까. 형이 있는 곳이잖아."

형. 자신들을 구원해 준 사람.

"……그래."

그들은 잠시 그를 떠올리며 말없이 술을 홀짝였다.

그때였다.

"어?!"

핸드폰을 만지작거리던 한 친구가 깜짝 놀라자 청년과 다른 친구들의 시선이 집중된다.

"뭔데?"

"김요한 이 새끼…… 잡힌 것 같은데?"

"뭐?!"

청년이 다급히 친구의 핸드폰을 뺏어 친구가 보고 있던 기사를 살핀다.

사상 초유의 테러! 주범이 잡히다! 주범은 사이비 교단의 교주!

전광순복음교회의 목사? 아니었다! 전과 4범의 사기꾼!

쿵!

심장이 크게 울린 청년의 손이 떨린다.

친구들은 그런 청년을 안쓰러운 눈으로 바라본다.

"……흑!"

끝났다. 드디어 복수를 끝냈다.

그는 눈물로 흐려지는 눈으로 실시간 올라오는 기사들을 살폈다.

폭탄 테러가 발생하자마자 가동된 치안상황관리센터.
치안상황관리센터는 무엇?

"야, 괜찮아?"
"……괜찮아. 후우우."
청년은 맑게 웃었다.
후련했다. 드디어 짐을 내려놓은 듯 몸이 가벼워졌다.
"그럼 정리하자!"
"……오케이!"
"아, 씨발. 야, 그냥 가면 안 돼?"
"야! 좋은 사람은 머문 자리도 깔끔해야 하는 거야!"
"에이."
각자의 방으로 흩어진 그들은 임시로 얻은 투룸 월셋집
을 깔끔하게 치우기 시작했다.
그렇게 노트북과 컴퓨터, 일본에서 들고 온 옷가지만
챙긴 그들. 언제든 떠날 생각이었는지 짐은 각자 캐리어
하나뿐이다.
"다들 빠트린 거 없지?"
"없어. 있다고 해도 일본에서 사면 돼."
청년은 고개를 끄덕이며 몸을 돌렸다.
"가자."
"야. 그 새끼 안 보고 가도 되겠어?"
"……됐어."
복수는 이미 끝났다. 목사의 얼굴을 봐서 괜히 혈압이

오를 필요는 없었다.

"어차피 간다고 해도 만나지도 못할 거고."

"그건 또 그러네……."

그들은 킥킥 웃으며 아지트를 빠져나갔다.

* * *

웅성웅성.

사람들로 가득한 인천공항.

"와, 근데 빠르긴 진짜 빠르네."

"그러게. 일본과는 비교도 안 될 만큼 빠른데?"

"아직도 아날로그인 걔들하고 비교한다고?"

"그 아날로그의 나라에서 직장을 다니고 있습니다, 저희들이."

"……아, 씨. 갑자기 술 땡기네. 가면 맥주에 초밥, 콜?"

"뭘 맨날 초밥이야. 그냥 야키니쿠 먹어."

드르륵!

서로 이야기꽃을 피우며 나아가는 청년과 친구들.

현장 결제로 티켓을 구한 그들은 잠시 인천공항 밖을 바라봤다.

"……결국 형은 못 보고 가네."

"됐어. 다음에 보면 되지."

나중에. 아주 나중에 더 이상 그에게 부끄럽지 않을 때

만나면 된다.

"그렇겠지?"

"그래. 그땐 형이 좋아하는 술이랑 고기 잔뜩 사 가자."

그들은 씁쓸히 웃으며 출국 게이트를 향해 몸을 돌렸다.

그 순간이었다.

저벅!

갑자기 발소리가 들리더니 전봇대처럼 커다란 무언가가 앞을 가로막는다.

쿠웅!

심장이 떨어져 내린 그들이 떨리는 눈으로 앞을 막아선 사람을 바라봤고, 그들을 막아선 종혁은 서글피 웃으며 그들을 바라봤다.

"선호야."

"조, 종혁이 형."

청년, 아니 선호와 친구들의 낯빛이 하얗게 질렸다.

종혁이 선호를, 행복의 쉼터 1호 쉼터생이자 자신으로 하여금 행복의 쉼터 재단을 만들게 했던 불행했던 소년 선호를 가만히 내려다본다.

"우리 선호, 못 본 사이 많이 컸네."

행복의 쉼터와 자매 결연을 맺은 일본의 미나미 대학으로 유학을 간 이후 보지 못한 선호.

종혁은 선호의 옆에 있는 친구들을 봤다.

"지태, 준이, 호철이. 형 보고 인사도 안 하냐?"

"아, 안녕하세요, 종혁이 형!"

"오랜만입니다……!"

"그래. 엎드려 절받기다, 자식들아. 한국은 언제 온 거야?"

"아, 그, 그게……."

"이 자식들. 한국에 왔으면서 형한테 연락도 안 해? 나막 섭섭해지려고 그런다?"

"아니, 그게……."

"됐어. 그보다 안 바쁘지? 가자."

"네?!"

"쓥. 그냥 이대로 가면 형 진짜 삐진다."

종혁은 안절부절못하는 그들과 어깨동무를 하며 인천 공항 밖으로 향했다.

그리고 그들을 인천의 한 식당으로 데려간 그. 테이블 중앙에 불판이 올려지고, 그들의 앞에 국밥이 놓인다.

"뭐해. 뜨끈한 음식 앞에 두고 제사 지낼 거야?"

"아, 아뇨!"

"그렇지? 자, 받아. 비행기 놓치면 형이 데려다줄 테니까 받아."

그들의 잔에 술을 따라 주고 잔을 부딪친 종혁이 술을 목구멍으로 넘기며 아련하게 웃는다.

"햐. 내가 너희들이랑 술을 다 마시는 날이 오네. 이 자식들이 언제 이렇게 큰 거지? 못 본 사이에 너무 나이 먹은 거 아니냐?"

당시만 해도 중학생, 고등학생 꼬꼬마였던 아이들. 이 놈들 언제 키워서 같이 술 먹나 싶었는데, 어느덧 이렇게 긴 시간이 지나고 말았다.

"다들 연애는 많이 했어?"

"형, 그게……."

"에휴. 그 나이 먹도록 연애 한 번 못 해 보고 뭐 했냐? 먹기나 해, 이 모자란 놈들아."

그렇게 한 잔, 두 잔. 한 점, 두 점.

배가 술과 음식으로 차오르자 선호와 아이들의 표정이 느슨하게 풀린다.

옛날, 종혁을 만났을 때로 돌아간다.

"와, 그땐 진짜 막막했는데!"

"하하하!"

세상 사람들 그 누구도 도와주지 않았을 때, 종혁과 권회수 이사장님만이 자신들을 도와주었다.

행복의 쉼터 재단의 직원 형, 누나들이 가족이 되어 주었다.

그들은 그렇게 그때 있었던 일로 늦은 밤까지 웃음꽃을 피웠다.

그들과 함께 웃던 종혁이 피곤에 눈이 감기는 선호에게 다시 술을 따라 주며 입을 열었다.

"부모님께서 돌아가셨다며?"

움찔!

"왜 연락 안 했냐, 자식아. 들어 보니까 재단 직원들에게 말하지 말랬다며?"

"……바쁘시니까요. 그런데 제가 잘못 생각했나 봐요."

"당연히 잘못 생각했지. 왜? 형이 신안으로 가니까 이제 별 볼 일 없다고 생각한 거야?"

"아뇨! 그런 거 아니에요!"

"됐어, 새끼야. 이 형을 나쁜 사람으로 만드니까 속 시원했냐?"

"형!"

"씁! 지금 누가 화를 내야 하는데!"

"죄송해요……."

선호에게 종혁은 고마운 은인이자, 존경하는 동경의 대상이었다.

그렇기에 다른 이들이라면 몰라도 종혁에게만큼은 자신의 부모님에 대해 알리고 싶지 않았다.

그래서 다른 쉼터 식구들은 불렀는데, 종혁에게는 연락을 하지 못했다.

"……후우우. 장례는 잘 치렀고?"

"저는 잘 보내 드린 것 같지만……."

"그래. 고생했다."

"아니에요. 감사합니다, 형."

선호를 토닥인 종혁은 빈 그릇들로 가득한 테이블을 보며 서글피 웃었다.

"형."

"왜?"

"저희 준비됐어요."

움찔!

종혁이 선호와 친구들을 본다.

"감사합니다, 형."

선호와 친구들이 미소를 짓자 종혁의 얼굴이 일그러진다.

부모에게서 도망쳐 나와 폐차장에서 족쇄를 찬 채 죽음의 공포 속에서 살았던 선호.

부모가 돌아가신 이후 눈치를 주는 친척집에서 뛰쳐나와 길거리에서 노숙을 하다가 인신매매를 당할 뻔했던 지태.

도박 중독인 부모가 담보로 팔아 사채업자 사무실에서 잔심부름을 하던 준이.

부모는커녕 일가친척 아무도 없어서 고아원을 전전하다 결국 가출팸에서 앵벌이를 하던 호철이.

새끼들이 아주 끼리끼리 모였다.

참 서글프게도 말이다.

"그래……. 가자……."

종혁은 수갑을 빼 들었다.

철컥!

"너희를 국가안보법 위반 및 폭발물 관리 위반으로 체포한다. 너희는 변호사를 선임할 수 있고, 묵비권을 행사할 수 있으며, 불리한 진술을 거부할 수 있다. 또한 이 체포가 부당하다 생각될 시 법원에 이의를 신청할 수 있다.

이해했지?"

"예……."

"잘 먹었습니다! 종혁이 형!"

"시끄러워, 새끼들아."

종혁은 이를 악물며 그들과 함께 식당을 **빠져나왔고**, 정용진이 그런 그들을 맞이했다.

* * *

"후우."

경찰청장실에 무거운 담배 연기가 퍼진다.

"……아는 사이라고."

"드릴 말이 없습니다. 죄송합니다."

"최 서장이 미안할 건 아니지."

하지만 상황이 골치 아프게 됐다.

기껏 사이비 교단의 교주를 테러범으로 잡았는데 알고 보니 교주는 누명을 쓴 피해자였고, 진범이 따로 있었다.

이 일이 바깥으로 새어 나가면 목사는 풀려나게 될 것이고, 그의 배경이었던 정치인과 검사, 기자들이 경찰을 물고 뜯고 씹을 것이다.

다시 담배 연기를 길게 내뿜은 장희락은 담배를 비벼 껐다.

"이 일에 대해 아는 사람은 누가 있지?"

"청장님."

"쓥."

"……정용진 관리관님과 치안상황관리센터 직원 몇 명입니다."

장희락은 눈을 빛냈다.

"오케이. 그러면 이렇게 하지. 그 한선호란 청년은 전광순복음교회의 교인인 거야. 그것도 김요한, 아니 전동혁의 측근인 거지."

그리고 한선호와 그 친구들은 목사의 밀명을 받아 폭탄을 제조해 서울역과 서울고속버스터미널에서 폭탄 테러를 저지른 것이다.

"괜찮습니다."

"괜찮긴 뭐가 괜찮아!"

타앙!

이번 일은 행복의 쉼터에 엄청난 타격이 될 일이었다.

그동안 행복의 쉼터가 이 대한민국을 위해 얼마나 많이 헌신을 해 왔는가.

그러나 이번 일이 바깥으로 새어 나가면, 권회수를 싫어하는 과거의 사람들이나 행복의 쉼터 재단으로 인해 파리만 날리게 된 여러 재단들, 시민 단체들이 권회수를 물어뜯기 위해 달려들 것이다.

뿐만 아니었다.

종혁은 사건과 무관한 종교 단체를 핍박하고 구속시킨 경찰이라며 언론에 오르내리게 될 터. 이는 종혁에게 있어서 치명적인 스캔들이었다.

"청장님."

"됐어. 이렇게 하는 걸로 끝내!"

"박조웅, 박 권사가 입을 열었습니다."

움찔!

"……그게 무슨 상관이야! 이미 전동혁 그놈은 피해자가 됐는데!"

목사가 그 어떤 비리를 저질렀다고 해도, 그래서 박 권사가 그 모든 증거를 모아 뒀다고 해도 목사는 그 모든 증거가 조작된 것이라고 우길 것이다.

그리고 목사의 배경으로 있던 이들도 본인들이 살기 위해서라도 목사를 지지하며 무죄로 만들기 위해 총력을 기울일 거다.

"박조웅 외에도 전동혁이 사기꾼이라는 사실이 드러나자 증언을 하기 시작한 교인이 한두 명이 아닙니다."

특히 목사에게 성폭력을 당한 여성들이 너도나도 증언하고 있다.

그 밖의 다른 추가 범행 사실도 확인되면, 그에겐 어마어마한 형량이 떨어질 거다.

"또한 검찰 관련자는 검찰에서 자체적으로 좌천시키기로 했고, 언론사들도 관련 기자들을 퇴직시켰습니다. 김 의원이라는 정치인도 저와 친분이 있으신 의원님들께서 나서서 해결해 주기로 했습니다."

이로써 목사, 전동혁이 빠져나갈 수 있는 길은 완전히 가로막혔다.

하지만 장희락의 표정은 더욱 일그러져만 갔다.

전동혁은 벌할 수 있겠지만, 그렇다고 종혁이 테러 사건과 무관한 교회를 건드렸다는 사실은 변하지 않으니까.

"이럴 땐 융통성을 좀 발휘해 봐—! 내 말대로 하면 되는 걸 가지고, 왜 초가삼간을 다 태우려고 해! 이럴 땐 그 있는지 없는지도 모를 브레이크 좀 밟으란 말이야!"

"여의도에 가셔야죠."

"……그걸 왜 최 서장이 신경 써! 내가 그렇게 미덥지 못해 보이나?! 아니, 지금 내가 서울청장을 밀어줘서 이러는 거야? 그래, 자네에게 말도 없이 일을 진행해서 미안해! 하지만 최 서장도 알잖아! 사내 정치가 얼마나 거지 같은지! 그러니까 그런 포지션을 유지하는 거잖아!"

"그 부분에 대해서는 아무런 감정이 없습니다."

"있는 거잖아, 지금—!"

"진심입니다, 청장님."

"아으으으! 진짜—! 최 서장, 아니 최종혁 총경. 대체 왜 이래!"

"특수본의 본부장으로서 모든 책임을 지고 싶은 겁니다."

쾅! 쾅쾅쾅!

소파의 팔걸이를 내려치며 얼굴을 흉악하게 일그러뜨렸던 장희락은 진지한 종혁의 얼굴에 한숨을 내쉬었다.

"……알았어. 나가 봐."

"감사합니다. 충성."

"그리고 이번 사건에 대해서 인사고과는 없을 거야. 징계도 받게 될 거고."

".......충성."

"꺼져."

쳐다보지도 않는 장희락에게 감사의 뜻을 담아 경례를 하고 경찰청장실을 나선 종혁은 앞에서 기다리고 있는 정용진을 발견하곤 씁쓸히 웃었다.

"술 한잔하시겠습니까?"

".......감사합니다."

"그래요. 갑시다."

정용진은 종혁의 어깨를 두드렸고, 종혁은 애써 웃으며 본청을 빠져나갔다.

* * *

"제보다! 김 기자, 따라와!"

"이거 자료 어디 있어!"

오늘도 시끄럽고 번잡한 신문사.

찰칵! 치이익!

사회부의 박영일 부장이 인터넷을 뒤지다 담배를 문다.

"후우. 진짜 이놈의 대한민국은 뭔 놈의 사건이 이렇게 많이 일어나는지......."

어제 검거 된 김요한 목사, 아니 사기꾼 전동혁 때문에 아직도 인터넷이 떠들썩하다.

불과 얼마 전에 대한민국 조직폭력계가 재편되고, 저 먼 신안에선 염전 노예 사건이 발생해 대한민국을 뒤집었는데, 이번엔 사이비 교주 사건이다.

옆 나라는 아직도 대지진과 쓰나미의 충격에 벗어나질 못하고 있는데, 한국은 사이비 교주가 천 명이 넘는 사람들에게 사기를 치고 있었다.

그런데 거기에 메이저 신문사를 비롯한 10개의 신문사 기자들이 가담해 있었다.

그 때문에 현재 그가 청춘을 다 바친 신문사도 분위기가 살벌했다.

아무리 하루, 1분 1초를 바쁘게 사는 게 기자라지만 이건 좀 심한 것 같다.

"나도 이제 나이가 들었나……. 이젠 좀 벅차네."

"퇴직할 거면 경찰 브리핑 기사는 써 놓고 해라."

"아, 형님."

"회사에선 주필이라고 불러."

신문이나 잡지 등 정기 간행물의 편집 방향과 기사 게재 결정 여부를 주관하는 최고 책임자인 주필.

노인은 검지와 중지를 들어 입술에 가져갔고, 박영일은 얼굴을 구겼다.

"피우고 있는데."

"쏩!"

"에휴. 알았수다."

둘은 신문사 건물의 옥상으로 향했다.

따뜻한 캔커피를 박영일과 나눠 가진 김 주필이 봄의 푸른 하늘을 바라본다.

"이번에도 종혁 씨더라."

"에두르지 말고 직진하십쇼."

"회사 분위기가 안 좋은 거 알지?"

박영일의 얼굴이 구겨진다.

"그게 어떻게 최 총경 탓입니까? 사이비 사기꾼 새끼한테 돈이랑 여자 받아 처먹고 묵인시킨 개새끼들 탓이지."

"그건 그렇지만······."

"생각 없이 지껄이는 새끼들 때문에 그러십니까? 그놈들 제 앞에 데려다 놓으십쇼. 턱주가리를 돌려 버릴 테니까!"

그렇게 수군거리는 놈들은 모두 이번에 체포당한 기자들과 연관이 있는 놈들임이 분명했다.

"새끼야. 너도 이제 나이가 있는데 험한 말은······."

–여기 좀 봐 봐, 미스터!

"전화 좀 받겠습니다."

한숨을 쉰 주필은 손을 저었고, 박영일은 잔소리 대마왕의 잔소리를 벗어나게 해 준 고마운 사람의 전화를 기쁜 마음으로 받았다.

"어, 나야. 뭐?!"

갑자기 벌떡 일어난 박영일의 얼굴이 하얗게 질린다.

주필을 힐끔 본 박영일을 그대로 옥상문을 향해 달렸다.

"알았어! 지금 내려갈게!"

"야! 어디 가! 야-!"

주필도 반사적으로 일어서 박영일의 뒤를 쫓는다.

기자가 저렇게 놀랄 일이 뭐가 있겠는가. 특종이었다.

다급히 내려간 주필은 고요한 사회부에 눈을 껌뻑였다.

"무슨 일인데 이래……."

"하아. 씨발."

박영일이 보라는 듯 주필에게 종이 뭉치를 내민다.

방금 전 부하 직원의 앞으로 날아온 제보.

의아해하며 종이 뭉치를 받아 든 주필은 이내 눈을 부릅떴다.

"……이런 미친!"

이게 진짜냐는 듯 바라보는 시선에, 그리고 그 눈에 서리는 작은 욕심에 박영일은 얼굴을 구겼다.

"김 주필님, 끝까지 보고나 말하세요."

"이거 설마, 이번에도……."

낯빛이 딱딱하게 굳은 주필이 박영일의 팔을 잡아끈다.

"이거 이번에도 종혁 씨 맞지?"

그동안 마치 익명의 제보자인 척, 때로는 본인의 이름을 밝히며 수많은 특종을 안겨 줬던 종혁.

그가 이번에도 특종을 제보해 준 것 같다.

"아니요. 이번엔 종혁이가 아닌 것 같습니다."

만약 종혁이 보낸 거라면 연락을 했을 거다.

"뭐? 그럼 더 잘됐네!"

주필의 눈이 반짝이기 시작했다.

"야, 이거 먹자."

폭탄 테러의 주범이 따로 있다.

전광순복음교회의 목사, 사기꾼 전동혁이 저지른 게 아니라 다른 사람이 폭탄 테러를 한 것이다.

분명 이번에 전동혁의 뒤를 봐주던 기자들을 직원으로 데리고 있는, 이번에 개망신을 당한 신문사들에서 딜이 들어올 터.

검찰과 정치인들도 마찬가지다.

기자들은 모르는, 그들만 알고 있는 특종들이 있을 것이다.

"너도 이제 진급해야지. 언제까지 부장으로 살 거야? 나처럼 주필 돼야지."

순간 박영일의 눈이 흔들린다.

어쩔 땐 사장보다 더 강한 발언권을 가지는 주필이라는 직책.

"혀, 형님."

"이번 한 번만 딱 눈 감으면 돼. 전동혁, 아니 김요한만 좀 빨아 주면……."

"형님-!"

화들짝 놀란 주필이 박영일을 봤다가 얼굴을 구기고, 낯빛이 딱딱하게 굳은 박영일이 종이 뭉치를 가리킨다.

"거기 보면 주범, 한선호가 우리 회사에도 제보를 했다고 나와 있어요. 그것도 세 번이나."

"……빌어먹을."

"나도 형님이 하는 말 뭔지 알아요. 나도 부장인데 그걸 왜 모릅니까. 하지만 형님……."

박영일은 다시 담배를 문다.

찰칵! 치이익!

"기자가 돼서 쪽팔리게 살진 말아야지."

박영일의 눈을 본, 지금은 웬만해선 찾아볼 수 없고 예전 군사독재 시절에서나 찾아볼 수 있었던, 진실을 밝히기 위해 정부마저 들이박던 시대의 진짜 기자의 눈을 본 주필은 한숨을 내쉬었다.

"그래, 개새꺄! 너는 천국 가라, 가―!"

박영일은 씩 웃었다.

* * *

폭탄 테러 사건의 주범은 따로 있었다?
사이비에게 부모를 잃은 청년!
검찰, 언론, 정치 모두 청년을 막아섰다!
부모를 잃은 청년의 외침이었던 폭탄 테러!
행복의 쉼터 출신인 테러범!

가출 청소년들의 희망 행복의 쉼터, 알고 보니 테러범 양성소?

억울한 피해자인 전광순복음교회의 목사, 김 모 씨!

여론이 첨예하게 대립하는 가운데, 재판 날짜가 가까워졌다.

* * *

"그래서 내가 그년을 그냥……!"

"낄낄낄!"

"주 예수그리스도의 이름으로 기도 드립니다, 아멘."

성범죄를 저지르다 잡혀 왔음에도 후회하지 않는 사람, 그런 그와 시시덕거리며 웃는 사람, 친구를 죽여 놓고도 후회를 하지 않는 사람 등으로 가득한 법원의 대기실.

미결수 복을 입은 한선호도 고개를 숙인 채 눈을 감고 있다.

무릎을 짓누르며 모은 두 손이 떨리는 그.

'내, 내가…… 무슨 짓을 한 거지?'

몰랐다. 이렇게 될 거라고는 생각지도 못했다.

"대체 왜……."

자신만 처벌하면 되는데, 자신만 개새끼가 되면 되는데, 왜 애꿎은 행복의 쉼터가 거론된단 말인가.

'왜…… 왜, 왜-!'

이럴 줄 알았으면 복수하지 말걸.

인생에서 지워 버린 부모 따위 그냥 무시해 버릴걸.

짙은 후회와 절망이 그를 뒤흔든다.

"흐윽!"

"선호야."

한선호가 자신의 손을 꼭 잡는 친구들을 봤다.

"미안해. 정말 미안해……."

친구들에게 미안했다. 괜히 자신과 어울려 처벌을 받게 된 것이 미안했다.

빠악!

"새끼야! 너 말 그따위로 할래!"

한선호의 머리통을 후려친 준이가 얼굴을 살벌하게 구긴다. 다른 친구들의 표정도 험악해진다.

"한 번만 더 그딴 개소리 지껄여 봐. 아주 그냥 찢어 죽여 버릴 테니까!"

"그래, 선호야. 우린 친구잖냐."

누군가는 잘못된 길로 들어서는 친구를 바로잡아 줬어야 진짜 친구라 하겠지만, 누구보다 친구의 고통을 잘 아는 그들로서는 죄를 같이 짊어져 주는 것이 최선이었다.

다만 그로 인해 행복의 쉼터 식구들에게 폐를 끼친 것만큼은 후회가 됐다.

교도소에서 죽을 때까지 후회한다고 해도 이 죄를 씻을 수 있을까.

죽는다고 하더라도 행복의 쉼터 친구들의, 형 누나 동생들 앞에서 고개를 들 수 있을까.

낯빛이 어두워진 그들은 온몸을 짓누르는 죄책감에 서로의 손을 잡으며 사과를 했다.

자신들의 그릇된 행동에 피해를 입은 행복의 쉼터 사람들에게.

지금쯤 마녀사냥을 당하고 있을 소중한 가족들에게.

그들은 구치소에서 흘렸던 후회의 눈물을 흘리고, 또 흘렸다.

그렇게 시간이 흘러 어느덧 그들만 남게 된 순간이었다.

끼익!

문이 열리며 양복을 입은 사람이 들어온다.

"한선호 씨, 서준 씨, 구지태 씨, 양호철 씨. 나오세요."

쿵!

입술을 깨문 그들이 차가운 복도를 걷는다.

구치소보다 더 차갑게 심장을 헤집는 복도의 기운. 그들의 고개는 더욱 숙여진다.

"들어가시죠."

문을 연 안내인이 먼저 들어가자 얼떨떨한 얼굴로 뒤따르던 한선호와 친구들은 헛숨을 삼켰다.

'흡?!'

비릿한 조소와 분노 가득한 표정을 짓는 사람들. 그리

고 걱정 어린 표정을 짓는 사람들.

극명하게 표정이 갈리는 사람들 사이에 종혁과 권회수가 앉아 있다.

"혀, 형……."

"이사장님……."

행복의 쉼터에 큰 죄를 저질렀는데도, 믿음을 저버렸는데도 그저 푸근히 웃어 주는 두 사람.

그들의 고개가 다시 숙여지며 두 눈이 뜨겁게 달아올랐다.

* * *

"인터넷을 통해 폭탄을 만드는 방법을 배웠다고?"

권회수의 물음에 종혁이 고개를 끄덕인다.

폭탄 제조나 화기 제조 같은 위험한 지식이 검열되는 한국과 달리 약간은 느슨한 일본의 인터넷 세상. 한선호는 그 안에서 폭탄 제조를 배웠다고 한다.

"해킹은 원래 할 줄 알았다고 하더군요."

컴퓨터 관련 학과로 진학하며 해킹에 대해서도 공부한 한선호.

서준이 그 지식을 배워 해킹을 하였고, 영상 편집은 양호철이 맡았다고 한다.

구지태는 한선호가 만든 폭탄을 택배기사들에게 인계하고, 친구들의 식사를 책임지는 등 잡일을 했다.

"미니 룸이 그렇게 쉽게 뚫리는 곳이었나?"

"그것도 지태가 수를 써서 관리자 아이디를 입수했다고 합니다."

전광순복음교회의 영상팀 중 한 명에게 여자를 붙여, 술을 왕창 먹인 이후에 미니 룸과 홈페이지의 아이디와 비밀번호를 입수했다고 한다.

"못난 것들. 그딴 것에 힘을 쏟을 시간에 나를 찾아올 것이지……."

신도 수가 천 명인 사이비 교단이라고 한들 권회수에겐 아무것도 아닌 전광순복음교회.

권회수의 말 한마디였으면, 전동혁은 물론이고 그 뒤에 있던 검사, 정치인, 기자들까지 모두 처벌을 받게 됐을 거다.

"너무 미안해서라더군요."

"그건 들었네. 그래도 말을 했어야지! 내가 저놈들을 어떻게 키웠는데!"

한선호가 계기가 되어 출범하게 된 행복의 쉼터 재단. 그랬던 만큼 한선호는 권회수에게 아픈 손가락이었다.

"소영이 애미보다 더, 아영이보다 더 자식처럼 키웠어! 자식이라면 힘든 일이 있을 때 부모에게 먼저 말을 해야지!"

"아직 어린아이들이잖습니까."

아직 젊고 어려서 시야가 좁았던 것이다.

그리고 종혁 자신이, 그리고 권회수가 얼마나 큰 힘을

가지고 있었는지 몰랐던 것이다.

"물론 알았다고 한들 저놈들은 자신들의 능력으로 해결하려고 들었을 테지만요."

"이보게, 최 서장! 그걸 지금 말이라고 하나!"

권회수는 종혁에게도 불만이 많았다.

권회수에게 변호사를 붙여 주는 등 어떠한 도움도 주지 말라고 한 종혁.

"그래야 쉼터의 다른 아이들이 산다는 건 이사장님도 아시잖습니까."

"이익!"

안다. 종혁이 하고자 하는 말의 뜻이 뭔지.

권회수가 인맥을 움직이고 돈을 움직이는 순간, 이번 사태에 피해를 입은 놈들이 반발하고 나설 것이다.

정말로 행복의 쉼터를 테러범 양성소로 규정지을 것이다.

그렇지 않아도 언론이 물어뜯는 바람에 치명적인 상처를 입은 행복의 쉼터.

이 이상의 논란이 생기면 정말 재단 문을 닫아야 하는 상황까지 올지도 몰랐다.

"차라리…… 그냥 차라리 뒤에서 돈만 댈 걸 그랬어."

괜히 전면에 나서는 바람에 힘을 써야 할 때 힘을 쓰지 못하고 있다.

저 억울한 아이들의 한을 풀어 주지 못하고 있다.

순식간에 10년은 더 늙은 권회수는 차마 한선호들을

보지 못한 채 눈을 감았고, 종혁은 한선호와 그 친구들 곁에 있는 변호사를 보며 주먹을 쥐었다.

'부탁드리겠습니다, 이준영 변호사님.'

과거, 아주 먼 과거부터 경찰이 저지른 잘못들 때문에 생겨난 피해자들을 위해 구제하기 위해 종혁이 비밀리에 후원하게 된 이준영 변호사.

훗날에는 재심 전문 변호사라 불리는 인물이었다.

종혁은 왜소하지만 커다란 그의 등을 보며 간절히 빌었다.

* * *

"재판장님. 고소도, 신문 제보도 모두 막힌 상황이었습니다. 대한민국의 모든 권력자들이 피고들의 말을 묵살하고 있었습니다. 피고들이 어째서 그런 행동을 하게 되었는지 알아주시기 바랍니다."

"그렇다고 한들 폭탄 테러가 정당화 된다고 볼 수 있는 겁니까! 그렇다면 경찰이 왜 있고, 검찰이 왜 있으며 이 법원이 왜 있는 것입니까!"

검사와 이준영 변호사의 일진일퇴 공방은 치열하게 이어졌고, 기자들은 수첩에 검사와 변호사의 발언을 적기 바빴다.

그렇게 한참을 말없이 귀 기울이고 있던 판사가 고개를 숙이고 있는 한선호와 친구들을 바라본다.

"피고들, 할 말이 있습니까?"

움찔!

고개를 든 그들이 서로를 바라보다 한선호가 대표로 일어선다.

"안녕하십니까, 판사님. 그릇된 생각과 실행으로 여러 사람들에게 피해를 끼친 죄인 한선호입니다."

종혁과 권회수가 눈을 질끈 감는다.

어떻게든 변호를 하려는 이준영 변호사의 노력과 그를 응원하는 사람들을 내팽개치는 발언.

"파, 판사님! 피고는 지금 극도의 스트레스로 인하여……."

이준영 변호사가 다급히 일어서 말린다.

"피고, 그렇습니까?"

"아닙니다."

"한선호 씨!"

한선호는 죄책감이 가득한 눈으로 판사를 응시했다.

"다른 변명은 하지 않겠습니다. 제가 저지른 행동은 명백히 테러였고, 그로 인해 수많은 분들께서 피해를 입으셨습니다. 제가 지금 이 자리에서 어떤 변명을 한들 이미 피해를 입은 분들의 상처는 치료할 수 없을 것이고, 저를 믿어 주셨지만 배신을 당하신 분들께도 악영향을 끼치게 될 것입니다."

폭발에 놀랐을 서울역과 서울고속버스터미널의 사람들. 그리고 행복의 쉼터와 지금도 쉼터에서 보호받으며 사회로 나갈 준비를 하는 후배들.

이미 사회로 나가 자리를 잡은 형, 누나, 동생들, 다른 친구들.

이미 세상의 많은 사람이 행복의 쉼터를 테러범 양성소로 낙인찍었다. 여기서 기지를 발휘하고 억울함을 호소해 형을 적게 받은들, 아니 무죄를 받은들 그들에게 진죄를 씻어 낼 수 있을까.

아니다.

이미 행복의 쉼터를 나쁘게 생각한 사람들은 더 나쁘게 생각할 것이다. 지금은 그저 겸허히 죗값을 받아들이는 것 말고는 할 수 있는 일이 없었다.

아니, 오직 겸허히 죗값을 받아들여야 했다. 그래야만 행복의 쉼터의 명예를, 그곳에 사는 사람들을 조금이라도 더 지킬 수 있다.

판사는 그런 마음을 내비치는 한선호를 안쓰럽다는 듯 본다.

"피고, 지금 그 발언이 본인에게 불리하게 적용될 것임을 이해하고 하고 있습니까?"

"예."

"……계속하세요."

감사하다고 고개를 숙인 한선호가 친구들을 본다.

그의 눈에 서린 말을 읽은 친구들이 벌떡 일어난다.

"야, 너……!"

"안 됩니다! 안 돼요!"

이번엔 친구들을 말리는 이준영 변호사.

입이 막힌 친구들을 보며 웃어 준 한선호는 다시 판사를 바라봤다.

"존경하고 친애하는 재판장님. 여기 저와 함께 이 법정에 선 저 세 명은 저의 협박과 강요에 의해 어쩔 수 없이 저를 따랐을 뿐입니다."

"야, 이 새끼야!"

"아닙니다, 판사님! 아니에요!"

"그러니 부디 이 점을 알아주시고 선처해 주시면······."

뻐어억!

"닥치라고, 새끼야!"

"감사하겠습니다."

"닥쳐! 닥치라고, 개새끼야—!"

땅땅땅땅!

"조용! 조용!"

"한선호, 이 개새끼야—!"

결국 경비원이 달려와 서로를 떼어 놓은 다음에야 정리가 된 재판정.

판사는 피투성이가 된 한선호를 보며 한숨을 내쉰다.

"2주일 후 다음 공판을 진행하겠습니다. 검사와 피고, 변호인은 증거를 더 보강해서 재판에 임하도록 하세요."

땅땅땅!

테러임을 시인한 한 모 씨!

누가 이 사람에게 돌을 던지랴!

그 어떤 억울함이 있더라도 테러는 정당화될 수 없다!

왜 사법부는 사이비를 미리 처단하지 못했나!

억울한 피해자를 만든 세상! 정부가 나서야 할 때!

테러범에게 사형을!

미온한 처벌은 다른 테러를 불러온다!

경찰, 집안 단속만 할 게 아니었다!

여전히 여론이 첨예하게 대립하는 가운데, 국민들의 귀추가 주목되는 가운데 결심 재판이 열렸다.

"피고, 마지막으로 할 말은 없습니까?"

"없습니다."

할 말은 이미 2차, 3차, 4차 공판에서 다 했다.

한선호가 고개를 젓자 이를 악물었던 친구들은 판사의 시선이 닿자 저마다 입술을 달싹인다.

하지만 결국 꺼낸 말은 하나뿐이었다.

"부디 저희의 표현이 그렇게 될 수밖에 없었음을 알아주시길 간곡히 부탁드립니다."

아무리 억울하더라도 서로 싸우는 모습을 보이면 재판에 좋지 않다는 이준영 변호사의 눈물 섞인 부탁에 결국 이 말밖에 할 수 없는 친구들.

'……후우.'

속으로 한숨을 내쉰 판사가 양옆의 배석 판사들을 보며 의견을 나눈다.

그리고 한참의 시간이 흘러 다시 한선호와 그 친구들을 본다.

"그럼 판결을 내리겠습니다."

쿵!

순간 싸늘하게 식어 버린 재판정.

판사가 선고를 내린다.

"피고들의 억울함은 충분히 이해하나 그 표현 방식이 결코 정당하다 판단할 수 없고, 그 방식 역시 악질적이었으나 나름 피해를 최소화하려고 한 점을 참작하는 바, 본 판사는 검찰에서 구형을 요청한 혐의들 가운데 일부를 인정하지 않음으로써 피고 한선호, 구지태, 서준, 양호철에게 각기 징역 24년, 12년, 8년, 8년 형을 선고한다."

땅땅땅!

"아닙니다, 판사님! 저도! 저도-!"

한선호는 울부짖는 친구들에 눈을 감았고, 종혁과 권회수는 얼굴을 쓸어내렸다.

* * *

결단을 내린 사법부! 법치의 승리!

땅에 처박힌 정의. 이제 억울한 사람은 어디로?

판사가 인정할 수 없는 혐의는 무엇이었나!

덜컹! 끼이익!

접견실 안으로 들어오던 한선호와 뚱한 얼굴을 한 친구들이 종혁을 발견하곤 깜짝 놀란다.

"아직도 화해 안 했냐?"

"……몰라요. 저 새끼랑은 말 안 해요."

"의리 없는 새끼."

"친구를 개새끼로 만든 씹새끼."

친구들의 매도에 한선호는 씁쓸히 웃었고, 종혁은 그런 그들을 보며 한숨을 내쉬었다.

"이 새끼들은 언제 철이 들려고 이러는지……. 와서 이거나 처먹어, 새끼들아."

"우왁! 치킨이다!"

"오오! 피자도!"

다급히 달려든 한선호의 친구들은 음식을 해체하다시피 입안에 쓸어 넣었고, 한선호는 종혁을 향해 허리를 숙였다.

"죄송해요. 저 때문에……."

경찰에서 일하는 친구에게 종혁이 징계를 받았단 소리를 전해 들었다.

무려 정직 60일.

잠을 자는 그 순간에도 피해자만을 생각하는 종혁에겐 너무도 큰 벌이었다.

"너 때문이 아니고, 너희 때문에. 어휴. 이런 새끼들이 뭐가 예쁘다고 먹이고 입히고 재웠을까."

도중에 브레이크 좀 밟고 차분히 생각해 보지 하는 아쉬운 마음이 든다.

한선호의 친구들이 음식들을 내려놓으며 고개를 숙이자 종혁은 코웃음을 쳤다.

"허쭈? 니들이 잘못한 건 아냐?"

"······죄송합니다."

"엎드려 절받기다, 새끼들아. 됐으니까 앉아. 할 이야기 있으니까."

움찔!

혹시 연을 끊겠다는 말은 아닐까 겁을 먹는 아이들을 향해 종혁은 천천히 입을 열었다.

"일단 행복의 쉼터는 더 이상 걱정 안 해도 될 거야."

"네······?"

"선호, 네가 모든 죗값을 겸허히 받아들이던 모습과 그런 선호를 감싸려던 너희들의 모습이 동정표를 얻었어."

특히 항소를 포기한 부분과 이들이 제작한 폭발물이 폭약이 아니라 부탄가스를 이용한 것이라는 게 밝혀지면서 국민들의 여론이 더 긍정적으로 바뀌었다.

"뭐 아직도 쉼터를 욕하는 사람은 많지만, 그 사람들 대부분이 원래부터 쉼터를 좋지 않게 봤던 사람들이니까 더 이상 걱정하지 않아도 돼."

"하, 하지만 이젠 꼬리표가······."

시간이 지날수록 더 뼈저리게 깨닫게 됐다. 자신이 얼마나 터무니없는 짓을 했는지.

이제 행복의 쉼터 출신들은 테러범을 배출한 행복의 쉼터 출신이라는 꼬리표가 영원히 붙이고 다녀야 했다.

"그 부분은 이제 차차 개선해 가야지."

'영원히 떼진 못할 테지만…….'

종혁은 속엣말을 꾹 삼켰다.

"아무튼 이 부분은 더 걱정하지 않아도 돼. 정 안 되면 형이 아는 회사들에 취직시켜도 되고. 너희가 아는 것보다 형이 더 대단한 사람이거든?"

"형!"

그건 아니다. 왜 자신들의 잘못 때문에 종혁이 더 희생을 해야 한단 말인가.

종혁은 어쩔 줄 몰라 하는 그들의 머리를 쓰다듬었다.

"그러니까 안심하고 죗값이나 잘 치러, 이 나이만 든 새끼들아."

"……흐윽!"

종혁은 울음을 터트리는 그들을 보며 씁쓸히 웃었다.

* * *

끼이익! 쿵!

교도소를 나선 종혁은 앞에서 기다리고 있는 권회수를 발견하곤 피식 웃었다.

"그렇게 걱정되시면 함께 들어가지 그러셨어요."

"됐네."

만약 들어갔다면 좋은 소리보다 쓴소리부터 나왔을 것이다. 혼을 냈을 것이다.

"이번에 신축을 한 서울남부교도소 간다고?"

천안개방교도소만큼은 아니지만, 재벌 회장님들이 가장 좋아하는, 또 그런 사람들을 비롯해 경제 사범 등 거물들이 가고 싶어 하는 몇몇 교도소들 중 한 곳인 서울남부교도소.

한선호와 친구들은 독거실이나 4인실에서 지내게 될 거다.

"일단은 안양교도소에서 있다가 옮기게 해야죠."

범죄자들이 가기 싫어하는 교도소 중 하나인 안양교도소에서 복역을 하게 한 다음, 세간의 시선이 멀어지면 서울남부교도소로 옮기게 할 생각이다.

"그러다 모범수로 복역하면 더 빨리 나오게 될 테고요."

"생각보다 빨리 나오겠구만."

그제야 슬쩍 미소를 내보인 권회수가 한시름 놓은 얼굴로 종혁을 본다.

"이제 어떡할 생각이신가?"

"뭐, 징계 끝나면 내려가야죠."

신안으로.

종혁은 신안이 있는 남쪽을 가만히 응시했다.

3장. 유전자

유전자

기이이잉!

아침부터 동네를 흔들어 깨우는 그라인더 소리에 잔뜩 피로한 얼굴로 커피를 마시던 박 대리의 미간이 좁혀진다.

이내 무시하며 업무를 보려 하지만, 또다시 귀를 때리는 소리에 결국 몸을 일으키고 마는 그.

"에이, 씨!"

"어디 가!"

"잠깐 밖에요!"

'진짜 아침부터 너무하네!'

건물을 빠져나온 박 대리가 공사 소음이 울려 퍼지는 옆 건물로 향한다. 소음 때문인지 다른 사람들도 슬그머니 밖으로 나와 공사 현장을 구경한다.

박 대리는 옆의 주민에게 슬그머니 다가갔다.

"여기 뭐가 들어오나 봐요?"

"몰러. 무슨 빅 모터스? 그런 이름이던디……."

"빅 모터스요? 아, 빅 모터스 그룹?"

"알어?"

"중고차 매매 기업이에요."

'그런데 중고차 매매 기업이 여길 왜 들어와?'

중고차뿐만 아니라 부품, 그리고 그 외 여러 분야로 확장을 하고 있는 빅 모터스 그룹.

박 대리의 눈이 가늘게 떠진다.

'여기 중고차가 그렇게 좋다고 했지?'

확실히 기업이라서 그런지 여타 중고차 판매 업체와는 차량 상태부터 다르다고 했다.

10만 킬로미터 탄 차도 3만 킬로미터 탄 차처럼 정비가 완벽하게 된다는 빅 모터스. 서울과 수도권 쪽에선 아예 번호표까지 뽑을 정도라고 한다.

"안녕하세요, 대리님!"

"아, 지은 씨."

박 대리는 다가오는 이십대 아가씨, 서울 쪽 지부에서 지원을 나온 직원을 향해 손을 흔들었다.

"뭐 구경하세요?"

"별거 아니…… 지은 씨, 혹시 차 있어요?"

"네, 있어요! 작년에 빅 모터스에서 중고로 산 건데……."

"아, 그래요? 들어갑시다."

"네? 아, 네!"

둘은 두런두런 이야기를 나누며 건물 안으로 들어갔다.

　

한편 공사가 벌어지는 건물의 4층.

옆 건물로 들어가는 박 대리와 지은을 바라보던 한 동남아 남성이 핸드폰을 들었다.

"특이 사항 없습니다."

—라져. 계속 감시 요망.

"수신."

"블랑카! 블랑카—! 아, 이 새끼는 또 어디로 간 거야!"

건물을 쩌렁쩌렁 울리는 작업반장의 목소리.

한숨을 내쉰 동남아 사내는 활짝 웃으며 손을 들었다.

"싸장님! 나 여기 있다! 왜 부르냐!"

* * *

러시아 모스크바 외곽의 대저택. 커다란 수영장을 종혁이 가로지른다.

좌악! 좌악!

마치 범고래처럼 물살을 가르며 빠르게 나아가는 종혁.

또각또각!

붉은 구두의 구둣발 소리가 그를 따라 걷는다.

"푸하!"

"15분 31초……."

"아, 나탈리아."

나탈리아가 얼굴에 피로함이 하나도 비치지 않는 종혁을 보며 혀를 내두른다.

종혁이 언제부터 수영을 했는지 모르지만, 그녀가 본 것만 해도 1500미터다. 그 1500미터를 15분대에 끊은 것이다.

프로 선수급, 아니 세계 최정상의 선수보다 몸무게가 30킬로그램 가까이 더 나가는 것을 생각하면 이건 말도 안 되는 기록이었다. 여전히 경이로운 몸뚱이였다.

수영장 풀을 빠져나온 종혁은 나탈리아가 건네는 음료를 받아 들며 미소를 지었고, 그녀는 그런 그를 향해 태블릿 PC를 내민다.

"세 곳의 포인트에 SVR과 CIA 요원들이 자리 잡았어요."

태블릿 PC 속에 띄워진 위성 사진들에 종혁의 눈빛이 가라앉는다.

"지금 보는 그곳이 바로 일본에서 도망친 놈이 들어간 장소예요."

"형제요양원……."

"저번에도 말했지만, 수련원도 같이 겸하고 있는 곳이에요."

그건 예전에 이름을 듣자마자 알았다.

여긴 옛날 강원도에서 발견했던 연수원과 같은 기능을 하는 장소다. 범죄를 끝낸 놈들의 얼굴을 바꾸고, 사상 교육 및 처형을 하는 장소.

꼬리도, 거의 몸통에 준하는 꼬리를 잡았다.

종혁은 다시 터지려는 웃음을 참아 내며 다음 사진을 확인했다.

"여긴 지도읍이네요?"

"네. 그곳 외에도 목포에도 놈들이 세 들어 사는 건물이 있어요."

"……지점이군요."

놈들 회사의 최소 단위인 지점.

"출장소가 아닐까 했지만, 조사해 보니 놈들이 그곳에 자리를 잡은 지 최소 2년은 됐더군요. 그리고 다음 사진은 추가로 요원들이 자리 잡은 포인트예요."

"추가요?"

"한 곳은 김지원."

쿵!

"참고로 김지원도 형제요양원을 이용한 걸로 추정되고 있어요."

그 덕분에 김지원이 소속된 지부의 위치를 알아낼 수 있었다.

"다른 하나는 최가 다른 사람에게 의뢰했던 그 여대생이 일했던 업체예요."

몸을 굳힌 종혁이 나탈리아의 눈을 보며 입맛을 다셨

다. SVR도 있는데 왜 흥신소에 의뢰한 것이냐는 살짝 실망한 얼굴.

입맛을 다시던 종혁은 이내 다시 태블릿 PC를 바라봤다.

순간 그의 눈이 뜨겁게 달아오른다.

"현재 디자인 및 인테리어 회사로 위장하고 있으며, 직원 수는 총 67명. 우리가 밝혀내지 못한 서울의 지부인 걸로 판명되고 있어요. 몇 번째 지부인지는 파악되지 않았지만……."

그리고 후원사기꾼 백종명에게 접근했던 대전의 후원단체까지.

지난 1년 사이 총 여섯 개의 꼬리를 찾아낸 것이다.

"진짜…… 징글징글하네요. 그런데 국내에 들어와 있는 요원들만으로 충분한가요?"

"국정원도 돕고 있어요."

"아, 그렇다면야……."

고개를 끄덕인 종혁이 이를 악문다.

'형제요양원…….'

드디어 놈들의 뿌리를 뽑을 수 있는 장소를 찾아냈다. 형제요양원만 가만히 감시하고 있으면 알아서 놈들이 찾아올 터.

빠드득!

'조금……. 아주 조금만 더…….'

아주 조금만 더 이 분노를, 들끓는 이 살의를 참아 내

면 된다. 그러면 이 세상에서 놈들을 완전히 지워 버릴
수 있었다.

종혁의 두 눈이 뻘겋게 달아오르기 시작했다.

짜악!

놀란 종혁이 나탈리아를 봤다가 고개를 털고, 나탈리아
는 마치 핏물이라도 떨어질 듯 살벌했던 종혁의 두 눈과
끔찍했던 살의에 떨리는 심장을 감추고자 미소를 지었
다.

하지만 그것도 잠시.

"그러면 이제 경제적인 이야기를 해 볼까요?"

말 그대로 정말 경제적인 이야기.

동일본 대지진이 발생한 지도 벌써 4개월이 흘렀다. 이
젠 정산을 볼 시간이었다.

"……헨리는요?"

"위층에 있어요. 정확히는 컴퓨터 속에. 권과 박도 함
께 있답니다."

"하핫! 올라가시죠."

BUY JAPAN이 드디어 끝났다.

* * *

-휘유.

-와우.

서로의 정산 금액을 오픈한 사람들이 혀를 내두른다.

대략적인 액수지만, 그럼에도 눈앞이 아찔해지다 못해 현실감이 없는 숫자.

그건 예산을 블랙홀처럼 잡아먹는 거대 기관, CIA와 SVR에 속한 헨리와 나탈리아라고 해도 혀를 내두를 정도의 액수였다.

-······축하드립니다, 최. 이로써 세계 최고의 부호가 되셨군요.

"아직은 아니죠."

이른바 오일머니들이 있다.

"중동 왕가들의 재산에 비하면 아직 모자라지 않을까요? 음, 요만큼?"

-그쪽은 말 그대로 왕가, 가문입니다만······.

"그리고 숨겨진 가문들의 재산에도 비할 바는 못 될 테고요."

-그쪽의 역사도 최소 수백 년입니다······.

"있긴 있단 소리네요."

종혁도 그런 가문 중 하나를 알고 있다.

바로 빅토르의 로마노프 가문.

겉으로 드러난 재산만, 아니 빅토르의 드바 로마노프만 해도 기업 가치가 한화로 100조 원 육박하는 무지막지한 가문.

종혁은 입을 꾹 다무는 헨리와 나탈리아에 빙그레 웃었고, 그런 그들의 이 세상이 아닌 대화를 듣고 있던 권아영이 갑자기 혀를 내두른다.

-솔직히 이래도 될까 싶을 정도이긴 한데…….

"이 정도는 괜찮습니다."

한국인은 인정하기 싫겠지만, 일본은 경제 대국이다.

잃어버린 10년이 30년이 되고, 40년이 되어도 결코 무너지지 않을 정도로 기초체력이 대단한 나라다.

회귀 전 동일본 대지진으로 입은 피해를 고작 10년 안에 이겨 낸 것으로도 모자라, 재앙이 들이닥치기 전의 경제 지표를 회복할 정도로 저력이 있는 나라.

'물론 계속된 재앙으로 그 이상이 되진 못하지만…….'

이번에도 마찬가지일 거다.

치열하고 잔인하게 물어뜯었지만, 이후 별다른 일이 없는 이상 일본은 20년 안에 다시 재앙 이전으로 돌아갈 것이다.

"그러니 조금 더 뜯어내도 되죠."

움찔!

권아영과 박태규, 나탈리아와 헨리가 입을 떡 벌리며 종혁을 보자 종혁은 피식 웃었다.

"소소한 용돈벌이 수준입니다."

-……그 용돈벌이의 수준이 한화로 조 단위일 것 같다는 건 제 억측일까요?

떨떠름한 권아영의 물음에 종혁은 미소로 답했고, 뭔가를 알아차린 헨리와 나탈리아는 질린 눈으로 종혁을 봤다.

"최, 혹시 그 용돈벌이가……."

"예. 일본 정부가 숨겨 둔 해외 자산들입니다."

쿵!

CIA조차 그 규모를 정확하게 파악할 수 없는, 아니 빙산의 일각조차 알 수 없는 일본 정부의 숨겨진 해외 자산들.

종혁은 나탈리아와 헨리를 보며 입술을 비틀었다.

"완전히 파악은 하지 못했지만, 그래도 의심 가는 부분들이 있긴 하시죠?"

─……하핫!

그렇다. 그 정도도 못한다면 정보기관이라는 딱지를 떼야 한다.

어색하게 웃은 둘은 눈을 빛내기 시작했다.

"확실히……."

─상황이 상황이니만큼 그 숨겨 둔 자산들을 매각할 수밖에 없겠군요.

"예. 무조건 현재의 가치보다 싼값에 매각을 하겠죠."

일본 정부가 지난 수십 년 동안 고르고 고른 알짜배기들. 비록 앞으로 그 가치가 드라마틱하게 변하진 않을지라도 욕심이 날 수밖에 없는 것들이다.

─……이거 일본 정보국을 예의주시해야겠군요.

"SVR은 일본의 외무성을 주목하도록 하죠."

든든한 그들의 말에 고개를 끄덕인 종혁은 권아영과 박태규를 봤다.

"작년부터 유럽의 정세가 흔들리고 있다는 건 모두 알고 있을 겁니다."

정확히는 미국에서 발생한 서브프라임 모기지 사태로 받은 충격을 이겨 내지 못하고 계속 흔들리는 것이다.

-그렇지 않아도 조사 중에 있습니다.

-아이슬란드와 아일랜드, 그리스는 이미 진입해 있는 상태예요, 보스.

그 외에도 여러 나라에 자금이 들어가 있는 상태다.

종혁은 고개를 끄덕였다.

"거기에 더해 방글라데시도 더 뜯어먹을 게 있을 겁니다."

권아영과 박태규가 혀를 내두른다.

작년부터 올해 초 사이 발생한 방글라데시 주식 신용 사기.

이에 어마어마한 돈이 증발해 버린 방글라데시 주식 시장은 아직도 그 충격을 회복하지 못하고 있었다.

"여기도 소소한 용돈벌이 수준은 될 겁니다."

-흠. 스페인은 어떻게 생각하나요, 보스?

"그곳은……."

종혁과 권아영, 박태규는 이번에 큰 도움을 준 CIA와 SVR을 위해 권&박 홀딩스의 정보들을 아낌없이 풀었고, 나탈리아와 헨리는 귀를 활짝 열고 그 말들을 경청했다.

그를 보며 종혁은 미소를 지었다.

'세계는 넓고, 그만큼 뜯어먹을 건 많다.'

이것은 진리였다.

"원래는 가장 설레고 기분이 좋은 날이 바로 정산하는 날인데요…….."

마음껏 축배를 들고 싶은데, 마더 러시아가 친애하는 친구인 종혁이 또 다른 숙제를 안겨 줬다.

그런데 그 열매가 너무 달콤해 보여서 먹지 않을 수가 없었다.

"아하하."

어색하게 웃은 종혁이 두 개의 넥타이를 들어 올린다.

"이게 나아요, 이게 나아요?"

"둘 다 아니에요. 차라리 타이를 하지 않는 건 어때요?"

"음. 그래도……."

오늘은 아주 중요한 날이다. 오늘을 위해 러시아에 왔을 정도라고 할 만큼 중요한 날.

"깔끔하게 파란색이 나으려나."

"흰색 슈트는 어떤가요? 넥타이는 붉은색으로."

"이제 아이반은 졸업하고 싶습니다만……."

그 말에 나탈리아가 빵 터져 버리고, 종혁은 고개를 젓는다. 왜 흰색 정장만 입었다 하면 마피아 보스가 되는 건지 모르겠다.

띠리링! 띠리링!

"받으세요."

"고마워요, 최. 그래, 무슨 일이야? 뭐?! 벌써 도착하셨다고?"

'응?'

"알았어. 곧 내려갈게."

통화를 종료한 나탈리아는 얼른 둘둘 말린 넥타이들이 담긴 서랍장 앞에 서며 한 넥타이를 골라 직접 매어 주기 시작했다.

"빅토르는 아닌 것 같은데…… 누구예요?"

"음. 당신의 친구?"

"제 친구들 가운데 나탈리아를 곤란하게 만들 사람이 있었던가요?"

거기다 방금 전부터 저택 전체에 지독한 긴장이 감돌고 있다.

'대체 어떤 거물이 왔기에…….'

"후후. 자, 됐네요."

"흠."

직접 확인해 보라는 나탈리아의 모습에 종혁은 어쩔 수 없다는 듯 고개를 끄덕였고, 그녀는 싱긋 웃으며 손을 내밀었다.

"그럼 갈까요?"

"……부탁드립니다, 공주님."

둘은 키득키득 웃으며 방을 나섰다.

그리고…….

"오, 최! 러시아에 온 걸 환영합니다! 하하하하하!"

대저택의 로비에서 양팔을 벌려 종혁을 환영하는, 푸근한 인상과 악동의 그것처럼 짓궂은 입매가 인상적인 중년인.

종혁의 입이 떡 벌어졌다.

"메드베제프 씨-?!"

마더 러시아의 이인자이자, 현 대통령.

종혁을 반기는 이는 메드베제프 대통령이었다.

메드베제프가 종혁을 와락 끌어안는다.

"잘 있었습니까, 최!"

"아니, 메드베제프 씨께서 여긴 어떻게……."

실제로는 처음 보는 메드베제프.

옷 안에 감춰진 단단한 근육이 뜨겁게 느껴진다.

"하하. 최가 오랜만에 러시아에 왔다고 하니 참을 수가 있어야죠. 많이 놀랐습니까?"

"……그걸 말이라고 하십니까."

종혁의 작은 핀잔에 짓궂게 웃은 메드베제프가 종혁의 눈을 또렷이 응시하며 입을 연다.

"정말 보고 싶었습니다, 최."

러시아가 종혁과 친구가 된 이후 참 많은 것이 변했다.

가장 대표적인 것을 뽑자면, 세계의 흐름에 편승을 했다는 것.

그의 진심은 묵직하게 전해질 수밖에 없었고, 종혁의 표정도 진지해진다.

"저도 만나 뵙고 싶었습니다, 메드베제프 씨. 아니, 대통령님. 다시 한번 대통령이 되신 걸 축하드립니다."

"모두 최 덕분입니다. 그럼 이동하실까요?"

"……괜찮겠습니까?"

"걱정 마십시오. 이건 비밀 스케줄이니 말입니다."

"음. 그렇다면야……."

메드베제프의 마음을 알아차린 종혁은 차마 거부할 수 없었고, 둘은 메드베제프가 타고 온 차에 올랐다.

대통령 전용차가 아니라 따로 제작된 방탄차. 똑같이 생긴 방탄차들이 줄줄이 열을 지어 대저택을 빠져나간다.

부우우웅!

"한국에서 일이 있었다고 들었습니다. 괜찮습니까?"

움찔!

종혁이 씁쓸히 웃는다.

당연히 괜찮지가 않다.

입히고, 먹이고, 재우고, 손수 키우다시피 한 아이들을 자신의 손으로 체포해 중형을 받게 했다. 괜찮을 수가 없었다.

"하지만 어쩔 수 없는 일이죠."

한국은 여타 국가들에 비해 총기 소지를 엄격히 금지하고, 폭발물 소지, 제작도 어려운 나라다.

또한 종교적, 인종적 등 사회적 대립이 다른 나라들에 비해 없는 덕분에 테러 청정국의 위치를 지킬 수 있는 것이었다.

그런데 친분이 있다고 해서, 그럴 만한 이유가 있어서 저지른 일이라고 하여 범죄를, 테러를 용납한다?

기준이란 건 한 번 기울어진 순간, 끝도 없이 허물어질 수 있는 것이었다.

그렇기에 종혁은 가슴이 찢기는 슬픔과 아픔을 억지로 참아 낼 수밖에 없었다.

다만 한 가지 걱정이라면, 모든 걸 반성하고 출소한 이후였다.

메드베제프는 씁쓸히 웃는 종혁을 보며 눈을 빛냈다.

"러시아에서 돕겠습니다."

"예?"

"어차피 그 친구들은 이제 한국과 일본에서 지낼 수 없을 것입니다."

맞는 말이다. 테러를 저질렀다.

일본은 아예 입국조차 시키지 않을 것이다.

또한 한국에서도 종혁이 일자리를 알아봐 주긴 하겠지만, 여러모로 불편한 점은 있을 수밖에 없을 터였다.

"그리고 우리 러시아는 아직도 전문가들이 많이 필요하죠."

쿵!

메드베제프의 맑은 눈에 종혁의 심장이 설렌다.

"대, 대통령님……."

"당신이 해 준 것에 비하면 아주 하찮은 선물입니다."

"……그 선물, 받을 수밖에 없군요. 부탁드리겠습니다."

"하하. 이렇게라도 마음의 빚을 갚을 수 있으니 좋군요! 아, 그런데 그 목사는 어떻게 되는 겁니까?"

"……아아, 그놈이요?"

오싹!

심장을 찌르는 살의에 메드베제프가 환희 가득한 미소를 짓는다.

이젠 젊다고도 말할 수 없는 러시아의 괴물 친구 종혁.

코앞에서 본 종혁의 본모습은, 매너 안에 숨겨져 있는 짐승은 이토록 거대하고 무지막지한 괴물이었다.

종혁은 보드카로 혀를 적시며 입술을 비틀었다.

"아마 죽기 전에는 절대 교도소를 나오지 못할 겁니다."

무기징역 따위가 아니다.

종혁은 놈에게 희망을 줄 것이다. 출소라는 희망을.

그리고 그 희망을 매번 짓밟을 것이다.

늙고 병들어 손가락 하나 까딱일 수 없는 그 순간까지도, 그 코앞에 희망을 드리우고 짓밟을 것이다.

청송이라는 교도소의 독방에서 그렇게 절망 속에서 죽어 가게 만들 것이다.

"하하. 그럼 이제 최도 안심하고 변화한 러시아의 거리를 즐길 수 있겠군요."

"변화한 러시아의 거리요?"

창밖을 본 종혁은 이내 피식 웃었다.

따뜻한 드바 로마노프의 옷을 입고, 핸드폰을 귀에 가

져다 댄 채 어딘가로 향하는 사람들로 가득한 러시아의
거리.

여느 도시와 다를 것 없는 일반적인 풍경이지만, 미소
가 지어질 수밖에 없었다.

삶과 추위에 지쳐 무표정하게 살아가는, 또 그것이 미
덕이라 생각하는 러시아인들의 입가에 미소가 그려져 있
기 때문이다.

'이게 정말로…….'

종혁의 전신에 형언할 수 없는 감정이 몰아친다.

종혁은 멍하니 모스크바의 시민들을 바라봤고, 메드베
제프는 그런 종혁의 모습에 은은히 웃으며 보드카를 홀
짝였다.

그렇게 그들은 모스크바의 외곽으로 향했다.

"환영합니다, 최. 이곳이 당신이 우리 러시아에 만든,
러시아를 변화시킨 첫 번째 조각입니다."

종혁은 거대한, 끝이 눈에 보이질 않을 정도로 거대한
스마트폰 제조 공장의 모습에 입을 벌린다.

"와……."

러시아답지 않은 뜨거운 바람이 종혁의 전신을 적셨다.

* * *

그날 저녁, 모스크바의 한 술집.

메드베제프와 나탈리아, 종혁, 그리고 술집 주인만이 있는 조용한 술집에서 종혁이 멍한 얼굴로 술을 기울인다.

그만큼 오늘 본 것이 너무도 크게 다가온 탓이다.

그중 가장 인상 깊었던 것은 다리가 불편한 남편과 아빠의 직장 동료들을 위해 음식을 싸 온 어느 일가족의 모습이었다.

먼지와 때가 가득한 옷을 보여 줘서 그런지 안절부절못하던 가장과 그런 남편과 아빠의 모습을 처음 본 것인지 눈시울이 빨갛게 달아올랐던 가족들.

그리고 그런 그들의 모습에 코를 쓱 훑던 동료들.

정과 사랑이 가득한 그 모습은 참으로 인상 깊었다.

월급을 깎아도 되니 제발 해고만은 말아 달라는 산업재해를 입은 직원을 걱정 말라며 병원에 데려가던 모습도 인상 깊었고, 날씨와 도로 상태 확인용 어플리케이션이나 방범용 어플리케이션을 개발하는 스타트업도 인상 깊었다.

'러시아가 살아나고 있구나.'

"모두 최 덕분입니다."

움찔!

마치 자신의 속마음을 알아차린 듯한 메드베제프의 말에 머쓱해진 종혁이 이내 눈을 가늘게 뜬다.

"대통령께서 이렇게 하루 종일 공무를 비우셔도 되는 겁니까?"

"하하. 최에게 변화한 러시아를 보여 주는 일인데요. 이보다 중요한 스케줄이 어디 있겠습니까."

지난 십수 년간 종혁 덕분에 발생한 일자리의 숫자가 무려 수천만 개다.

중요한 건 일자리보다 노동자의 숫자가 부족해지는 상황이 벌어지면서 임금도 저절로 높아지고, 경제도 이전과는 비교도 할 수 없을 만큼 활성화되고 있다는 것이었다.

그렇게 생활이 안정될 뿐만 아니라 여유까진 생기기 시작하자 부모들은 아이들의 교육에 더 투자를 할 수 있게 되었고, 양질의 교육을 받은 아이들이 늘어나기 시작했다.

"모두 최 덕분입니다."

뿐만 아니라 러시아 정부에서 적극적으로 종혁의 정보로 진행한 합작 프로젝트로 벌어들인 천문학적인 수익을 전부 국민들을 위해 사용했다.

세상에 다시없을 엄청난 규모의 도박.

그리고 그 도박은 이렇게 성공으로 돌아왔다.

덕분에 굳이 예전처럼 여론을 통제하고, 애써 세뇌시키지 않아도 정부를 향한 지지율이 천장을 뚫을 정도다.

그래서 이전 대통령, 러시아의 지배자가 법 때문에 연임하지 못하게 됐을 때 도리어 시위가 벌어졌을 만큼 정부를 향한 국민들의 지지는 옛 소비에트 연방 시절보다 더 굳건하고 열정적이었다.

종혁은 그런 그의 말에 어이없다는 듯 웃었다.

"역시 불곰의 나라답네요."

영리하고, 저돌적이다.

종혁과 메드베제프, 나탈리아는 서로의 잔을 부딪치며 기분 좋게 술을 마셨다.

그러다 돌연 메드베제프의 낯빛이 진지해진다.

"최, 앞으로 우리 러시아가 가야 할 길이 뭐라고 생각합니까?"

언젠가 그가 했던 물음.

술잔을 내려놓은 종혁이 마치 이 말을 기다렸다는 듯 입을 열었다.

"당연히 하나입니다. 경제의 점령."

옛 소비에트 연방 때처럼 군사력을 동원해 무력으로 다른 나라의 땅을 점령하여 국력을 늘리는 시대는 끝났다.

독보적인 기술력과 자금력으로 타국이 경제적으로 자국을 의지하게 만드는 것.

그것이 현대의 전쟁. 즉, 외교다.

"외교……."

"총, 쇠, 균의 시대는 지났습니다. 굳이 소비에트의 부활을 부르짖을 필요가 없습니다."

아직도 수많은 러시아 국민들이 회상하는 냉전의 시대의 제왕.

그러나 그건 술자리에서나 곱씹는 과거의 역사일 뿐이다. 옛 영광일 뿐이다.

지금은 세계가 알아주지도 않는 과거보다 미래를 위해 투자를 해야 한다.

"경제대국 러시아를, 지금의 러시아를 경제제국을 만드십시오."

그렇게만 된다면 주변 나라들은 알아서 러시아를 따를 수밖에 없다. 총탄과 미사일을 들이밀지 않아도, 알아서 러시아를 대변해 줄 것이다.

쿵!

새삼 다시 크게 다가오는 종혁의 조언에 메드베제프의 눈이 크게 떨렸다.

그리고 그건 먼 곳에서 이 대화를 듣고 있는 러시아의 지배자도 마찬가지였다.

'제국……'

연방이 아니라 제국.

심장이 절로 떨리는 단어에 러시아의 지배자이자 몇 년 후 러시아의 법령을 바꾸며 다시 대통령이 될 러시아의 전 대통령이 홍차를 홀짝이며 눈을 가늘게 떴다.

* * *

수군수군.

목포의 한 술집.

사람들이 힐끔힐끔 보내는 시선에 신안에서 차량 견인 업체를 운영하는 김지동이 친구를 원망 어린 시선으로 바라본다.

'이 오살할 놈은 왜 뜬금없이 내가 신안 출신이라고 말한디야!'

그에 그의 친구가 입맛을 다시며 고개를 돌린다.

"……갑자기 해야 할 일 생겼응께 난중에 보자잉."

"그, 그려. 그려. 얼른 가."

술집을 나선 김지동이 얼굴을 구긴다.

"염병할. 아주 죄인이네, 죄인이여."

혀를 차며 주차장으로 향한 그는 차키를 꺼내 들다 멈칫한다.

"……에이. 씨부럴."

주말 오후다.

이 시간이면 압해대교에서 음주단속을 하고 있을 것이고, 평범한 대리기사는 그가 끌고 온 견인차를 운전하기가 힘들다.

'예전이었으믄 단속도 안 했을 것인디…….'

거리로 나간 그가 택시를 잡아탄다.

"압해읍으로 가 주쇼잉."

"……알겠습니다!"

한 박자 늦는 택시기사의 모습에 김지동은 무어라 쏘아붙이려다가 관두며 핸드폰을 꺼내 든다.

"어, 나여. 뭐혀. 나와. 술이나 한잔하게!"

그렇게 압해도의 술집으로 향한 김지동이 술잔을 거칠게 내려놓는다.

"그 육시랄 놈들 때문에 대체 이게 뭔 짓인지 모르겠네!"

염전주들 때문에 신안의 이미지가 박살이 났다.

예전엔 목포에 가도 그냥 시골에서 올라온 시골 촌놈 취급을 받았다면, 지금은 아예 쓰레기 폐기물 수준의 시선을 받는다.

차라리 앞에서 욕을 한다면 맞서 싸우기라도 할 것이다. 그런데 뒤에서 얌생이처럼 수군거리기나 하니 사람 미치고 환장할 노릇이었다.

마치 세상 전체가 손가락질하는 암담한 기분.

김지동과 마찬가지 취급을 당했던 같은 차량 견인 업체의 직원이자 친구, 후배인 두 명도 씁쓸하게 웃는다.

터엉!

"그랑께 말이여! 지동이 너 말 잘했다!"

술집 밖의 테이블.

아직 해가 지지 않았는데도 벌써 얼굴이 벌겋게 달아오르고 눈이 풀린 장년인이 옆에 앉은 김지동을 보며 손가락질을 한다.

"이게 다 최 서장 때문이잖여!"

"그럼. 이게 다 최 서장 때문이제! 어디 시골 사정도 모르는 서울 놈이 기어 들어와서 동네를 쑥대밭으로 만들고 말여!"

"에이, 오살할 새끼. 마셔."

김지동과 그 친구들이 입을 떡 벌린다.

"뭐, 뭐라고라?"

"왜 그렇게 쳐다보냐잉? 너도 그라고 생각 안 혀?!"

"당연히 생각 안 하지라! 말을 해도 뭔 말을 그렇게 혀
요! 아닌 말로 까놓고 말해서 인간이 아닌 것들이 저지른
짓 때문에 엄한 사람들이 피해를 입은 것인디, 그게 왜
서장님 탓이데요?!"

"뭐, 뭐시여?!"

"예! 솔직히 그 인간 아닌 것들이 다른 사람을 데려다
쓰는 거 알고 있었지라!"

그런데 정말 노예 취급을 하는지는 몰랐다. 그저 임금
을 조금 적게 주는 수준으로 알았다.

"지금이 뭐 조선시대다요? 어떻게 몸이 불편한 사람들
을 데꾸다가 그렇게 굴린다요? 그게 사람이 할 짓이다
요?"

사람이 아닌 것들이 그동안 저지른 죗값을 이제야 치르
는 것뿐이다. 최소한 사람이라면 그걸 가지고 왈가왈부
해선 안 되고, 옹호해서도 안 된다.

그런 사람들이 곁에 있음에도 혼내고, 잡아 주지 못한
자신들의 무신경함을 질책해야 한다.

"아, 글고 봉께 쩌그 대천리 염전 사장이 아저씨 동생
분이지라? 그래서 그라고 말하는 것이여라?"

움찔!

"……이놈의 새끼가! 야, 이 새끼야! 너 몇 살이여!"

"먹을 만큼 먹었어라! 왜요!"

나이 차이가 20살은 족히 나는 두 남자가 서로 목청을
높이며 싸우자 시선들이 집중된다.

"야, 야. 지동아. 그만혀. 그래도 어른이여. 니 그러다
니 아부지한티 터진당께?"

흠칫!

김지동이 입을 다물자 장년인의 눈이 가늘게 떠진다.

"나가 말이여! 니 애비 동팔이보다 나이가 많은 사람이
여! 니가 그런디 나한테 욕을 혀?! 동네가 어찌 될라고
이런데! 아주 망둥이가 뛰니께 꼴뚜기도 뛰는구마잉!"

"······."

"솔직히 최 서장이 와서 한 게 뭐 있데? 평소라면 좋게
좋게 넘어갈 일을 죄다 뒤엎어서 사람들 쌍놈으로 만들
고 말이여! 최 서장 때문에 동네가 쑥대밭이 된 거 알어,
몰러!"

조용히 처리할 수도 있는 일을 괜히 크게 부풀리는 바
람에 어딜 가서 신안 사람이라고 말할 수조차 없다.

"이번에 결혼할 내 막내딸이 최 서장 때문에 결혼을 못
하게 됐어!"

염전 사건이 터지자, 그런 악독 염전주가 사돈 될 사람
의 동생이라고 하자 그쪽에서 결혼을 다시 생각해 보자
는 말을 해 왔다.

그로 인해 막내딸은 식음을 전폐한 채 맨날 울고만 있
었다.

그 처절한 외침에 김지동이나 친구들, 그리고 어느새

몰려든 사람들이 숙연해진다.

그때였다.

"사돈 될 사람이 잘 생각혔네. 조상님들이 도왔어."

갑자기 끼어든 음성에 얼굴을 구기며 고개를 돌린 장년인이 웬 할머니를 발견하곤 깜짝 놀란다.

"……관계자 아닌 사람은 빠지셔라."

"나도 관계자인디?"

"아따, 읍 사람도 아닌 것 같은디 뭐가 관계자셔라!"

할머니가 손을 잡고 있는 어린 소녀, 지숙을 힐끔 보곤 장년인을 향해 가슴을 편다.

"나 가룡리 사람이여."

장년인과 구경꾼들이 깜짝 놀라 할머니를 본다.

"최 서장이 해 준 것이 없다고? 아따, 사람이 그렇게 염치없이 씨부려 블믄 안 되제. 최 서장님이 온 뒤로 동네가 을매나 좋아지고, 깔끔해졌어? 맨날 동네 시끄럽게 사고 치는 여그 이놈도 정신 차렸제, CC 뭐시기가 쫙 깔려서 도둑 들 걱정 없제……."

작년엔 신안의 해수욕장 모두가 문전성시를 이뤘다. 모두 종혁이 가수들을 불러다 공연을 벌여서 그렇다는 걸 모르는 신안 군민은 없었다.

"솔직히 까놓고 말혀서, 이번 일만 봐도 그려. 니 새끼가 어디 모르는 곳에서 그렇게 종놈처럼 살았어도 그따위로 씨부릴 수 있냐잉."

"……그, 그거랑 이거는 다르제라!"

"뭐시 다르데? 그리고 그 전에 수항리에서 일어난 일도 그려. 니 딸내미가 그 꼴을 당했어도 그라고 씨부릴 수 있어?! 씨부릴 수 있으믄 어디 씨부려 봐-!"

할머니의 희번덕 떠진 눈이 주변을 훑자 장년인들과 구경꾼들이 슬그머니 고개를 돌린다.

그에 할머니가 그래도 양심은 있다며 혀를 찬다.

"달면 삼키고, 쓰면 뱉고. 사람들이 말여 그라고 살믄 안 뒤야. 니들이 그라고 사람처럼 안 사니께 최 서장님도 좆같아서 안 오는 거 아녀! 무릎 꿇고 모셔 와도 모자랄 분을! 니들의 그 좆같은 생각 때문에! 최 서장님이 이번 달이믄 다시 서울로 올라가신다더라, 이 육시랄 것들아-!"

움찔!

사람들이 눈을 부릅뜬다.

"뭐, 뭐시어라? 서, 서장님이 곧 가신다고라?"

"왜, 왜! 왜 가신답니까!"

"왜긴 왜여! 다 너희 같은 놈들 때문이제! 은혜를 모르는 니놈들 짐승들 때문에-!"

할머니의 손가락질에 사람들이 입을 다문다.

"어디 한 번만 더 그따위로 지껄여 봐! 내가 아주 대갈통을 부숴 버릴랑께! 가자, 지숙아!"

"응, 할머니. 그런데 할머니 화났어?"

"……화 안 났어. 할미 목소리가 원래 큰 거 알잖여."

멀어지는 할머니와 그 손녀를 멍하니 바라보던 사람들

의 눈에 불똥이 튄다.

"어르신께서 맞는 말했구만! 아재요! 어뜨케 그렇게 말한데요!"

"쯧쯧. 세상이 어떤 세상인디……."

심상치 않아지는 사람들의 눈빛에 어깨를 움츠린 장년인과 그 일행들이 슬그머니 자리를 뜬다.

"저 아재 누군지 알제?"

"내 동생한티 저 집 사람하고 상종도 하지 말라고 해야겄네잉."

사람들의 눈이 혹여 장년인처럼 생각하는 사람이 있는지 주변을 훑고, 몇몇 이들이 슬그머니 자리를 뜬다.

그에 다시 혀를 차는 사람들.

"그, 그런디 그보다 서장님 정말 가시는겨?"

"……가시겄제. 우리가 진절머리 나서 안 오시는 분인디……. 나라도 더 안 있겄네."

사람들이 우울해진다.

그동안 신안을 위해 참 많은 것을 해 줬던 종혁.

이렇게 떠나보내야 한다는 것에 숨이 막히고, 손발이 차갑게 변한다.

"……뭐 어쩌자고? 가서 가지 말라고 바짓가랑이라도 붙잡자고? 그라믄 안 뒈야. 그것도 사람이 할 짓이 아녀."

명분도 없다.

그리고 종혁은 이런 시골에서 썩을 만한 인재가 아니

다. 더 넓고 큰 곳으로 가서 더 많은 사람을 위해 능력을
펼치도록 보내 줘야 한다.

이것마저 막는다면 정말 사람 새끼라고 할 수 없을 것
이다.

"그, 그래도 그냥 이렇게 보내면 쓰간디! 보낼 땐 보내
더라도 좋은 기억을 가지고 가시게 해야제-!"

"이렇게 하는 게 어뗘?"

사람들은 머리를 모으며 입을 열기 시작했다.

신안 전체가 뜨겁게 달아오르기 시작했다.

* * *

웅성웅성.

"иди сейчас."

"Я на пути к воротам 13."

모스크바의 도모데도보 국제공항.

-아쉽군요.

"휴가를 더 즐기지 못해서요?"

-……최도 관리자이니 제 고충을 아시잖습니까.

"하하핫!"

종혁은 눈에 고인 눈물을 닦으며 은은한 미소를 지었
다.

"다음에 또 봬요."

-부디 그땐 지금보다 더 여유롭게 봤으면 합니다.

"정치인이 바빠야 국민들이 편하죠."

ㅡ저런. 투정을 부렸다가 혼이 나 버렸군요. 그래도 바이칼에서 오믈 낚시와 보드카를 즐길 수는 있겠죠?

"제 요트로 모실게요."

ㅡ하하핫!

한참을 웃던 메드베제프도 이내 미소를 짓는다.

ㅡ최의 앞날에 신의 축복이 가득하길.

"러시아의 앞날에도 신의 축복이 함께하길 바랍니다, 친구."

ㅡ……감사합니다. 나의 친애하는 친구, 최.

통화를 종료한 종혁은 기지개를 쭉 켜며 주위를 둘러봤다.

"붉은 광장까지 갑니다!"

"히, 힘키로 가는데……."

"타!"

"으, 으아! 내가 블라디보스토크에 간다니!"

"야! 얼른 와! 늦었어!"

"도착하면 연락하고."

"응. 엄마도 조심히 들어가요."

떠나는 사람과 들어오는 사람으로 가득한 공항의 풍경을 둘러본 종혁의 입가에 사람들과 똑같은 미소가 어린다.

'그래. 이들도 다 똑같은 사람들이지.'

그러니 훗날 미래의 그 아픔이 찾아오지 않았으면 좋겠다.

죽어 버린 아들과 남편의 시신을 붙잡고, 오열하는 그런 미래의 아픔이…….

'부디…… 오지 않기를.'

찰칵! 치이익!

또각또각!

"고마워요, 최."

"……가죠."

종혁은 담배를 끄며 공항 안으로 걸음을 옮겼다.

* * *

이른 아침, 운동 후 씻고 나온 종혁이 정장을 차려입는다.

때마침 안방을 나서던 고정숙이 그런 아들의 모습을 발견하곤 잠시 발걸음을 멈춘다.

"가는 거야?"

"마음 같아선 오늘 저녁에 출발하고 싶지만……."

어머니 고정숙이 일을 마치는 시간이 오후 8시다.

그 시간에 함께 저녁을 먹고, 신안으로 내려가면 새벽이었다.

"그렇다고 일과 결혼하신 우리 여사님보고 쉬라고 할 수도 없고. 응?"

"……."

솔직히 말리고 싶다.

세상 누구보다 강인하지만, 또 세상 누구보다 마음이 약한 아들. 원망을 보낼 사람만 가득한 그곳에서 마음이 다칠까 걱정이 된다.

"7월 말부터는 다시 서울에서 근무한다고?"

"정확히는 본청이죠."

"과는? 정해졌고?"

"그건 아직이요."

신안 인신매매 사건으로 인해 많은 경찰이 퇴직을 당했다. 진급 대상자들마저 목이 날아간 판이니 인사이동이 꼬일 수밖에 없었다.

"이왕이면 외사국이나 수사국, 형사국으로 가고 싶지만……."

광역수사대와 마약수사대, 사이버수사대, 특수범죄수사과가 소속된 수사국과 형사국.

특수범죄수사대도 나쁘지 않다.

그러나 그곳은 경찰청장 직속의 사냥개 부대이기에, 다음 경찰청장이 누가 될지 모르기에 일단은 사양하고 싶었다. 이미 자리를 잡은 오택수를 위해서라도 말이다.

먼 미래를 생각하면 정보화장비국이나 생활안전국, 경무인사국도 나쁘지 않다.

솔직히 먼 미래와 종혁 자신이 기획하고 있는 경찰 개혁을 마무리 지으려면 경무인사국이 최고긴 했다.

'그런데 내가 갈 수는 있을지…….'

이번 징계가 타격이 컸다.

어느 보직으로 이동이 되든 간에 앞으로 1년은 나 죽었소 하고 상부의 뜻을 따라야 할 것 같았다.

"광수대와 마약대, 특수범죄수사과 등 수사과를 따로 독립시킨다는 말도 있고⋯⋯."

본청의 내부 사정이 이래저래 복잡했다.

"뭐, 그래도 7월 안에는 마무리될 거예요."

7월 말이라고 해 봤자 이제 겨우 열흘 남았을 뿐이다.

잠시 시계를 확인한 고정숙은 고개를 끄덕였다.

"알았어. 조심히 다녀와."

"네, 다녀올게요."

어머니 고정숙을 꼭 끌어안은 종혁은 차를 몰고 신안으로 향했다.

지이잉! 지이잉!

"응, 재수야. 왜."

*　*　*

"알았어. 어, 어. 그려. 수고혔어."

통화를 종료한 오십대 사내가 사람들을 둘러본다.

"지동이 전환디, 서장님이 방금 막 압해대교를 지났다고 하구마이라."

그 말에 긴장을 하기 시작하는 사람들.

"잘돼야 할 텐디⋯⋯."

"거시기 한다고 뭐라 하는 거 아녀? 서장님 성격이믄

뭐라 하실 것 같은디……."

순간 찝찝해진 사람들의 시선이 한곳으로 향한다.

"……지, 지금이라도 치울까라?"

"됐어. 늦었어."

"끄응. 뭐 이런 것을 해 봤어야 알제. 일단 서장님이 뭐 시기 하시기까정 다들 흩어져 있드라고."

"그랍시다."

한곳에 모여 있던 사람들은 아쉬움과 기대를 뒤로하며 흩어졌고, 잠시 후 종혁의 차가 동네에 들어섰다.

스르륵!

동네에 들어서자 종혁의 차가 속도를 줄인다.

'흠.'

종혁의 눈이 갑자기 가늘어진다.

'시선이…….'

외지차량에 호기심을 보내던 사람들이 운전석에 앉은 종혁을 발견하곤 슬그머니 시선을 돌린다.

누군가는 왔냐며 손을 흔들기도 하지만, 대부분은 외면을 한다.

처음 신안에 부임을 했을 때보다 더 좋지 않은 모습.

"역시……."

각오는 했지만, 입안이 절로 씁쓸해진다.

"그냥 시간만 보내다가 가야겠네."

숙소 앞에 차를 세운 종혁은 그대로 대문을 열고 들어

갔다.

지이잉! 지이잉!

"또 왜, 인마."

최재수다. 언제 올 거냐고, 언제 도착하냐고 전화했던 최재수가 또 귀찮게 하고 있다.

-왜긴요. 흐흐.

"알았다. 알았어. 퇴근하면 연락해."

드드득! 철컥!

"목포 가서 한잔…… 아."

현관문을 열고 들어간 종혁이 그대로 얼어붙는다.

일본으로 떠날 때와 완전히 달라진 거실의 풍경.

[신안에 오신 걸 환영합니다, 서장님]

거실 벽에 커다란 현수막이 걸려 있다.

커다란 문구 아래 '서장님, 보고 싶습니다' 등 손 글씨가 빼곡하게 적혀 있는 현수막.

거실 소파 앞 테이블엔 예쁘게 포장이 된 선물상자들이 놓여 있다.

이제 알겠다.

자신의 스케줄을 모두 알고 있는 최재수가 왜 오늘 아침부터 계속 전화를 했는지.

"너 이거 주거침입 방조야……."

-흐흐. 이따가 뵙겠습니다.

통화가 종료된 핸드폰을 수습한 종혁은 소파로 걸어가 선물상자 하나를 조심히 뜯는다.

[안녕하세요, 아저씨. 지숙이입니다.]

할머니가 종혁에게 하고 싶은 말을 쓰라고 해서 쓴다며, 아픈 종혁을 위해 자신이 아끼는 인형을 선물로 준 지숙이.

손때가 가득 탄 작은 토끼 인형의 꺼끌꺼끌한 털이 종혁의 크고 굳은살 가득한 손바닥을 간지럽힌다.

종혁은 다른 선물상자를 조심스럽게 뜯어 봤다.

[안녕하셔요, 서장님. 지동이 애비 김동팔입니다. 그동안 많이 서운하셨죠?]

종혁의 귀에 닿은 모든 안 좋은 말들은 모두 경우 없는 사람들의 경우 없는 말이니 너무 상처받지 않았으면 좋겠다며, 일본에서 무사히 돌아오셔서 다행이라고 잘 말린 민어 한 묶음을 선물로 주신 김동팔 씨.

"……폭행이네."

그것도 심장이 아플 만큼 두들겨 패는 폭행치상이다.

응어리진 감정이 녹아 버릴 뜨거운 폭행치상.

눈시울이 뜨거워진 종혁은 편지를 조심히 갈무리하고 다음 선물상자를 뜯어 보았다.

그렇게 그는 해가 질 때까지 탁자 위에 산처럼 쌓인 모든 선물상자와 그 속에 들어 있는 편지를 읽었다.

찰칵! 치이익!

가슴이 답답할 정도로 뻐근하다.

달아오른 눈시울을 매만지며 물기로 꽉 찬 가슴을 어루만진 종혁은 몸을 일으켜 숙소를 빠져나갔다.

휙! 휙휙!

종혁이 나오자 얼른 시선을 돌리는 사람들.

종혁은 근처의 식당으로 들어간다.

"어서…… 오셨어라, 서장님."

종혁은 자신을 발견하고 안절부절못하는 식당 주인을 향해 다정히 말을 건넸다.

"식사 되죠?"

"……당연하지라! 뭐 드릴까라!"

"전부 주세요."

"예?"

"밖에서 저 염탐하시는 분들도 모두 드실 수 있도록 메뉴판에 있는 음식 다 주세요. 그리고 술도 짝으로 가져다주시고요."

"……아이고! 예! 얼른 대령해 드릴게라―!"

종혁은 식당 주인이 주방으로 뛰어가자 입을 크게 열었다.

"안 들어오시고 뭐 하십니까―! 해도 졌으니 술 한잔하시죠―!"

후다닥! 딸랑!

종혁은 가게 안으로 들어오는 사람들을 향해 활짝 웃어 주었다.

* * *

"⋯⋯!"

눈을 뜬 종혁이 천장을 보며 눈을 껌뻑인다.

안방이 아니라 거실의 천장.

주변을 둘러본 종혁이 헛웃음을 터트린다.

'폭격을 맞은 것 같네.'

분명 어제 잠들기 전에 치운다고 치운 것 같은데, 5차 술자리의 흔적이 거실 가득 널려 있다.

"술들도 세시지."

새벽 4시까지 달리다가 몇 명은 혼절하듯 잠들기까지 했는데, 아직 아침 7시밖에 안 됐음에도 잠들어 있는 사람이 없다. 다들 도중에 일어나 집으로 간 것 같다.

'⋯⋯이따가 치우자.'

뚜껑이 열린 빈 술병들이 여기저기 굴러다니며 머리를 더 아프게 하고 있지만, 지금은 피 대신 혈관을 흐르는 이 알코올들부터 뽑아내야 할 것 같다.

정말 오랜만에 제대로 취했다.

"끄으으!"

몸을 일으킨 종혁은 지갑과 핸드폰만 챙겨 들고 목욕탕

으로 향했다.

여름 바닷가의 후끈한 바람이 인상을 찌푸리게 만드는
아침, 신안경찰서의 로비에 긴장감이 감돈다. 오늘부터
종혁이 다시 출근을 하기 때문이다.

아닌 척 수시로 로비를 왔다 갔다 하는 경찰들.

"오, 오셨습니다!"

저 멀리서 종혁을 발견한 경찰들이 우르르 로비에 줄을
서며 경찰서 안으로 들어서는 종혁을 반긴다.

"충성-! 다녀오셨습니까-!"

"……어우. 제가 많이 늦었습니다. 모두 잘들 있었습니
까?"

"예, 그렇습니다!"

신안경찰서를 만든 장본인이자, 경찰 근무의 새로운 패
러다임을 제시한 종혁.

안쓰러움과 존경이 가득한 그 시선들에 기분이 좋아진
종혁이 손을 젓는다.

"회포는 오늘 퇴근 이후에 풀도록 하고, 모두 자리로
돌아가 근무 준비해 주세요. 그리고 계장들은 모두 올라
오시고요."

"예!"

"자자, 해산!"

"오늘도 수고합시다!"

그렇게 각자의 과로 돌아가는 경찰들을 뒤로한 종혁과

각 계의 계장들은 서장실로 향했다.

앉을 자리가 없어 서 있는 계장들에게까지 커피를 전달한 종혁이 소파에 앉아 미소를 짓는다.

"다들 저 없는 동안 편하셨나 봅니다. 얼굴에 기름들이 아주 그냥……."

"흐흐. 그러니께 얼른 오시지 그랬어라."

"아이고, 편하긴요. 여름입니다, 여름."

"그보다 몸은 좀 괜찮으십니까? 일본 동부 해안가가 방사능으로 인해 아주 난리가 아니라는데?"

"아, 제가 있는 곳은 상대적으로 괜찮았던 곳이라서요. 여러분들께서 걱정해 주신 덕분에 무사히 돌아올 수 있었습니다."

그렇게 그동안 쌓인 이야기를 두런두런 풀어낸 종혁이 일순간 낯빛을 굳힌다.

"곧 인사이동이네요."

움찔!

"……그렇죠잉."

계장들의 표정이 심란해진다.

위에서 가라 하면 가고, 오라 하면 오는 게 공무원이지만, 그래도 언제나 이 시즌이 되면 마음이 복잡해진다.

"교통계장님은 전남청으로 보직 이동을 신청하셨다고요."

"뭐, 저도 이제 곧 정년인께라."

비록 직급은 한 단계 낮아질지언정 이런 작은 경찰서보

다는 그래도 전남경찰청의 과장으로 공무원 생활을 마무리하는 게 여러모로 낫다.

"그동안 수고하셨습니다."

"아이고, 정년까지 아직 2년은 더 남은 일이어라!"

"수사계장님도 전남청으로 가신다고요."

신안에서 발생한 여러 사건을 해결하며 진급을 하게 된 수사계장은 영전이었다.

그뿐만 아니라 형사계장도 진급을 하여 목포경찰서로 간다. 원래는 전남경찰청으로 갈 수 있었지만, 그가 목포경찰서로 가기를 희망한 것이다.

아동청소년계장도 이번에 진급을 하여 광주광역시로 간다.

"이거 저희 경찰서의 중추들이 모두 뿔뿔이 흩어지는군요."

종혁은 아쉬움을 토로했지만 이는 어쩔 수 없는 일이다.

형사의 존재 의의는 사건을 해결하여 억울한 피해자를 구원하는 것. 능력 있는 이들일수록 그들을 필요로 하는 사건이 많은 곳으로 향해야 했다.

"그럼 서장님은 어떻게 되시는 겁니까?"

"저도 잘 모르겠네요. 그래도 일단 본청 복귀는 정해져 있는 상태입니다."

테러 사건으로 말이 많다지만, 그래도 그 전에 해 놓은 것들이 너무 많다. 본청 복귀까지 막을 순 없었다.

"경무관 진급도 문제없으니 걱정하지 않으셔도 됩니다."

"아따. 그건 참말로 다행이구마이라…….."

아닌 척했지만, 이번 테러 사태로 걱정이 이만저만이 아니었던 그들이 가슴을 쓸어내리며 음흉하게 웃는다.

"그런디 이러믄 최연소 경무관 아니어라?"

"총경도 최연소셨는디, 당연히 경무관도 최연소제!"

"크! 이게 영화지, 영화야!"

"어디 만화에서 이런 걸 봤던 것 같은데……."

"하하."

어색하게 웃은 종혁이 두 눈에 고마움을 가득 담아 계장들을 응시한다.

서장이라는 수장이 자리에 없음에도 경찰서 업무에 지장이 없도록 노력해 준 계장들.

그리고 새로 전입해 온 신안군 모든 파출소 직원들을 다독이며 신안군민들의 마음을 달래려 노력해 준 그들.

이들이 아니었다면 종혁은 더 빨리 돌아와야 했을 거다.

'뭐 그래도 좋았겠지만……..'

어제의 환대를 떠올린 종혁은 이후 계장들과 더 이야기를 나누다가 컴퓨터 앞에 앉았다.

그동안 일감이 쌓이지 않도록 계속 처리해서 바쁠 건 없지만, 그래도 어제 하루 사이 쌓인 일감들이 많았다.

달칵! 달칵!

업무 시작 전의 의식이나 다름없는 담배 한 모금도 빨지 않은 채 마우스를 클릭하던 종혁이 한 사건의 보고서를 발견하곤 그대로 굳어 버린다.

마우스를 잡은 손이 바들바들 떨린다.

"아니······."

일어나선 안 될 처참한 사건이 발생했다.

"이놈의 신안은 정말 수맥이라도 흐르는 건가······."

얼굴을 쓸어내린 종혁은 전화기를 들었다.

"아청계장님입니까? 어제 중도 대광해수욕장에서 발생한 사건 담당자 좀 올라오라고 하세요."

다시 사건 보고서를 살피는 종혁의 눈이 흔들렸다.

* * *

종혁이 주민들의 편지에 눈물을 흘리던 시각, 해가 어스름히 저물어 가려는 늦은 오후가 되자 중도의 대광해수욕장의 주차장에 정차한 경찰 버스에서 신안경찰서 소속의 의경들이 내려선다.

"다들 힘들겠지만 오늘도 파이팅 하자고!"

"예!"

어젯밤 술에 취한 남성 두 명이 여성들끼리 온 텐트에 침입하려다가 순찰하던 의경들에게 검거됐다.

그뿐만이 아니다.

술에 취해 시비가 붙어 싸움이 벌어지기도 했고, 텐트

안에서 고기를 굽다가 화재가 발생한 일도 있었으며, 술에 취해 바다에 뛰어든 것으로 추정된 익사자가 오늘 새벽에 발견됐다.

여름의 해변은 정말 최악이었다.

"1조부터 3조는 쩌그 끝에서부터 훑어 오고, 4조부터 8조는 쩌쪽에서……."

인솔자는 의경들에게 순찰 경로를 알려 주기 시작했고, 먼 곳에서 그 모습을 바라보던 노년의 여성 청소부가 미소를 짓는다.

"든든하구마잉."

"그랑께 말이여. 재작년까지만 혀도 저런 대규모 순찰은 한 달에 한 번이나 겨우 했었는디……."

그런데 지금은 해수욕장이 개장하자마자 매일 하루 세 번씩 하고 있다.

낮에 한 번, 오후에 한 번, 저녁에 한 번.

그로 인해 언제나 골칫거리였으나 무시할 수밖에 없었던 사고들도 급격하게 줄어들었고, 언제나 해변 전체에 널려 있던 쓰레기도 많이 줄었다.

"작년엔 왜 반대했을까 몰러."

경찰들이 자주 돌아다니면 혹여 관광객들이 기분이 상해 오지 않을까 걱정을 했던 증도 주민들.

그러나 아니었다. 오히려 경찰들 덕분에 안심이 된다고 작년보다 더 많은 사람들이 찾아오고 있었다.

"자자! 그럼 우리도 얼른 일하드라고! 새로 오신 면장님 말 들었제?"

신안 인신매매 사건으로 인해 군수뿐만 아니라 읍장, 면장, 이장들의 목이 줄줄이 날아갔다.

그래서 증도에도 면장이 새로 왔는데, 기합이 어찌나 바짝 들었는지 쓰레기 하나 발견되면 가만두지 않을 거라는 엄포를 놓았다.

노인 복지의 일환인 노인 일자리로 해변 쓰레기 청소를 맡은 그들 노인들에게 있어 참으로 무서운 엄포가 아닐 수 없었다.

"괜히 농땡이 부려서 다른 사람 피해 주지 말고, 맡은 구역을 열심히 청소하자고! 자, 그럼 하나, 둘, 셋!"

"어이-!"

중앙에서 집게를 부딪친 그들은 조를 짜 해변 곳곳으로 흩어지기 시작했고, 그건 김출자 할머니도 마찬가지였다.

한 손엔 쓰레기봉투를 들고, 다른 손으론 집게가 부딪치는 소리를 내며 조원과 쓰레기를 줍는 그녀.

-자옥아-!

"자옥아아아."

"크. 역시 노래는 상철 오빠가 잘 불러. 그쵸잉?"

"근디 야는 노래가 별루 없어서 문제여."

김출자 할머니가 목걸이처럼 목에 건 스마트폰에서 흘러나오는 노랫소리를 흥얼거리며 노래를 부르는 둘.

"역시 형님 손녀가 최고인 거 같어라. 월급 탔다고 지

할매 핸드폰도 딱 사 주고."

어디 그뿐인가. 좋아하는 노래들을 스마트폰에 넣어서 버튼 두 개만 누르면 바로 노래를 들을 수 있도록 해 줬다. 효손도 이런 효손이 없었다.

"그럼 난 이쪽을 할랑께, 넌 그쪽 혀."

"예. 이따가 봅시다잉."

공용화장실의 여자칸으로 들어간 김출자 할머니가 인상을 찌푸린다.

"염병 오살할 것들. 쓰레기는 좀 쓰레기통에 버리랑께."

세면대에 가득 쌓인 일회용 컵들이나 물티슈, 생리대, 휴지 등에 인상을 찌푸린 김출자 할머니가 모래로 가득한 바닥을 보며 심란하다는 듯 한숨을 내쉬며 쓰레기를 모두 봉투에 집어넣는다.

텅!

"어이고, 지럴."

바닥이 휴지로 가득한 변기칸.

이 먼 곳까지 놀러 와서 왜 이러는지 모르겠다.

그렇게 툴툴거리며 쓰레기들을 봉투에 담고, 봉투가 꽉 차면 화장실 바깥에 내다 놓기를 몇 번이나 반복했을까.

마지막 칸 앞에 선 김출자 할머니가 변기칸의 문고리를 붙잡은 채 눈을 가늘게 뜬다.

"느낌이 쎄헌디."

갑자기 문을 열고 싶지가 않다. 누군가 큰일을 보고 물을 안 내린 듯한 그런 찝찝한 느낌이었다.

하지만 어쩔 수 없기에 혀를 차며 변기칸의 문을 연 김
출자 할머니는 웬일로 깨끗한 변기칸의 모습에 인중을
늘어뜨린다. 이 정도면 물청소만 하면 될 것 같다.

흐뭇하게 웃은 그녀는 쓰레기통을 잡았다.

"응?"

마치 큰 돌덩이라도 들어 있는 듯 묵직한 쓰레기통.

"아이고. 또 뭘 여기다 쑤셔 넣었…… 어?"

자칫 쓰레기봉투가 찢어질 수 있기에 큰 쓰레기를 따로
빼내려 안을 헤집던 그녀가 손끝에 닿는 싸늘한 느낌에
그대로 굳는다.

그저 만지기만 했을 뿐인데 토악질이 올라오고, 질겁하
게 되는 끔찍한 감촉. 언젠가 느껴 본 낯익은 감촉.

의아해하며 쓰레기통을 안을 바라본 김출자 할머니가
입을 떡 벌린다.

파랗게 질리기 시작한 그녀의 낯빛.

"……으아악!"

쿠당탕!

뒤로 넘어지며 함께 넘어진 쓰레기통 안에서 시퍼렇게
질린 살덩이가 굴러 나온다.

그것은 아기, 신생아였다.

* * *

웅성웅성.

대광해수욕장 한구석의 공용화장실.

폴리스라인이 쳐진 그곳에 하얀 옷을 입은 감식반이 지문과 머리카락 등을 채취한다.

사건을 인식하자마자 바로 달려온 종혁이 그 모습을 보며 눈살을 찌푸린다.

"신생아라고요."

"예. 생후 1개월 정도로 추정되고 있습니다. 그리고…… 부검 결과, 질식사로 추정된다고 합니다. 아기의 입안에서 섬유가 발견되고, 경부에 충격이 있는 것으로 봤을 때 베개 같은 걸로 눌러 질식시킨 것 같다고……."

실수나 단순 사고사가 아니라, 명백한 살해다.

1개월이면 아직 목도 가누지 못하고, 앞도 제대로 보지 못하는 시기다.

그런 신생아를 살해하고 유기한 것이다.

인간이 저질러선 안 되는 잔혹한 사건에, 종혁은 이를 악물었다.

"CCTV는…… 확보했습니까?"

"확보는 했는데……."

이렇다 할 용의자를 특정할 수가 없다.

그 말에 종혁이 의아해한다.

이런 공용화장실에선 절도나 강도, 성범죄 사건이 종종 벌어지기에 입구 CCTV는 필수다. 웬만해선 조명도 끄지 않아 새벽에 누군가 찾아왔다고 해도 얼굴을 알 수밖에 없다.

더욱이 종혁이 신안 전체에 고화질의 CCTV 쫙 깔아 놓지 않았던가.

"아무래도 가방 같은 것에 아기를 담아서 유기한 것이 아닐까 판단되고 있습니다."

그런데 아기가 들어갈 만한 가방을 든 사람들이 너무 많았다.

"거수자를 발견하지 못했다……."

종혁의 눈이 파르르 떨린다.

거동이 수상한 사람조차 발견하지 못했다고 한다면 가능성은 두 가지였다.

반사회적 인격장애, 즉 사이코패스이거나.

또는 아기를 살해하고 유기한 적이 이번이 처음이 아니거나.

그렇지 않고선 이토록 참담한 행위를 저지르고도 아무렇지 않게 행동할 수는 없었다.

"사건이 발생한 시각은요?"

"일단 살해 자체는 이틀 전에 발생한 것으로 추정되고 있습니다."

하지만 유기는 어제 아침과 오후 사이에 벌어진 것으로 추정된다.

아침과 오후, 하루에 두 번 청소를 하는 노인들. 분명 아침엔 없었다고 했으니 오전 8시와 오후 5시 사이, 9시간 사이에 범인이 유기를 한 것이다.

"이 탐문 결과를 바탕으로 현재 아기와 함께 배에 올라탄 사람과 증도 내에서 1개월 안에 출산을 하였거나 한 것으로 추정되는 가정들을 조사하고 있습니다."

종혁은 고개를 끄덕였다. 이 정도면 훌륭했다.

"저 그런데……."

"왜 그러시죠?"

"아무래도 살해 동기를 알 것 같아서 말입니다."

담당 형사를 의아해하는 눈으로 바라본 종혁은 이내 그녀가 한 말에 입을 떡 벌렸다.

* * *

그길로 단숨에 국과수로 달려간 종혁이 사건 담당 검시관을 만난다.

"아, 최 서장님. 소식은 들었습니다. 괜찮으십니까?"

"아, 전 괜찮습니다. 피폭은 다행히 비껴간 것 같아요."

"아니……."

뭔가를 말하려던 담당 검시관은 이내 한숨을 내쉬었다.

"대광해수욕장에서 발견된 신생아 때문에 오신 거죠?"

"예. 제가 믿기지 않는 말을 들어서 말입니다. 정확히 검시한 거 맞습니까?"

"……직접 확인해 보시죠."

검시관은 컴퓨터를 조작해 검시 사진을 불러왔고, 종혁은 미간을 좁혔다.

입 주변과 손발이 유독 파란 아기.

이는 사망 후 시신이 부패하면서 생겨난 증상이 아니었다.

검시관은 아이의 심장 안에 있는 있어선 안 될 구멍을 가리키며 설명했다.

"심실중격결손증입니다. 아마 태어나면서부터 인큐베이터에 있었을 거예요."

심실중격결손증(Ventricular Septal Defect, VSD).

가장 흔한 선천성 심장병이다.

"……그러면 의료 기록을 확인해 보면 되겠군요."

"글쎄요……."

심실중격결손증은 경우에 따라선 별다른 수술 없이 자연 회복되기도 하고, 설령 수술을 해야 하는 상황이라고 하더라도 수술 성공률이 거의 100%에 가까운 질환이다.

"만약 정상적으로 병원에서 출산했다면, 아무런 문제도 없었을 병이죠. 하지만……."

병원에서 출산한 게 아니라면?

그래서 의사에게 별거 아닌 병이라고 설명을 듣지 못했다면?

아이의 몸이 파랗게 질리고, 숨도 제대로 쉬지 못하니 장애가 있는 것으로 판단해 살해했을 확률이 높다.

담당 검시관은 아마도 이것이 살해 동기가 아닐까 하는 의견을 조심스레 내놓았다.

"자연사했을 확률은 없는 겁니까?"

"현재로선……."

"후우. 감사합니다."

얼굴을 쓸어내리는 종혁은 몸을 돌리며 핸드폰을 들었
다.

"어, 철아. 차량무게 인식 프로그램 있잖아. 그거 혹
시 가방처럼 작은 물건도 중량을 검사할 수 있을까? 응.
CCTV 화면으로만 봐서."

종혁은 걸음을 빨리했다.

담배가 무척이나 고팠다.

* * *

창문을 가린 커튼 틈 사이로 비집고 들어온 햇살이 어
둠을 몰아내는 작은 방 안.

술 냄새가 가득한 방 안의 이불 위에 죽은 듯이 누워
있던 이십대 초반의 여성, 김고은이 갑자기 몸을 꿈틀거
리기 시작한다.

"끄으응."

아프다. 속이 아프고, 머리가 아프고, 몸이 아프다.

목이 타는 듯해 물을 찾지만, 일어나기 싫을 정도로 아
픔에 김고은은 더 이불 속으로 파고든다.

띵동! 띵동!

"……."

띵동! 띵동!

"……씨이."

입술을 삐죽 내밀며 일어났으나 눈을 뜨지 못한 그녀가 비척거리며 현관으로 다가간다.

띠리릭!

"언니들 왔다!"

"빨리, 빨리 문 안…… 어우, 씨. 뭐야, 웬 좀비야?"

"어휴, 술 냄새! 야! 우리가 먼저 마시지 말라고 했지!"

허리에 양손을 올리며 눈썹을 치켜뜨는 친구들을 향해 중지를 세워 준 그녀는 다시 비척거리며 냉장고로 걸어가 물을 빼 든다.

꿀꺽꿀꺽!

"아으으!"

머리를 붙잡고 무너지는 김고은의 모습에 친구들이 혀를 찬다.

"저거, 저거!"

반년 만에 만난 친구는 변함이 없어도 너무 변함이 없다.

그런 김고은을 외면한 친구들이 펜션을 둘러보며 눈을 휘둥그레 뜬다.

"와! 펜션 좋다-!"

백색과 파스텔톤의 가구들.

거실 바닥을 굴러다니는 맥주캔들과 안주 잔해들을 제외하면 정말 깔끔하고 넓은 숙소다.

거실 창을 바라본 그녀들은 눈을 더 크게 뜨며 달려가

창을 활짝 열었다.

쏴아아아! 끼룩끼룩!

"우와아아아!"

시야를 가리는 소나무 너머로 보이는 드넓은 바다와 콧속으로 빨려 들어오는 바다의 향긋한 바람.

"고은아! 여기가 정말 부모님이 하시는 펜션 맞아?"

"이렇게 좋은 곳이면 빨리 말했어야지, 이 기집애야!"

"소리 지르지 마, 머리 울려."

어제 마셔도 너무 마신 것 같다.

"그런데 뭘 그렇게 바리바리 싸 왔어?"

각자 캐리어에 가방에 양손 가득 봉지와 에코백까지 들고 있다. 고작 2박 3일 놀다 가는 것치고는 너무 과한 짐이었다.

"이거?"

씩 웃은 친구들이 바닥에 짐을 풀었다.

"이건 구워 먹을 삼겹살이랑 소시지고…… 이건 숯!"

"이건 집게고…… 이건 라면 끓여 먹을 버너!"

"그런 거 다 여기 있는데? 너희 진짜 바닷가에 처음 놀러 와?"

분명 자신은 어제 고기랑 먹을 것만 사 오라고 했었다.

친구들은 시니컬한 김고은의 반문을 무시했다.

"그리고…… 두구, 두구, 두구! 이건 바로, 바로, 바로……! 텐-! 트!"

"와아아아!"

김고은은 한 친구가 어깨에서 내려놓는 길쭉한 가방을 보곤 입을 벌렸다.

"진짜 텐트를 치겠다고? 여기가 펜션인데?"

"얘가, 얘가 뭘 모르네! 원래 바다 하면 텐트 치고, 불판에 고기 구워 먹고!"

"헌팅도 좀 하고! 꺄아아!"

김고은은 양 볼을 붙잡고 몸을 비트는 친구들을 어이없다는 듯 바라봤다.

"고기 구워 먹다 텐트 태워 먹고, 살점 좀 데이고, 모기 좀 물려 봐야 그딴 소리 안 하지."

"진짜 재밌을 것 같지?"

"남자는 무조건 섹시한 애들로만. 콜?"

김고은은 아예 자신의 말을 듣지도 않는 친구들의 모습에 고개를 저으며 일어섰다.

반년 만에 만난 친구들이지만, 여전히 텐션이 감당이 안 되는 친구들이라서 좀 자 둬야 할 것 같았다.

"아, 고은아! 부모님은 어디 계셔?"

"……부모님은 왜?"

"일단 인사부터 해야지!"

"……따라와."

* * *

"끄응. 그래?"

－예. 무리입네다.

표본이 부족하다. 가방의 재질에 따라 무게가 다르며, 들고 있는 자세에 따라서도 분석이 달라질 수 있기에 지금의 데이터만으로는 정확한 분석이 어려웠다.

"팀원들까지 동원해도 안 돼?"

세진은행 사건 이후 순철과 국제 해킹 대회를 휩쓸고 다닌 팀. 인식 프로그램 시리즈의 완성엔 그들의 도움이 있었다.

－당장은 어렵습네다.

"음. 만약 지금부터 제작한다면 얼마나 걸릴까?"

－못해도 두 달은 걸릴 겁네다. 그래도 부탁해 놓을까요?

"부탁한다."

비록 지금은 쓰지 못할지라도 훗날엔 쓸 수 있었다. 그럴 거라면 하루라도 일찍 착수하는 게 좋았다.

통화를 종료한 종혁은 한숨을 내쉬었다.

'역시 프로그램이란 게 그렇게 쉽게 뚝딱하고 만들어지는 게 아닌가 보네……'

"이러면 뭐……."

어쩔 수가 없다.

지금부터는 정석대로 하는 수밖에 없었다.

"예, 서장입니다. 사건 발생 추정 시각 이후, 사건 현장에 들어간 모든 여성을…… 아, 벌써 전부 훑고 있다고요? 예, 곧 합류하겠습니다."

통화를 종료한 종혁은 신안으로 향했다.

"아, 아니 안 오셔도 되는데……."

담당 형사와 그 파트너가 부담 가득한 표정으로 손을 젓자 종혁이 푸근히 웃는다.

"한 손이라도 더 있는 게 낫잖습니까."

"그, 그건 그렇지만……."

'어떡해요, 선배님!'

'나도 몰라! 아오오!'

종혁은 무려 서장이다. 경찰서의 수장이며, 자신들의 최고 상사다.

거기다 고작 31살 나이에 경찰 조직의 수많은 기록을 깨부수며 역사를 새로 써 가는 살아 있는 전설.

옆에서 함께 걷는 것만으로도 숨이 턱턱 막힐 수밖에 없는데, 수사를 함께한다?

'하하. 좆됐네.'

'아, 선배님 정신 놓으셨구나.'

파트너는 종혁을 향해 해탈한 미소를 지어 주었다.

"그럼 사진들 좀 주시겠습니까?"

"아, 예! 지금 바로 핸드폰으로 전송해 드리겠습니다!"

담당 형사는 얼른 핸드폰을 붙들었고, 종혁은 그녀의 파트너를 봤다.

"여객터미널은 갔다 왔습니까?"

"아, 예! 적극 협조를 해 주셔서 용의자 몇 명을 추려낼 수 있었습니다. 하지만……."

중도는 다리가 놓인 섬이다 보니, 다리를 통해 들어왔을 이들을 모두 조사하는 건 지금의 인력만으로 쉽지 않은 일이었다.

"흠…… 그래요?"

종혁은 핸드폰을 들었다.

"아, 수사지원과장님? 저 서장입니다. 사건 지원 좀 부탁드리고 싶어서 연락드렸습니다. 그런데 조사해야 할 인원이 좀 많아서……."

십대 소녀부터 노인까지, 가임이 가능한 여성이라면 전부 조사가 필요했다.

"예, 예. 어제 오전 8시 이전에 신안에 들어섰거나, 8시 이후 신안을 벗어난 사람들은 전부 추적해 주세요. 그리고 지난 한 달 사이 신안에서 여자아이를 출산한 산모가 있는지도 확인해 주시고요. 예, 부탁드리겠습니다."

통화를 종료한 종혁은 흔들리는 눈으로 자신을 쳐다보는 형사들의 모습에 의아해했다.

"아니, 왜 이렇게까지……."

경찰이라면 당연히 해야 할 일을 하는 건 맞다.

그러나 사건이란 게 이것 하나만 있는 건 아니기에, 경찰이 도와야 할 사람이 너무도 많기에 종혁이 어째서 이번 사건에 이토록 신경을 쓰는 것인지 의문이었다.

"글쎄요……."

그냥 느낌이 좋지 않다.

이번 사건이 신안에서 맡을 수 있는 마지막 형사사건이라서 그런 느낌이 드는 것일 수도 있다.

정확한 건 이 사건의 진실을 밝히지 못하면 왠지 나중에 후회를 할 것 같다는 느낌이 든다는 것이었다.

"그냥 그러고 싶네요. 말년의 꼬장이라는 말도 있잖습니까. 아, 군대를 안 다녀오셨으면 모르시려나?"

코를 긁은 종혁은 어깨를 으쓱였고, 두 형사는 한숨을 내쉬었다.

종혁은 씩 웃었다.

"그럼 흩어집시다. 최 형사는 저쪽으로 가 주시고, 박 형사는 저쪽으로 가 주세요. 그리고 다시 여기로 모이는 겁니다."

"옙!"

종혁은 멀어지는 그녀들을 보며 담배를 물었다.

"자, 그럼 나도 움직여 보실까?"

종혁은 M-호텔을 보며 눈을 반짝였다.

* * *

"그럼 부탁드리겠습니다."

"예, 옙!"

해가 완전히 저문 저녁, M-고깃간을 나선 종혁이 이마에 흐르는 땀을 닦으며 한숨을 푹 내쉰다.

무더운 날씨 때문이 아니다.

탐문을 위해 찾아가면 못마땅한 표정을 지으며 자신을 내쫓는 몇몇 상인들과 숙박업소 주인들 때문이다.

M 컴퍼니와 종혁 덕분에 지역이 활성화되며 낙수 효과를 톡톡히 누리고 있으나, M 컴퍼니가 없었으면 자신들이 더 잘됐을 거라고 착각하는 그들.

그 멍청한 생각에 화가 나기도 하지만, 지금은 그들과 실랑이할 때가 아니었다.

'에휴.'

"일단 이 여성도 제외."

종혁이 잠시 뒤를 돌아본다.

두 남녀가 4살의 남자아이를 푸근히 바라보며 서로 술잔을 여유롭게 기울인다.

누가 봐도 휴가를 온 단란한 가정. 숨기는 것도 없어 보였다.

"서장입니다. 성과는 좀 있습니까?"

-오후 1시경 마지막 칸에 들어간 사람을 목격한 목격자를 한 명 더 만났고, 몽타주 확인 중에 있습니다.

종혁이 고개를 끄덕인다.

목격자가 목격한 사람이 범인일지 아닐지 모르지만, 일단 이렇게 용의선상을 좁혀 가야 한다.

이렇게 제외시킨 사람이 벌써 60여 명.

반나절도 지나지 않았는데 무려 60여 명이나 용의선상에서 제외시킨 거다.

'정말 고화질 CCTV를 도배해서 다행이지.'

아니었다면, 이번 사건은 얼굴 식별이 힘들어 미제 사건으로 전환됐을지도 모른다.

"242번도 제외해 주세요."

-네! 52번, 47번, 94번도 제외해 주십시오!

"알겠습니다. 수고하세요."

통화를 종료한 종혁이 한숨을 내쉰다.

"에어컨 안에 들어갔다 나왔다. 에휴. 이러다 감기 걸리……."

"꺄아악!"

종혁의 발걸음을 절로 붙드는 비명 소리.

긴장을 하며 고개를 돌린 종혁은 카페의 테라스에 앉아 웃고 있는 여성들을 발견하곤 피식 웃다 눈을 동그랗게 떴다.

"어? 저 여자는?"

용의자 및 목격자 중 한 명이다.

그녀의 곁에 있는 세 명의 여성을 발견한 종혁의 눈이 가늘게 떠진다.

'친구들과 함께 놀러 온 건가…….'

이러면 또 용의선상에서 제외시킬 수밖에 없다. 친구들과 함께 온 사람이 신생아를 살해하고 유기했다곤 볼 수 없으니 말이다.

'그래도 일단 확인은 해 봐야겠지.'

종혁이 다시 이마와 얼굴에 흐르는 땀을 훔치며 발을 내딛는 순간이었다.

"싫다는데 자꾸 왜 이러세요!"

"⋯⋯가지가지 한다, 진짜."

종혁은 눈앞에서 벌어지는 상황에 한숨을 푹 내쉬었다.

          * * *

한여름의 햇살이 한풀 꺾인 오후, 수영복 위에 반바지와 얇은 바람막이나 티셔츠를 입은 네 명이 재잘거리며 해수욕장으로 향한다.

"와! 너희 집 정말 좋더라!"

저택이라는 표현이 부족하지 않았던 넓고 포근한 느낌을 주던 고은의 집.

알고 보니 자신들의 친구 고은은 부잣집 딸내미였다.

"그런데 왜 집 두고 펜션에서 자고 있었어?"

"아까 봤잖아. 언니 친구들도 내려온 거."

"아."

"언니랑 언니 친구들이 차지하기 전에 내가 먼저 선수 치고 있던 거야."

물론 친구들이 지낼 방은 충분히 있었기에 부모님 집에서 묵어도 상관은 없었겠지만, 그건 김고은 자신이 싫었다.

간만에 친구들과 놀려고 내려온 건데 부모님이 함께 있으면 껄끄러울 뿐이었다.

유전자 〈195〉

"난 상관없었는데……."

"나도. 아버님, 어머님도 너무 친절하시고."

'내숭이야.'

차마 친구들 앞에서 부모님 욕을 할 수는 없었기에 하고 싶은 말을 꾹 삼킨 고은은 숲이 사라지고 드넓은 해변이 나타나자 잠시 멈춰 섰다.

어렸을 때는 정말 질리도록 보다 못해 벗어나고 싶었던 풍경이지만, 고작 몇 년 치열하고 바쁜 서울 생활을 했다고 새롭게 다가오는 대광해수욕장의 풍경.

"우와아아아! 바다다-!"

"헉! 애들아, 저기 봐! M-호텔이야! M-카페도 있어!"

"뭐? 어디? 허어억?!"

SNS를 하는 사람들이라면 꼭 숙박하고 싶은 M-호텔과 M-카페. 그뿐만 아니라 동남아를 그대로 옮겨 놓은 듯한 M-펜션도 있다.

친구들이 놀란 눈으로 김고은을 본다.

전국에서 메이저로 꼽히는 휴양지에만 있는 M-호텔이 왜 여기에 있냐는 듯한 눈빛.

"M 컴퍼니 테마 타운이래. 작년에 완공됐다더라. 아, 어제 둘러보니까 드바 로마노프도 있었어."

"와. 그래서 사람이 이렇게……."

솔직히 김고은이 아니었다면 있는지도 몰랐을 시골의 해수욕장에 사람들이 왜 이렇게 많나 싶었더니 알 만한 사람은 다 아는 휴양지였던 것이다.

마치 TV에서나 보던 해운대나 광안리처럼 해변을 가득 채운 사람들.

'상전벽해지.'

솔직히 작년에 증도대교가 놓이지 않았으면, 아무리 M 컴퍼니 타운이 생겼더라도 이렇게 많은 사람이 오진 못했을 것이다.

'응?'

친구들이 슬금슬금 M 컴퍼니 타운으로 향하자 김고은은 눈살을 찌푸렸다.

"야, 너희 수영하러 왔다며."

"……아, 맞다."

"그럼 뭐해?"

김고은이 바다를 턱으로 가리킨다.

"저기는 언제든 가도 되잖아."

"……꺄아아아아아악!"

여성들은 순간 모든 시름을 잊고 바다를 향해 뛰어들었고, 김고은의 입가에도 미소가 어렸다.

"흐아앙!"

M-카페의 테라스의 테이블 위로 김고은과 친구들이 엎어진다.

난생처음 느껴 본 바다의 진한 짠맛.

워터파크와는 또 다른 재미가 있었고, 그러다 보니 이렇게 체력이 방전될 때까지 놀게 돼 버렸다.

"여기 진짜 대박이다."

김고은의 친구가 물기 하나 없이 뽀송뽀송한 핸드폰을 만지작거리며 감탄한다.

M 컴퍼니 락커룸이 상당한 규모로 설치되어 있을 뿐만 아니라, 락커룸 열쇠를 사용해 주변 시설을 이용한 다음 후불 결제도 가능했다.

이것 덕분에 별다른 짐을 가지고 다니지 않아도 되어서 너무 편리했다.

"이런 해수욕장은 진짜 처음 봐."

"여기도 처음부터 이랬던 건 아니야."

고은이 이곳에 살 때까지만 해도 M 컴퍼니가 없었으니 당연히 락커룸도 없었고, 반강제로 파라솔이나 평상을 빌려야만 했다. 아니면 비싼 자릿세를 내고 텐트를 치거나.

"자릿세가 하루에 6만 원이었던가? 평상이 하루에 12만 원이고."

"히익?! 뭐, 뭐가 그렇게 비싸?"

"거기서 자는 사람도 있으니까."

'그러고 보니 청년회 아저씨들도 안 보이네.'

몸에 문신을 한 채 머리를 노랗게 물들이고 돌아다니는 껄렁한 오빠들.

"얘, 아까 그 소식 들었어? 어제 여기서 누가 아기를 죽이고 공용화장실 쓰레기통에 버렸대!"

"뭐, 진짜? 어디서?"

'뭐?'

김고은이 다급히 옆 테이블을 본다.

지이잉! 지이잉!

"아, 커피 나왔다 보다! 갔다 올게!"

"같이 가!"

안으로 들어가 음료를 들고 나온 그들은 온몸을 적시는 달콤한 커피와 주스의 향기에 다시 늘어진다.

"아, 에어컨 밑에서 쉬고 싶어."

M 컴퍼니에서 운영하는 샤워실에서 씻고 오긴 했지만, 날씨가 더워서 그런지 에어컨 바람이 절실하다.

거기다 배까지 고프다.

"얼른 마시고 집에 가자. 지금쯤이면 아빠가…….."

말을 하던 김고은이 콧속으로 밀려드는 담배 냄새에 낯살을 찌푸린다.

"와, 이거 우연이네요!"

"그러게. 여기서 또 만나네."

움찔!

머리를 물들인 채 껄렁거리며 다가오는 남성들의 모습에 김고은과 셋은 속으로 얼굴을 구겼다. 오늘 하루 내내 같이 밥 먹자고, 술 마시자고 치근대던 사람들이기 때문이다.

그런데 그것도 모자라 얼굴이 빨갛고, 눈이 충혈된 게 술까지 마신 것 같다.

"……아까도 말했듯이 저희끼리 놀려고요. 그럼 즐거

운 여행 되세요. 가자."

"응."

김고은과 친구들이 일어나자 남성들의 얼굴이 일그러진다.

그중 한 명이 김고은 친구의 손을 덥석 잡는다.

"아, 씨발. 거 존나게 비싸게 구네."

"씨발. 이 정도 했으면 미안해서라도 따라오겠다."

철렁!

심장이 내려앉은 친구가 하얗게 질리자 김고은이 얼굴을 구겼다.

"싫다는데 자꾸 왜 이러세요!"

거리를 찢는 뾰족한 외침에 시선이 집중되자 주춤거렸던 남성들이 이를 악문다.

"······싫으면 싫은 거지, 왜 소리를 지르고 지랄이야!"

"씨발. 누가 보면 납치하는지 알겠네! 지들도 남자 꼬시러 왔으면서 누군 되고 누군 안 되냐, 이 걸레년들아?!"

"거, 걸레?"

친구들의 얼굴이 파랗게 질리고, 낯빛이 굳은 김고은이 핸드폰을 들었다. 이런 놈들에게 즉효인 약이 있었다.

"네. 거기 112죠?"

"이 씨발년이 진짜!"

"꺄악!"

다급히 치켜든 손이 내려쳐지는 순간이었다.

빠아악!

순간 주변의 시간을 멈추게 만드는 커다란 소리.

뒤통수를 얻어맞은 남성이 그대로 고꾸라지자 그가 서 있던 자리로 종혁이 선다.

찰칵! 치이익!

"하, 이 씨발 새끼들은 어떻게 맨날 치워도 치워도 뒤지지 않고 기어 나오냐. 니들이 뭐 바퀴벌레냐?"

"넌 또 뭐……."

빽!

"짭새다, 씨발아."

얼굴을 향해 휘둘러지는 주먹을 피하며 상대의 옆구리를 후려친 종혁은 이제야 머리의 열이 좀 빠지는지 주춤거리는 다른 남성들을 향해 손을 까딱였다.

"이리 와서 꿇어, 이 의리 없는 새끼들아. 나 때는 말이야. 친구가 맞으면 눈 돌아서 그대로 후려쳤는데, 요새 애새끼들은…… 쯧쯧쯧."

"겨, 경찰이……."

"왜? 뭐? 협박 및 성추행과 공무집행방해, 경관폭행미수와 방조로 교도소 구경을 해 보고 싶다고?"

"……."

남성들은 슬그머니 종혁의 앞으로 와서 무릎을 꿇었고, 종혁은 그들의 머리를 후려치며 핸드폰을 들었다.

"예, 수고하십니다. 여기 대광해수욕장 M-카페 2호점 앞인데, 주취자 5명이 있으니까 와서 좀 데려가세요. 예,

수고하십쇼."

통화를 종료한 종혁이 김고은을 보며 싱긋 웃는다.

"경찰입니다. 많이 놀라셨죠? 이제 괜찮습니다. 아, 그런데 뭐 좀 여쭙고 싶은 게 있는데, 혹시 어제 저쪽 화장실……."

"어제 어떤 여자가 화장실에서 울고 있었어요."

"……예?"

"아기 죽이고 쓰레기통에 버린 거 말하는 거 아니세요?"

멍해졌던 종혁의 얼굴이 무섭게 굳었다.

"고은아!"

"응?"

"너 이 새끼……!"

종혁은 자신을 향해 날아오는 주먹을 발견하곤 얼굴을 구겼다.

* * *

"아이고, 죄송합니다! 서장님이신 줄 알았으믄 그렇게 하지 않았을 것인디……."

연신 고개를 숙이는 오십대 남성, 김고은 아버지의 모습에 종혁이 난처하단 표정을 짓는다.

"끄응. 저도 죄송합니다. 김 사장님이신 줄 알았더라면……."

코에 휴지를 쑤셔 넣고 있는 김고은의 아버지. 반사적으로 주먹을 뻗은 게 이런 사태를 불러일으키고 말았다.

"코는 좀 괜찮으십니까?"

"아따, 우리 서장님은 주먹도 이거구만이라!"

엄지를 치켜드는 그의 모습에 한시름 놓은 종혁은 서장이란 말에 경악하고 있는 김고은을 봤다.

"다시 인사드리겠습니다. 신안경찰서 서장 최종혁입니다. 어제 그 화장실에서 거수자, 아니 이상한 사람을 보셨다고요."

"네."

옆 변기칸에 앉아 훌쩍이던 어떤 여자.

희미하게 '아가야, 미안해.'라고 말했던 여자.

뭔가 묵직한 걸 쓰레기통에 버리는 소리도 함께 들었고, 호기심이 생겨 그 변기칸에 직접 들어가기도 했다.

하지만 왜인지 헤집어 보기 싫었던 휴지와 쓰레기 더미.

꺼림칙했던 김고은은 그냥 그대로 돌아섰고, 방금 전에서야 진실을 알게 됐다.

어제 자신이 있었던 화장실에서 그런 사건이 있었음을.

그리고 자신이 그 범인을 목격한 것 같음을.

그렇게 말한 김고은의 모습에 종혁이 다급히 핸드폰을 보여 준다.

"혹시 이 중 누군지 기억나십니까?"

김고은은 종혁이 보여 주는 사진을 보다가 한 여성을 찍었다.

"이 여자였어요! 이 여자!"

긴 생머리에 호리호리한 체격, NY 로고가 박힌 모자를 쓴 여성.

이제 겨우 20살이나 됐을까, 눈이 빨갛게 달아오른 강아지 같은 귀여운 외모 때문에 기억이 난다.

앳된 외모의 여성을 보는 종혁의 눈이 차갑게 가라앉는다.

"예, 서장입니다. 유력 용의자 목격 증언 확보. 144번입니다. 수사지원과에 추적해 달라고 전달해 주세요."

통화를 종료한 종혁은 자신의 서늘한 음성에 얼어붙은 김고은과 그 친구들을 향해 웃어 주었다.

"협조해 주셔서 감사합니다. 혹시나 나중에 전화를 드릴 수 있는데, 그때도 협조해 주실 수 있을까요?"

"당연하지라! 그런 일이라믄 당연히 협조해 줘야지라! 그라제, 딸?"

"네, 네……."

"그라고 나도 이 처자가 어디서 묵었는지 한번 알아볼게라."

"아뇨. 그건 경찰인 저희가 해야죠."

솔직히 혹하기는 한다. 펜션 사장인 김 사장은 이 동네에서 나고 자란 토박이. 그가 나서 준다면 유력한 용의자의 동선을 찾기가 더 쉬워질 것이다.

하지만 이곳에도 경찰을 싫어하게 된 사람들이 많다. 괜히 김 사장에게 피해가 갈까 선뜻 승낙을 할 수가 없었다.

"CCTV가 쫙 깔려 있으니 며칠 안에 찾을 수 있을 겁니다."

"흐미. 그래도……."

"아따, 형님! 여그서 뭐합…… 에이, 씨."

이쪽을 향해 다가오다 종혁을 발견하곤 얼굴을 찌푸리는 중년인.

김고은의 아버지가 그를 보곤 활짝 웃는다.

"아야! 너 잘 왔다! 니 아직도 택시 하제? 너 혹시 이 여자 본적 있냐잉."

"됐어라. 치우쇼."

종혁에게서 핸드폰을 뺏어서 보여 주는 걸 보니, 분명 어떤 사건에 관련된 것이 분명했다.

"나 이제 경찰 싫어하는 거 모르요."

"오메, 이 썩을 것! 니 친구가 개짓거리하다가 잡혀간 걸 가지고 아직도 꿍해 있는 거여?! 에라이! 니 새끼한 티 니 삼촌이 사람을 납치해다가 부려 먹었다 말할 수 있어?! 있으믄 돌아가, 이 못난 놈아! 나도 니 평생 안 볼텅게!"

"……뭔 말을 또 그렇게 한다요."

입술을 삐죽 내민 중년인은 슬그머니 사진을 봤다가 눈을 동그랗게 떴다.

"어?"

"아, 알어? 봤어?!"

"……."

짜악!

"아악!"

"얼른 말 안 혀! 뭔 이유인지 몰러도 지 새끼를 죽인 년이여! 넌 그런 짐승도 감싸 주고 싶어?!"

"끙. 본 것뿐만이 아니라…… 태워 주기도 했구마이라."

"뭐시여?!"

종혁도 깜짝 놀라 몸을 일으킨다.

그런 종혁을 힐끔 본 중년인은 못마땅함이 가득한 얼굴로 입을 열었다.

"춘자네 펜션에서 머무는 거 쩌그 지도읍 버스터미널 근처까정 태와다 줬지라."

"추, 춘자믄……."

이번에 인신매매 사건으로 교도소에 수감된 눈앞 중년인의 친구 여동생이었다.

김고은의 아버지는 종혁의 눈치를 슬그머니 봤고, 중년인은 코웃음을 치며 말을 이었다. 마치 내가 이 이야기를 하는 건 경찰 때문이 아니라는 듯 말이다.

"그란디 그 아가씨 표정이 쎄혀서 내려 주고 좀 지켜봤는디, 다시 택시를 타는 게 아니겠어라?"

"그, 그려서?"

"······있어 보쇼."

중년인이 핸드폰을 든다.

"어! 나여! 니 어제 한 2시쯤에 아가씨 한 명 태웠제? 그 아가씨 어디다 내려 줬냐? 뭐? 영암? 터미널? 안으로 들어갔고? 알았어. 끊어. 영암 터미널에 내려 줬다는디 요?"

김고은의 아버지는 종혁을 봤고, 종혁은 중년인을 향해 고개를 숙였다.

"협조해 주셔서 감사합니다."

"협조는 무슨······. 그냥 그 나쁜년이나 얼른 잡으쇼. 에이, 퉤!"

"그, 그려! 다음에 봐!"

감사하다는 듯 김고은과 그 아버지를 향해 고개를 숙인 종혁은 김고은의 아버지에게서 핸드폰을 넘겨받고는 걸음을 바삐 옮겼다.

'다행이네.'

김고은의 아버지가 아니었다면 찾기가 힘들었을 유력 용의자.

"안녕하십니까, 선배님! 최종혁 신안서장입니다! 잘 계셨죠? 하하. 다름이 아니라 이번에 저희 관내에서 터진 사건 하나 때문에 협조 요청 좀 드리고 싶어서 말입니다. 아, 신생아 살해 및 유기 사건입니다. 예, 예."

종혁은 다음 용의자 및 목격자를 찾아 움직였다.

유력 용의자는 유력 용의자일 뿐, 450여 명의 용의자 전체를 만나 봐야 했다.

그래도 이제 345명만, 아니 344명만 더 알아보면 됐다.

＊　＊　＊

"그럼 얼른 들어와. 숯불 식어."

"네!"

김고은의 아버지가 떠나자 김고은의 친구들이 방금 전 일에 대해 떠든다.

"어떻게 사람이……."

"고등학생일까? 왜, 막 화장실에서 애기 낳고 버리는 애들도 있다잖아."

상상의 나래를 펼치던 그들은 이내 고개를 저었다. 길게 말하기 껄끄러운 주제였다.

"아, 그런데 고은아. 너 반년간 대체 어디 있었던 거야?"

한 친구의 질문에 다른 친구의 눈이 도끼날처럼 매서워진다.

"맞아! 너 왜 말 안 했어! 우리가 얼마나 걱정했는지 알아?!"

"중호 오빠랑 헤어지고 호주로 어학연수 갔어."

"……어? 우, 우리 오빠?"

"응. 뻔뻔하게 바람피운 너희 작은 오빠."

그녀들 사이에 잠시 침묵이 내려앉았다.

* * *

－또 어디 숨었나! 맘에 들어왔나! 나나나나나!

－내가 제일 잘나가!

음악 소리가 시끄럽게 울려 퍼지는 거리.

수많은 사람이 거리를 지나다니며 느릿하게 몰아치는 파도를 만들어 낸다.

그런 사람들 중 몇 명이 옆을 스쳐 지나가는 긴 생머리의 여성을 멍하니 바라본다.

살랑이는 샴푸향에 코를 벌름거린다.

"연진아!"

"어?"

고개를 돌리며 환하게 웃는 여성.

그 모습은 아주 예쁜 강아지 같았다.

"꺄아!"

"뭐야! 뭐야! 왜 이렇게 운명적으로 만나는 거야!"

서로의 손을 잡은 연진과 친구가 방방 뛴다.

"이게 얼마 만이야! 몸은 괜찮아? 병은 다 나은 거야?"

"응!"

"아, 밖에서 이러지 말고 우선 카페 들어가서 이야기하자!"

솔직히 인간적으로 너무 덥다. 이제 7월인데, 이러면 8월은 어떻게 버틸지 모르겠다.

둘은 원래 서로 만나기 위해 약속 장소로 잡았던 카페로 향했다.

딸랑!

"환영합니다. M-포레스트 카페입니다."

"와아."

목을 꺾어야 다 보일 정도로 높고 넓은 천장. 그리고 곳곳에 자라고 있는 나무와 넝쿨들. 투명한 바닥 아래에선 물고기들이 돌아다닌다. 거기다 코끝을 스치는 피톤치드향과 진한 커피향까지.

마치 동화 속 숲을 그대로 옮겨 온 듯한 인테리어에 둘의 눈이 몽롱하게 풀린다.

"역시 M-카페……."

기본형의 M-카페부터 이렇게 M-포레스트나 M-BOOK, M-ART 등 여러 개의 테마가 있는 M-카페는 모두 직영점으로 운영되고 있어서 직원들의 서비스도 최상으로 알려져 있다.

둘은 얼른 카운터로 달려갔다.

"언니, 언니. 여기 M-포레스트 추천 메뉴가 뭐예요?"

이미 블로그나 SNS를 통해 알고 있지만, 그래도 처음 오는 테마다 보니 들어 보고 싶다.

"네. 저희 M-포레스트는 숲이라는 테마에 맞게 녹차 아이스크림과 녹차 케이크, 녹차라떼, 당근 케이크, 블루베리 케이크와……."

둘은 줄줄이 추천 메뉴들을 말하는 종업원의 설명에 귀

를 기울이다가 이내 메뉴들을 고른다. 추천 메뉴가 너무 많아서 고민이 됐지만, 그래도 겨우 고를 수 있었다.

다행히 시간이 어중간해서 비어 있는 창가 쪽에 자리를 잡은 둘은 서로를 보며 눈을 반짝였다.

그동안 어떻게 지냈냐, 잘 지냈냐, 남자친구는 사겼냐 묻고 싶은 게 산더미였지만, 연진의 친구가 가장 먼저 묻고 싶은 건 따로 있었다.

"정말…… 암이었던 거야?"

돌연 휴학을 하더니 자취를 감춘 친구, 연진.

도중에 어쩌다 연락이 닿았을 때, 국내에선 치료하기 힘든 병 때문에 외국으로 갔다는 말을 듣고는 얼마나 놀랐는지 모른다.

연진은 손을 꼭 잡으며 울먹이는 친구의 모습에 푸근히 웃었다.

"아니. 무슨 신경계통 쪽의 희귀병이라는데…… 병명은 너무 복잡하고 어려워서 까먹었어."

"야! 그걸 어떻게 까먹어! 그것도 한국대 경제학과에 다니는 년이!"

"히히. 이탈리어로 막 쌀라쌀라 떠드는데 그걸 어떻게 알아듣겠어."

"……에휴. 그래서 병은 다 나은 거야?"

다 완치된 것인지 건강해 보이는 연진의 모습.

아니, 건강해진 정도가 아니라 예전보다 족히 10킬로그램은 찐 듯 보였다.

"아니, 부은 건가?"

살이 찐 것과는 미묘하게 다른 모습.

움찔!

"티 나?"

삽시간에 얼굴이 굳는 그녀의 모습에 친구는 얼른 손을 저었다.

"아니, 아니! 지금이 딱 좋아!"

예전엔 42킬로그램이었던 연진. 아무리 여자가 다이어트에 목을 맨다지만, 8개월 전의 연진은 말라도 너무 말랐다.

지금 모습이 딱 좋았다.

연진은 다행이라며 웃었다.

"약 부작용이래. 아직 다 나은 건 아니라서 계속 약 먹고 있거든."

"뭐?! 그런데 이렇게 돌아다녀도 괜찮은 거야?"

"약만 잘 챙겨 먹으면 괜찮아."

"그럼 다행이긴 한데…… 에휴, 모르겠다."

지이잉! 지이잉!

"아, 우리 거 나왔나 보다!"

둘은 냉큼 카운터로 달려가 음료와 케이크를 가져와 SNS에 올릴 사진을 찍었다.

그런 다음 그들은 다시 서로를 보며 눈을 빛냈다.

가장 큰 궁금증이 해결됐으니 이제 그다음의 궁금증을 해결해야 됐다.

둘은 지난 8개월 동안 쌓여 있던 이야기를 풀어내기 시작했다.

"나쁜년. 한 번만 더 말없이 떠나 봐라."

눈이 풀린 연진의 친구가 연진을 향해 손가락을 치켜세우자 연진이 한숨을 내쉬었다.

"알았다니까. 집이 이쪽이지?"

원룸 건물들이 줄지어 늘어서 있는 원룸 골목.

"어디 가게! 들어와! 4차 해야징!"

"오늘은 많이 마셨잖아. 다음에 또 마시자. 어차피 나도 2학기에는 복학할 테니까."

"진짜지?"

"응."

"……오케이. 알았어. 빠빠이!"

연진은 손을 흔든 친구가 원룸 건물 안으로 들어가는 걸 지켜보다가 돌아섰다.

그러는 순간 차갑게 가라앉는 그녀의 표정.

"역시 뺀다고 뺐지만 붓기는 어쩔 수 없는 건가?"

뱃살이나 팔뚝 살을 꼬집어 본 연진은 눈빛을 차갑게 굳히며 발을 내디뎠다.

-응애!

멈칫!

선명하게 그녀의 귀를 때리는 아기 울음소리.

깜짝 놀란 그녀는 주변을 둘러봤지만, 저녁 11시의 원룸 골목은 언제나처럼 고요했다.

"……까득."

아무래도 환청을 들은 것 같았다.

그녀는 입술을 깨물며 골목을 빠져나갔다.

방금 전까지 차가웠던 그녀의 눈이 흔들리고 있었다.

* * *

"이건…… 너무 작죠?"

신안경찰서의 소회의실.

형사의 파트너가 작은 핸드백을 들어 올리며 어색하게 웃는다.

아무리 신생아의 크기가 작다지만, 그만한 크기의 물건이 들어갔다면 곧바로 티가 날 수밖에 없다.

더욱이 신생아가 버려진 쓰레기통에서 비닐과 타올, 아이스팩도 함께 발견됐다.

사망 추정 시간에 변동이 생겼지만, 시신 유기 시간은 다행히 변함이 없기에 용의선상은 거기서 더 늘어나지 않을 수 있었다.

"그럼 그건 여자친구 가져다주세요."

"아이고, 아닙니다! 말씀은 감사하지만 아무리 그래도 짭을……."

그리고 눈썰미는 어찌나 좋은지 형사도 분간을 잘 못하는 S급 이미테이션 제품도 금세 알아차린다.

종혁은 그 말에 눈을 끔뻑였다.

"찐인데요?"

"……예?"

"찐이라고요."

"찌, 찐이면 몇 백만 원이 넘을 텐데……."

"그래서요?"

종혁은 의아해했고, 두 형사는 재빨리 옆에 쌓인 수백 개의 박스들을 향해 시선을 돌렸다.

"그, 그럼 여기 있는 것들 모두?!"

"네. 다 찐입니다. 아무리 수사를 위해서라지만, 경찰이 돼서 짭을 가져다 쓸 순 없잖아요."

무엇보다 아예 같은 제품으로 확인해 봐야 더 정확한 비교가 가능할 터.

그래서 사건 추정 시간에 화장실 안으로 들어갔던 여성들이 가지고 있던 가방들을 모조리 구매한 것이다.

"아니, 이걸 어떻게 하루 만에……."

"뭡합니까. 얼른 포장 안 뜯고!"

"예, 예!"

"선배님! 조심히 뜯어요! 그거 선배님 한 달 치 월급보다 비싸요!"

"히이익!"

끼이익!

"수고하십……."

회의실로 수백 개의 박스가 들어왔다기에 뭔 일인가 구

경을 하러 왔던 형사들과 타 과 경찰들이 종혁을 발견하
곤 희게 질린다.

"다들 시간 많죠? 들어와서 좀 도와요."

이번 사건의 담당자들은 그들을 향해 연신 고개를 끄덕
였고, 그들은 슬그머니 안으로 들어와 함께 포장을 풀어
헤쳤다.

책상들과 의자들마저 모두 치워진 회의실 바닥에 450
여 장의 사진이 깔린다.

한쪽 귀퉁이에 숫자가 적힌 사진들.

한 발 물러난 종혁은 팔짱을 끼며 재밌어했고, 담당 형
사는 바닥의 사진들을 보며 눈을 빛냈다.

"일단 가방이 작은 것들은 모두 치워."

"예!"

파트너가 빠르게 작은 가방을 든 여성들의 사진을 치운다.

그런 식으로 지금까지 조사한 정보를 토대로 경우의 수
를 제외시켜 나가자, 이내 바닥에 깔린 사진은 단 6장만
남게 되었다.

"고양이상, 강아지상, 여우상……."

"사람이 동물이냐, 새끼야?"

"죄, 죄송합니다!"

"서장님, 최종 유력 용의자들입니다."

"……공교롭게도 모두 이십대네요."

또 다른 공통점으로는 전부 신안 사람이 아닌, 외지에

서 온 관광객이라는 것이었다.

"오 형사 직감으로는 이 중 누군 것 같습니까?"

담당 형사의 눈이 차갑게 가라앉는다.

"저는 서장님께서 고른 144번과 여기 47번, 368번이 가장 의심스럽습니다."

하지만 나머지 세 명도 만만치가 않다.

"그나마 다행이네요."

450명에서 6명까지 좁혔다.

형사들의 직감과 타당한 증거로 추론이 된 6명의 용의자.

"문제는 얘들 중 누구냐는 건데……."

"그러게 말입니다."

가장 간단한 방법은 용의자의 DNA와 아이의 DNA를 대조하여 친자 확인을 해 보는 것이다.

문제는 화장실에 남아 있는 DNA는 지나치게 오염되어 있다는 점이었다. 이걸로는 정확한 분석이 어려웠다.

"어쩔 수가 없네요."

종혁은 다시 곱게 포장이 돼서 한쪽에 쌓여 있는 가방들과 화장품들을 보며 눈을 빛냈다.

"생활 반경 동선부터 땁시다."

* * *

어느 순간 몸이 무거워졌다.

"우욱!"

갑자기 평소엔 잘 먹던 음식이 역겨워진 어느 날.

생리를 하지 않게 됐다는 걸 깨닫게 된 어느 날.

연진은 산부인과를 찾았다.

"임신이에요. 축하드려요."

"가, 감사합니다."

연진은 선물처럼 찾아온 아기를, 아직 아무런 티도 나지 않는 배를 가만히 쓰다듬었고, 의사는 그런 그녀를 흐뭇한 미소로 바라봐 주었다.

그날 이후 연진의 생활 습관은 180도 바뀌게 됐다.

"가만히 누워만 있으면 안 된다고 했어."

의사는 안식을 취하되, 그렇다고 절대 누워만 있으면 안 된다고 했다. 그건 오히려 태아에게 좋지 않다며, 평소보다 좀 더 여유롭게 생활하되 운동도 곁들이라고 했다.

그래서 그녀는 밤마다 산책하는 습관을 가지게 됐다. 눈이 오거나 비가 와서 산책을 하지 못하면 런닝머신 위라도 걸었다.

"짜거나 맵게 먹으면 안 돼."

인스턴트나 레토르트도 가급적 줄이는 게 낫다고 했다. 세상에서 떡볶이와 과자를 가장 사랑했던 소녀는 그날 이후 닭가슴살을 먹어야 했다.

그렇게 지내다 보니 어느덧 배가 부풀어 올랐고, 몸도 비대해져 갔다.

"아, 아파."

몸 안쪽에서 바깥으로 수만 개의 바늘이 콕콕 찌르는

것 같았다.

발목과 무릎, 허리는 면도칼로 난도질하는 것 같았고, 손가락은 누가 매일같이 잡아 뽑는 듯했다.

침대에 가만히 누워 있어도 아팠다. 너무 아파서 매일같이 눈물이 났다.

하지만 버틸 수 있었다.

남산처럼 부푼 배 속에 자신의 아이가 있기에.

사랑스런 아이가 자라고 있기에.

자신이 아플수록 더 건강하고 똑똑하게 자랄 수 있기에 아픈 몸을 이끌고 책을 읽고, 클래식을 들었다.

그렇게 시간이 흘렀다.

주륵!

"아."

어느 날 자다가 양수가 터졌다.

길고 길었던 시간이 드디어 끝을 맺을 때가 왔다.

"아악! 끼아아악!"

생살이 찢어지고, 뱃속의 내장이 모두 끄집어내지는 듯한 아득한 고통.

"응애! 응애!"

그렇게 힘들게 나왔다.

하지만…….

"산모님, 아이의 심장 소리가…….”

"허억!"

기겁을 하며 일어난 연진이 다급히 귀를 막는다.

응애. 응애. 응애.

귀도 모자라 머릿속을 헤집는 환청.

몸을 웅크린 채 한참을 바들바들 떨던 그녀는 이내 숨을 길게 내쉬며 몸을 일으켰다.

연진은 창가로 걸어가 커튼을 열어젖히며 햇살을 맞이하다 레깅스와 모자를 쓰고 집을 나섰다.

어느덧 습관이 되어 버린 아침 운동을 해야 됐다.

"으흐응. 응?"

웅성웅성.

귀에 꽂은 이어폰을 통해 귀에 꽂히는 노래를 흥얼거리며 근처의 태릉 피트니스 센터로 향하던 그녀는 한곳에 몰려 있는 사람들을 보곤 의아해했다.

"와아!"

"오오!"

'뭐지?'

주택가 살짝 벗어난 도로에 사람들이 이렇게 몰려 있을 이유가 있을까.

의아해하던 그녀는 사람들의 머리 위로 삐죽 튀어나온 커다란 팻말을 보곤 피식 웃었다.

[당신의 운을 시험해 보세요! 어마어마한 상품이 기다리고 있습니다!]

"별걸 다하…… 엑?"

자신도 모르게 상품을 확인했던 연진은 눈을 동그랗게 떴다.

'저, 저건?'

무려 한 세트에 30만 원이 넘는 고급 화장품 세트다.

하지만 이건 아무것도 아니다.

중저가 브랜드부터 하이엔드 브랜드까지 여자라면 눈이 돌아갈 수밖에 없는 가방들 이십여 개가 매대 위에 올려져 있다.

'이, 이미테이션인가?'

가방은 가짜일 수 있지만, 화장품은 진짜다.

'저, 저걸 저렇게 햇빛 아래 놔두면 안 되는데!'

연진은 가판대 앞에 모여든 여성들처럼 발을 동동 굴렀다.

"자, 자! 어서들 오셔서 명함도 받아 가시고, 상품도 받아 가세요! 참가비는 없음! 다들 오셔서 자신의 운을 시험하세요! 언니, 누나들 어서 오세요!"

"저기요. 정말 이것들 공짜로 주는 거예요?"

"예! 저희 사장님이 이번에 강남에서 편집숍을 크게 여시는데, 가게 홍보 차 나눠 드리는 거예요!"

"나, 나부터! 나부터 할게요!"

"네! 첫 번째 도전녀 등장!"

"나, 나도!"

"저도요!"

연진도 홀린 듯 가판대로 다가갔다.

"아…… 아쉽게도 꽝! 한 사람당 한 번밖에 기회가 없으니 돌아가 주세요!"

"21번! 처음으로 21번이 나왔습니다! 21번은 어디보자…… 20만 원 상당의 화장품 세트!"

"와아!"

"축하해요!"

"오오! 처음으로 한 자리 수가 나왔습니다! 8번! 8번입니다! 8번은 150만원 상당의 토드백! 여기 정품 인증서도 함께 드리겠습니다!"

"우와아아!"

"꺄악! 미, 미쳤어!"

비명이 터질수록 사람들은 더 많이 모여들었고, 연진의 가슴도 더 세차게 뛴다.

그러다 어느덧 그녀의 차례가 됐다.

"와! 이번에 도전하시는 분은 굉장히 어려 보이시네요!"

사내가 새하얀 장갑을 바꿔 끼며 아래를 가리킨다.

넓은 쟁반에 깔려 있는 열 개의 플라스틱 공들.

마치 문방구 앞 뽑기처럼 분리시킬 수 있는 플라스틱 공 안에는 새하얀 쪽지가 접혀 있었다.

그 공들을 세정제로 하나하나 세심하게 닦은 사내가 연진을 보며 환하게 웃었다.

"구슬을 입으로 물어서 제게 주시면 됩니다! 아, 지금

회원등록을 하면 5퍼센트 할인 쿠폰도 드리니까 여기다 이름하고 전화번호도 적어 주시고요!"

움찔!

"……꼭 입으로 찾아야 하나요?"

"이색적으로 진행해야 사람들 기억에도 남아 홍보가 될 테니 양해 부탁드릴게요!"

"그래도…….."

입으로 문다는 게 약간 꺼림칙하다.

"아가씨, 안 할 거면 얼른 비켜요!"

"그래요. 기다리는 사람이 얼마나 많은데!"

"누, 누가 안 한대요?"

눈앞에서 명품백이 사라졌다.

연진은 눈을 꼭 감으며 쟁반을 향해 고개를 숙였다.

'읍?!'

마음이 급해서 이빨로 물려고 했는데, 입안으로 쏙 들어오고 말았다.

그녀는 울상을 지었다.

"여이여!"

"네, 수고하셨습니다!"

공을 받아 든 사내가 양손으로 잡고 비틀었고, 연진의 시간은 잠시 느려졌다.

"오오오! 11번! 11번입니다!"

"……아싸!"

11번은 아까 그녀의 발을 동동 구르게 했던 30만 원 상당의 화장품 세트다.

그녀의 얼굴에 웃음꽃이 활짝 피었다.

"그럼 좋은 하루 되세요!"

"네! 수고하세요!"

사내는 멀어지는 연진을 바라보다 새하얀 장갑을 벗으며 공을 감쌌다. 그리고 옆의 보조 스태프를 향해 입을 열었다.

"공들 다 교체해."

"예!"

사내를 보며 눈을 빛낸 보조 스태프는 연진의 코나 입술 등 얼굴이 닿았던 공들을 따로 챙겨 가판대 아래에 숨겼다.

* * *

극한까지 내린 에어컨 바람에 싸늘한 회의실.

테이블 위에 핸드폰을 내려놓은 담당 형사들이 다리를 떨며 전화를 기다린다.

종혁은 그 모습을 어이없다는 듯 바라본다.

"다른 사건은 없는 겁니까?"

"그러는 서장님은요?"

"……."

종혁은 입맛을 다시며 담배를 물었다.

언제나 이 시간이 되면 심장이 조인다.

'6명 안에 있어야 할 텐데…….'

없다면 상황은 정말 골치 아파 진다.

처음으로 돌아가 다시 450명 전체를 훑어야 한다.

칙! 칙!

종혁은 손이 떨려 불을 붙이지 못하는 형사를 향해 라이터를 내밀었다.

찰칵! 치이익!

"가, 감사합니다."

고개를 저은 종혁은 담배 연기를 깊게 빨아들였다.

그 순간이었다.

띠리링! 띠리링!

"켁! 켁! 쿠, 쿨룩! 쿨룩! 예, 전화 받았습니다! 신안경찰서…… 예?!"

쿠당탕 경악하며 일어난 담당 형사가 종혁을 본다.

"이, 일치하는 사람이 있답니다!"

DNA, 살해되고 유기된 신생아와 친자 확인이 되는 DNA가 있다고 한다.

불끈!

종혁은 주먹을 쥐었다.

다행이었다. 참 다행이었다.

"누굽니까?"

"예, 예. 감사합니다! 수고하십쇼! 서장님, 144번입니다!"

"……김연진?"

유전자 〈225〉

"예!"

새끼 강아지를 닮은 미인, 김연진.

"신원 따고 파일 작성하세요. 바로 영장 신청 들어갑니다."

"예! 야!"

"지금 조회 요청하고 있습니다, 선배님!"

담당 형사의 파트너는 핸드폰을 붙들며 소리쳤고, 곧 이름과 주민등록번호만 적으면 되는 사건 파일에 글자가 적히기 시작했다.

그사이 종혁은 핸드폰을 들어 어딘가로 연락을 취했다.

"안녕하십니까, 검사님. 신안경찰서장 최종혁입니다. 이번 저희 관내의 영아 살해 및 유기 사건의 담당 검사님 맞으시죠? 검사장님에게 말씀은…… 예. 지금 사건 서류를 보낼 건데…… 아, 지금 보냈다는군요. 확인하시고, 체포 영장과 압수수색 영장 발부 좀 부탁드리겠습니다."

ㅡ……알겠습니다. 확인하고 연락드리죠.

'음?'

왜인지 날이 선 듯한 말투.

미간을 좁혔던 종혁은 이내 곧 다시 울리는 전화를 받았다.

"어이구. 이렇게 빨리 검토하셨습니까?"

ㅡ이 여성이 범인이라는 증거가 뭡니까?

"국과수 유전자 검사 결과 첨부되지 않았습니까?"

─이거 DNA 증거는 어떻게 수집하신 겁니까?

"그것도 적혀 있을 텐데요?"

─……이보세요, 서장님.

검사의 목소리에 다시 날이 선다.

─저도 서장님 말씀은 많이 들었습니다. 수사를 돈으로 하신다고요?

'……이거 봐라?'

왜 날이 섰는지 알 것 같다.

'나한테 물 먹은 검사와 친분이 있나 보네.'

그런데 그게 한두 명이 아니라서 용의자가 특정되지 않는다.

그렇게 종혁이 침묵을 하자 어떻게 받아들인 건지 검사가 비웃음을 터트린다.

─서장님, 이거 서장님과 담당 형사님들이 수를 쓴 거 맞으시죠? 이러면 곤란합니다. 증거가 이딴 식이라면 법원에 영장 청구를 할 수가 없어요. 이거 불법이잖습니까.

"……하아. 검사님, 제가 아무리 돈이 많아도 강남에 그런 편집숍 하나 차리는 데 드는 돈이 얼만지 아십니까? 못해도 15억입니다, 15억. 월세에, 인테리어 비용에, 손님들에게 팔 물품들에…… 범죄자 하나 잡겠다고 15억을 태운다고요? 검사님은 상식적으로 이게 말이 된다고 생각하십니까? 그냥 뒤만 졸졸 쫓아다니면 타액 묻은 컵이라든가 머리카락이라든가 다 얻을 수 있는데?"

─…….

"여보세요, 검사님. 진짜 돈 있는 사람들은 말이죠. 돈을 절대 허투루 안 씁니다. 다 나한테 이득이 되는지 안 되는지 따지며 쓰는 거죠. 그렇게 의심 되시면 한번 조사해 보시죠. 그 편집숍이 가짜인지 진짜인지. 거기에 내 돈이 들어갔는지 안 들어갔는지! 어떻게 저희 직원들이 그 정의로운 분들과 이야기 나누는 모습이 담긴 CCTV 영상도 함께 보내 드릴까요?"

–……어떻게 특정한 겁니까?

"그게 다 열심히 수사해서 그런 거 아니겠습니까."

–다시 연락드리죠.

전화가 끊기자 종혁의 입술이 이죽거린다.

"어디 선수 앞에서……."

"어…… 괜찮습니까?"

"뭘요? 편집숍? 아니면 검사를 들이받은 거?"

"……둘 다요."

"괜찮습니다. 편집숍이야 제 지인이 아는 분의 아는 분의 아는 분이 오픈한 거고, 담당 검사야 좆같이 굴면 바꿔 달라고 하면 그만이니까요."

어차피 신안에서 맡게 될 마지막 사건이다. 이 정도 요구는 충분히 할 수 있었다.

그 발언에 형사들이 입을 떡 벌린다.

그들로서는, 일개 형사로서는 감히 상상조차 할 수 없는 담당 검사 교체.

"……본청으로 가실 때 저도 함께 갈 수 있겠습니까?"

"아니, 선배님! 의리 없이! 저, 저도 가고 싶습니다! 본청! 아니, 서장님 밑에서 계속 일하고 싶습니다!"

"하하. 글쎄요. 번호표를 뽑고 계시는 분들이 많아서⋯⋯."

"이런⋯⋯."

"자자, 그럼 저흰 밥이나 먹으러 갑시다! 우리 검사님께서 조사를 하시려면 시간이 꽤 걸리실 것 같으니 말입니다. 설렁탕 어떻습니까?"

"수육 추가 가능합니까?"

"하하하."

'그냥 오늘 저녁에 검사장님 만나야겠네.'

검사와 기싸움 하기가 귀찮았다.

* * *

착! 착! 착!

화장대 거울 앞에 앉은 연진이 볼을 두드리다 거울을 보며 얼굴을 이리저리 돌려 본다.

겨우 이틀을 썼을 뿐인데도 피부에서 광이 나고, 탱탱하게 당겨지는 기분.

플라시보 효과가 아니라 여자라면 누구나 느끼는 미묘한 감각의 충족에 그녀의 입가에 만족스러움이 번진다.

"이 브랜드도 좋구나."

마치 맞춤처럼 피부에 딱 맞다.

"이러면 오늘은⋯⋯."

-울려 퍼지는 음악에 맞춰!

"응!"

-너 오늘 약속 있지 않았지?

"당연하지! 오후 7시, 건대역 입구!"

-예쁘게 하고 와! 진짜 괜찮은 오빠들이야!

"알았다니까. 그래, 끊어."

통화를 종료한 그녀가 입술을 비튼다.

대체 얼마나 잘생겼기에 눈 높은 친구가 괜찮다고 말하는 걸까.

기대감이 가득 부풀어 오른 그녀는 화장품을 둘러보며 눈을 빛냈다.

"오늘은 화장이 잘 먹힐 것 같으니까 네츄럴하게⋯⋯."

-띠리링! 띠리링!

방금 전과 다른 벨소리.

순간 몸이 굳은 그녀가 발신자를 확인하곤 전화를 받는다.

"네. 아뇨, 몸은 괜찮은데 아직 덜 풀렸어요. 앞으로 반년은 더 요양을 해야 할 것 같아요. 네, 감사합니⋯⋯ 다. 끊겼네."

한숨을 내쉰 그녀가 전화가 끊긴 핸드폰을 본다.

언제나 어려운 사람.

"하긴, 내가 못마땅하려나⋯⋯."

눈빛이 어두워진 그녀는 다시 화장품을 바라봤다가 몸

을 일으켰다.

* * *

"연진아!"

마치 토끼처럼 팔짝팔짝 뛰며 손을 흔드는 친구에 피식 웃은 연진이 그녀의 주변을 훑는다.

"여기야, 여기!"

"알았어. 왔으니까 그만해. 그런데……."

"아, 오빠들은 시간 맞춰서 온대. 우리가 먼저 자리 잡으면 바로 도착할 거야. 그보다 나 괜찮아?"

"……이 기집애. 나 소개시켜 주려는 것만이 아니지?"

"히히. 봐, 봐. 속옷도 깔맞춤했다?"

옷 안쪽을 보여 주는 그녀의 행동에 연진이 깜짝 놀란다.

"왜 이렇게 변했어?"

한국대에서 처음 만났을 때만 해도 남자의 남 자도 모르는 천연기념물이었던 친구.

그런데 지금은 마치 연애에 미친 것처럼 굴고 있다. 며칠 전 봤을 때와는 또 다른 모습이다.

연진은 그런 친구의 변화가 낯설고 어색해 눈을 크게 떴고, 친구는 그런 연진의 반응에 한숨을 내쉬었다.

"연진아, 우리 벌써 23살이야. 졸업이 코앞이라고……."

졸업을 하면 바로 취업을 해야 한다.

그런데 취업을 해서 바삐 살기 시작하면 연애를 할 시
간이나 있을까.

학생인 지금보다 분명 더 쉽지 않아질 것이다.

"다들 어디서 만난 건지 맨날 남친 만난다고 하고, CC
인 애들도 많고…… 애정행각은 안 보이는 곳에 가서 하
라고!"

"……너 취했니?"

"아직 안 마셨거든! 몰라! 가! 예약해 놨어!"

연진의 친구는 쿵쾅거리며 앞장섰고, 연진은 고개를 저
으며 그녀를 따라 술집 안으로 들어갔다.

마치 와인 바를 연상시키듯 모던한 분위기의 술집.

"건대 근처에 이런 곳이 있었구나……."

"여기 분위기 좋지? 여기가 원래 6시부터 웨이팅이 시
작되거든."

그래서 늦어도 전날 예약을 하지 않으면 최소 1시간은
웨이팅을 해야 하는 곳이다.

"그래? 잘했어. 역시 내 친구."

"히히! 여기요!"

주문을 하는 친구를 보며 연진은 눈을 빛냈다.

"그래서 뭐 하는 분들이셔?"

"아, 한 명은 회계사고, 다른 한 명은 현재 한국대병원
레지던트! 올해 레지던트 됐어!"

"그래서 넌 누군데?"

"회계사! 어려서부터 아는 오빠니까……."

눈독 들이면 죽는다는 듯 앙칼진 고양이처럼 양손톱을 세우는 친구의 모습에 연진은 웃음을 터트릴 수밖에 없었다.

낯설지만 재밌었다.

지이잉!

"어? 도착했대. 아, 저기 들어온다. 오빠!"

친구는 벌떡 일어나 손을 흔들었고, 연진은 막 문을 열고 들어오는 남성들에 눈을 빛냈다.

"야, 나 잠깐 화장실 좀."

얼른 화장을 고쳐야 할 것 같았다.

* * *

"하아암!"

"어이구. 취했냐?"

"몰라. 졸려."

꾸벅꾸벅 고개를 숙이던 친구는 결국 회계사로 일하는 남성의 어깨에 머리를 기댔고, 당황한 그 남성은 어쩔 줄 몰라 하다가 이내 연진들을 봤다.

"미안한데 난 이만 일어나야 할 것 같다. 얘 이러다 진짜 자겠다."

"그럼……."

"아냐, 아냐. 너희들은 편하게 더 마시다 가. 그럼 난 간다!"

일어서려는 연진과 의사 친구를 만류한 회계사 남성은 연진의 친구를 부축하며 술집을 나섰고, 남겨진 둘은 서로를 뻘쭘하게 바라봤다.

"……아하하!"

"하하하."

그래도 웃어서 그런지 어색한 분위기가 가시자 의사가 눈을 빛낸다.

"연진 씨, 우리도 이만 일어날까요?"

"……네."

수줍게 웃은 연진과 남성이 술집을 나서 거리를 걷는다.

웅성웅성. 와글와글.

사람들로 가득한 먹자골목 거리.

취한 사람들의 고함이 여기저기서 울리지만, 분홍빛 공기에 둘러싸인 둘에게는 닿지 못한다.

"오늘 재미없었죠?"

"네? 아, 아뇨."

빈말이 아니라 정말 괜찮았다.

시종일관 진중하고 매너를 있는 모습을 지키려 했던 눈앞의 남성. 또래의 남성들처럼 욕설도 하지 않고, 위트도 넘쳤다.

"휴. 다행이다."

"왜요? 걱정했어요?"

"당연하죠. 친구가 아는 동생들과 간단히 마시는 거라

고 해서 가벼운 마음으로 왔는데, 연진 씨 같은 분이 계시니까…… 오늘 제가 실수하진 않았나요?"

"아뇨. 그런 건 안 하셨어요."

연진은 쑥스럽다는 듯 발그레 볼을 붉히며 고개를 숙였고, 남성은 눈을 살짝 빛냈다.

"어떡하실래요? 한잔 더 하실래요? 아니면……."

연진은 고개를 저었다.

"많이 취한 것 같아요. 오늘은 여기까지 하고 다음에 또 봐요."

"그땐 둘이?"

"음……."

"하하. 농담이에요. 가요."

남성은 다른 사람들과 부딪치지 않도록 연진을 보호하며 큰길로 갔고, 이내 곧 그들의 앞에 택시가 멈춰 섰다.

"오늘 즐거웠어요, 오빠."

오빠. 열린 뒷문을 잡은 연진의 말에 깜짝 놀란 남성의 표정이 한없이 진지해진다.

"연진 씨."

"네?"

"첫 만남에 이런 말을 하는 건 너무 센스 없는 거 아는데…… 우리 만나 볼래요?"

쿵!

기대는 했지만, 이렇게 빨리 들을 줄은 몰랐던 말에 연진의 눈이 흔들린다.

"저는……."

"이야아! 보기 좋네! 지 새끼 죽이고 버린 년이 또 연애
는 하고 싶나 봐?"

갑자기 등 뒤에서 들려온 낯선 목소리.

연진의 얼굴이 하얗게 질렸다.

거리에 싸늘한 침묵이 맴돌고, 연진이 주저앉을 듯 흔
들린다.

'어, 어떻게? 대체 어떻게?'

—응애!

어디선가 또다시 아기 울음소리가 환청처럼 들려온다.

베개 아래에서 흔들리다 싸늘히 식어 가던 아기의 발버
둥이, 차가워져 버린 살갗의 감촉이 환각처럼 손끝을 타
고 올라온다.

"나, 난……."

겁에 질린 연진이 주춤주춤 물러나자, 그녀의 곁에 있
던 남성이 험악한 인상의 형사들의 앞을 막아선다.

"당신들 뭐야?!"

"오. 남자친구?"

"……그런데? 당신들 누구냐니까!"

대체 누군데 그런 말도 안 되는 폭언으로 연진을 몰아
붙이는 걸까.

남성은 여차하면 주먹을 휘두를 기세로 굳은 표정을 지
은 채 자신을 쳐다보는 연진에게 걱정 말라는 시선을 보
냈다.

그에 담당 형사의 눈이 곱게 휜다.

"아, 그래요? 네가 그 썩을 새끼란 말이지?"

뿌드득!

연진으로 하여금 배 아파 낳은 자식을 살해하게 하고, 유기시키게 만든 인물일 수 있다.

'그렇다면 이 새끼가 제일 쓰레기겠지!'

"성함이?"

"하! 내 이름은 알아서 뭐하게! 내 친구가 검사고, 경찰이거든? 너흰 잘못 걸렸어!"

"오, 그러셨어요. 그런데 이거 어쩌나? 나도 경찰인데."

"……뭐?"

"그런 대단한 친구분들을 가진 분께서 이렇게 저희가 찾아올 줄은 몰랐나 봅니다?"

"자, 잠깐!"

"자, 그럼 당신도 함께 동행해 주셔야겠습니다."

"헉! 지, 진짜 경찰? 아, 아니! 잠시만요, 선생님!"

"자자, 이쪽으로 와 주세요."

파트너가 남성을 옆으로 치우자, 담당 형사가 엉덩이를 뒤로 뺀 연진에게 다가가 체포 영장을 보여 줬다.

"우리가 왜 왔는지는 알지? 김연진 씨, 당신을 영아 살해 및 시신 유기 혐의로 체포합니다."

—응애!

다시 들려오는 아기 울음소리.

동시에 손목을 옥죄는 싸늘한 금속 수갑의 느낌에 주저
앉은 연진은 양 귀를 막으며 눈을 감았다.

끝났다. 모든 게…….

후회의 폭풍이 그녀를 몰아쳤다.

* * *

찰칵! 치이익!

―방금 막 차에 태웠습니다, 서장님.

"수고하셨습니다. 좀 어떻던가요?"

―그래도 지가 잘못한 건 아는 것 같더군요. 하얗게 질
리는 게 아주…….지금은 울고 있습니다. 그리고 남자친
구 새끼는 그런 저년을 위로하고 있고요.

"……그나마 다행이군요."

자기가 잘못한 걸 알고 있다니 다행이다.

"알겠습니다. 이따가 봅시다."

연진의 집 문 앞에 선 종혁이 지원을 나온 형사들을 보
며 고개를 끄덕인다.

"예!"

콰앙!

도어락을 부수는 망치질, 문과 벽 사이의 틈을 사정없
이 꽂아 꺾는 빠루질에 침입자를 막아야 할 문이 속절없
이 열려 버린다.

그리고 종혁과 형사들이 그 안으로 난입한다.

'흠······.'

"이야! 집 좋네!"

"하, 이렇게 풍족하게 살면서!"

20평이 넘는, 혼자 살기엔 꽤나 넓은 집. 소파나 TV도 꽤 고가의 물건이다.

그에 종혁은 미간은 찌푸렸다.

'뭐지? 김연진의 부모는 분명······.'

"서장님! 어떻게 할까요?"

"······일단 감식반부터 진입합니다."

아기를 죽인 살해 도구를 찾아야 했다.

그리고 혹시 모를 남자친구가 살해에 관여했다는 증거도.

"그렇게 감식이 끝난 후, 임산부 다이어리나 산부인과 진료 기록 등 아기와 관련된 물건들을 찾으세요."

아기를 유기할 때 조금의 수상한 점도 보이지 않고 침착하게 행동했던 김연진.

그런데 연진을 체포한 담당 형사의 말을 들어 보면 연진이 생명을 죽이는 데 무감각한 반사회적 인격장애로는 보이지 않는다.

그렇다면 아기를 살해하고 유기한 것이 이번이 처음이 아니라는 가능성에 무게가 쏠린다.

그렇다면 분명 있을 것이다.

김연진이 살해했을지 모를 또 다른 아기에 관한 흔적이.

그런 종혁의 말에 이를 악문 형사들은 곳곳으로 흩어졌고, 종혁은 현관에 서서 담배 연기를 길게 내뿜었다.

"이건 남자친구가 얻어 준 건가?"

공장 생산직에서 일하는 아버지와 전업주부인 어머니를 둔 연진.

부모님께 이 정도 지원을 받았을 리는 없어 보이며, 그렇다고 대학생에게 이 정도 대출이 나왔을 리도 없었다.

물론 명문대생이니 과외비만으로도 적지 않은 돈을 벌수는 있겠지만, 아무리 그래도 그것만으로는 어려웠다.

"아니면…… 성매매를 했거나."

빚을 갚기 위해서나 학비를 마련하기 위해서 등 금전적으로 상황이 어려워 쫓기듯 성매매를 하게 되는 20대 여성의 수는 생각보다 적지 않다.

하지만 반드시 그런 이유 때문만으로 성매매를 택하는건 아니었다.

사치와 향락을 위해, 말 그대로 돈을 쓰기 위해 성매매를 하는 여성도 많았다.

"……쯧. 차라리 나쁜년이면 마음이 편할 텐데."

티끌만큼도 동정심이 생기지 않도록.

자신의 의지와 상관없이 세상에 태어나, 다른 누구도아닌 엄마의 손에 죽음을 맞은 아기를 생각해서라도 그녀를 결코 용서해서는 안 됐다.

혀를 찬 종혁은 신발을 벗으며 안으로 들어갔다.

김연진이 만약 성매매 업소에 종사했다면, 그 증거도

찾아야 했다. 거기선 만난 손님이 아기의 아빠일 수도 있으니 말이다.

"서장입니다. 김연진 금융거래 기록 좀 확보해 주세요."

* * *

'대, 대체 어디서부터……'

들통이 난 것일까.

어디서부터 잘못된 것일까.

출발부터 도착까지 절대 경찰이 찾을 수 없도록 계획을 짰다.

그렇게 도착했던 신안의 대광해수욕장.

이름조차 들어 보지 못한 생소한 해수욕장에 사람들이 너무 많이 있기에 당황했지만, 오히려 잘됐다고 생각했다.

나무를 숨기려면 숲에 숨겨야 한다고, 사람이 많다면 오히려 더 자신을 찾을 수 없을 거라고 여겼다.

그런데 고작 나흘 만에 경찰이 찾아왔다.

싸늘한 공기가 가득한 취조실, 연진이 손톱을 깨물며 눈을 이리저리 돌렸다.

덜컹! 뚜벅뚜벅!

안으로 걸어 들어온 담당 형사가 그녀의 맞은편에 앉으며 노트북을 편다.

"김연진 씨."

"······."

"지금부터 취조를 시작할 건데, 본인에게 불리한 진술은 얼마든지 거부할 수 있습니다."

담당 형사는 들끓는 화를 애써 누르며 입을 열었다.

"자, 그럼 시작합시다. 이름."

"······."

'이런 쌍!'

초장부터 묵비권을 행사하는 그녀의 모습에 담당 형사의 얼굴이 구겨졌다.

그건 유리거울 너머의 종혁도 마찬가지였다.

'불안해하고 있군.'

서울에서 신안까지 달려오는 시간 동안 후회는 다 끝낸 것일까.

마치 고양이 앞에서 쥐구멍을 찾는 쥐새끼처럼 눈을 돌리는 게 참 꼴 보기가 싫어진다.

하지만 무슨 수를 써 봤자 어차피 실형은 확정이다.

'설사 살해는 충동적이었다고 하더라도 그 시신을 이렇게 계획적으로 유기한 순간 그건 의도가 되는 거지.'

유기의 방법이 치밀했기에 살해가 충동적이었다고 주장한들 법정에선 받아들이지 않을 거다.

판사가 연진에게 내릴 선고는 법정 최고형밖에 없었다.

똑똑!

"네, 들어오세요."

문이 열리며 이번 사건 담당 형사의 파트너가 들어온다.

"남자친구가 아니었다고요?"

"예. 오늘 만난 사이라고 합니다."

그러다 험악한 인상의 사람들이 다가오자 연진을 지키려고 나선 것이었다.

"오늘 함께 김연진을 만났다는 이들이 증언을 해 줬습니다."

그래서 어쩔 수 없이 용의자를 돌려보냈다.

아무리 의심스럽다고 해도 증거도 없이 구속시킬 수는 없었다.

"현재 용의자의 주변을 조사하는 중입니다."

종혁은 고개를 끄덕였다.

"그리고 이건 김연진의 금융거래 기록인데……."

"왜요? 큰돈을 주고받은 정황이 발견됐습니까?"

"아니요."

종혁의 눈이 가늘어진다.

"그런데 뭔가 좀 이상합니다. 집에서 수천만 원의 현금이 발견됐고, 통장에도 매달 240만 원씩 입금된 내역이 확인됐습니다. 게다가……."

김연진이 거주하고 있던 빌라가 김연진의 명의로 계약된 전셋집임도 확인됐다.

3년 전, 그러니까 김연진이 20살 때부터 거주했던 곳인데 당시 전셋가가 2억이다.

가지고 있는 현금이야 열심히 모았다 치고, 매달 입금되는 240만 원도 과외 비용이라고 치면 이해할 수 있다.

그러나 20살부터 거주한 2억의 전셋집.

그녀의 부모가 그 정도 돈을 지원하기 어려운 형편임을 고려하면, 아무래도 수상쩍을 수밖에 없다.

"매달 김연진에게 입금하고 있는 사람이 누군지는 확인됐습니까?"

"현재 추적 중입니다."

고개를 끄덕인 종혁은 거울 유리 너머, 묵비권을 행사하고 있는 김연진을 응시했다.

"진료 기록은 어떻게 됐습니까?"

형사의 낯빛이 어두워진다.

"수사지원과의 도움을 받아 전국을 싹 다 뒤져 봤지만······."

감기에 걸렸다거나 골절을 당했다거나 하는 그런 기록 등은 발견됐지만, 산부인과에서 임신이나 출산과 관련해 진료를 받은 기록은 발견할 수가 없었다.

종혁은 미간을 좁혔다.

"이거 아무래도 김연진이 산부인과가 아니라······ 어? 어어어?"

유리거울 너머를 향해 손가락질하는 형사의 손을 따라 시선을 돌린 종혁은 눈을 크게 떴다.

"저건 또 뭔데!"

−아이고. 고생하셨습니다, 김연진 씨! 앞으론 저를 통해 말씀하시면 됩니다! 아이고. 반갑습니다, 형사님. 현시간부로 김연진 씨의 변호를 맡은 민영우 변호사라고 합니다. 하하.

"진짜 가지가지 하네!"

빗질조차 안 한 듯 수더분한 곱슬머리에 안경을 낀 순박한, 누가 봐도 돈 없는 변호사 같은 외모와 약간은 경박한 말투.

형사는 발을 구르며 화를 냈지만, 종혁은 아니었다. 그는 당황하고 있었다.

'저, 저 새끼가 왜 여기에?'

아는 얼굴에 아는 이름이다. 그리고 이런 곳에 있으면 안 되는 놈이었다.

"구, 구속 영장! 구속 영장부터 신청해요! 빨리!"

"예?"

"빨리 신청하라고−!"

종혁의 다급한 외침이 공간을 찢었다.

* * *

민영우 변호사가 생글생글 웃으며 입을 연다.

"왜요?"

오자마자 연진을 데리고 나가려는 민영우 변호사의 행동에 담당 형사가 이를 악문다.

"당연히……."

"으음. 형사님, 제 의뢰인은 한국대학교 경제학부에 재학 중인 이 나라의 재원입니다. 거기다 이제 고작해야 23살이며, 지금까지 그 어떤 범법도 저지르지 않은 것도 모자라 매해 종합소득세를 납부하는 모범시민입니다. 이런 분께서 도주를 할 거라고 보십니까? 그리고 DNA도 채취하셨다면서요? 굳이 구속까지 하실 필요가 있겠습니까?"

"그, 그건 맞는데……."

"거기다 현재 시간이 저녁 12시입니다. 얼마 전 출산을 하셔서 몸의 밸런스가 무너진 분에게는 너무 가혹한 시간이 아닐 수 없습니다. 그리고 제 의뢰인께서 사시는 곳과 아주 먼 신안까지 이동하셨고요. 형사님, 이건 인간적으로 너무한 거 아닙니까?"

구구절절 맞는 말이다.

형사의 낯빛이 어두워지는 순간이었다.

벌컥!

문이 열리며 종혁이 안으로 들어온다.

"추, 충성!"

담당 형사의 인사를 받은 종혁이 민영우 변호사를 가만히 노려본다.

그에 민영우 변호사가 환하게 웃는다.

"아이고, 여기 담당 형사님의 상급자이신가 보군요! 반갑습니다, 하하! 서울에서 작은 사무실은 운영하는 변호사 민영우라고 합니다. 뭐 사무실이라고 해도 저 혼자뿐이지만요!"

"……예. 반갑습니다. 신안경찰서 서장 최종혁입니다."

"최종혁? 아! 영웅경찰 최종혁! 와! 반갑습니다! 유명하신 분을 이렇게 뵙게 될 줄이야! 일본에서 고군분투하시는 모습은 정말 감명 깊게 봤습니다!"

종혁의 손을 잡으며 호들갑을 떠는 민영우 변호사.

종혁도 어색하게 웃는다.

"하하. 그걸 보셨을 줄은 몰랐군요."

"그런데…… 이야, 실물이 훨씬 멋지신데요? 외모며, 몸이며. 카메라가 다 담아내지 못했습니다!"

"그렇습니까? 하하하핫!"

"정말 같은 남자로서 부럽습니다! 하하하하하!"

둘 사이에 퍼지는 훈훈한 공기.

웃음을 멈춘 종혁이 담당 형사를 본다.

"보내 드려요."

"예? 서, 서장님!"

"여기 변호사님 말대로 김연진 씨를 구속할 명분이 없잖습니까. 그냥 보내 드려요."

"이야! 결단력까지! 정말 최고십니다! 하하, 그럼 저흰 이만 가 보겠습니다!"

혹여 종혁의 마음이 바뀔까 얼른 김연진의 손을 이끌고 취조실을 빠져나가는 민영우 변호사.

종혁이 마치 배웅을 하려는 듯 그들의 뒤를 따르고, 담당 형사가 이해할 수 없다는 얼굴로 종혁의 뒤를 따른다.

"아이고, 이렇게 나오지 않으셔도 되는데……."

"멀리 가진 마시고, 가급적 집 근처를 벗어나진 마세요."

"예, 예. 당연하죠! 그럼 다음 조사 때 뵙겠습니다! 물론 다음 조사가 있다면 말이죠!"

고개를 꾸벅 숙인 민영우 변호사는 김연진의 손을 잡아끌며 주차장에 주차시킨 차로 향했고, 그 차가 떠나자 종혁의 얼굴이 흉악하게 일그러진다.

빠드드득!

"……아는 변호사입니까?"

마치 어쩔 수 없이 보냈다는 듯한 종혁의 모습에 담당 형사의 낯빛이 굳고, 종혁이 떨리는 손으로 담배를 문다.

"예. 안다면 아는 놈이죠."

결코 저 수더분한 외모와 경박한 말투에 속아선 안 될 놈.

'설마하니 그 짧은 시간에 담당 검사에게 손을 써 놨을 줄이야!'

구속 영장이 단번에 거부됐다. 분명 목포지청장 김후락이 사건을 맡긴 검사임에도 그런 행동을 한 것이다.

'체포 영장에서 태클을 걸 때부터 알아봤어야 했는데!'

아니, 그때 담당 검사를 바꿨어야 했다.

"……아니지."

아니다. 이 사건을 다른 검사가 맡았더라도, 정의로운 검사가 맡았더라도 결과는 마찬가지였을 것이다.

그것이 민영우란 변호사기에.

서울에서도 아는 사람만 아는 변호사, 민영우.

그는 권력자들이 은밀한 처리를 원할 때 불러들이는 사냥개였다.

* * *

"저, 저기⋯⋯."

김연진이 혼란스러운 눈으로 민영우 변호사를 본다.

"서, 설마 그, 그분께서⋯⋯."

"쉿. 닥치세요."

"흡?!"

방금 전 수더분하게 웃던 모습은 어디로 간 건지 싸늘하다 못해 무심한 눈빛에 김연진이 입을 틀어막는다.

한 마디라도 더했다간 죽을 것 같은 공포.

고개를 끄덕인 민영우 변호사는 한참 동안 달려, 광주의 번화가에 접어들었을 때야 글러브박스를 연다.

수십 개의 핸드폰이 들어 있는 글러브박스.

그중 하나를 꺼내든 민영우가 누군가에게 전화를 건다.

"예, 어르신. 민영우입니다. 지금 막 김연진을 빼냈습니다. 아니요⋯⋯. 잠시만 기다려 주십시오."

끼익!

차를 세운 민영우가 차문을 열고 밖으로 나간다.

"저 멍청한 년이 그나마 어르신의 자제분께 연락을 드리지 않아서 천만다행이긴 하지만, 아무래도 처리는 힘들 것 같습니다. 이 모자란 년을 검거한 곳이 신안경찰서입니다. 예, 그 최종혁 총경이 사건을 지휘하고 있는 것 같습니다."

최종혁. 끝을 모르는 자금력을 떠나, 그 인맥이 얼마나 넓고 깊은지 가늠조차 되지 않는 인물.

거기다 검거율이 거의 백 퍼센트에 달하는 본연의 실력까지.

"어르신이나 자제분의 법무팀을 움직이지 않으신 건 정말 잘하신 결정이었습니다."

만약 이번 의뢰인의 법무팀이 움직였다면, 종혁은 단숨에 냄새를 맡았을 거다.

'그럼 굉장히 골치 아픈 상황이 벌어졌겠지.'

상대가 누구든 죽이려 달려드는 괴물.

"아니요. 저에 대해선 모를 겁니다. 여태껏 마주친 적이 없으니까요. 예, 예. 음. 현재 가장 좋은 방법은 제 입김이 닿아 있는 경찰서로 사건을 이관하는 것인데……더 나은 방법을 찾아보겠지만, 그래도 돈을 좀 준비하셔야 할 것 같습니다."

상황이 잘못됐을 때 연진의 입을 다물게 할 막대한 돈을. 또는 연진의 입이 나불거리지 못하게 만들 돈은 있어야 했다.

"예. 그럼 올라가서 뵙겠습니다."

통화를 종료한 민영우는 담배를 물었다.

"후우. 뜻대로 잘 풀려야 할 텐데……."

하지만 상대가 최종혁이다. 타고나기부터가 포식자인 괴물.

자칫하다간 이쪽의 목이 물어뜯길 수 있다.

"쯧."

담배를 구긴 그는 다시 차에 올랐고, 그들을 태운 차는 지독한 침묵을 두른 채 서울로 향했다.

* * *

광주지방검찰청 목포지청.

종혁과의 통화를 종료한 삼십대 중반의 검사가 책상에 발을 올린 채 이를 드러낸다.

"싸가지 없는 새끼. 어디 경찰 나부랭이가……."

"저기 괜찮으시겠습니까, 검사님?"

"왜요?"

"최종혁 서장의 인맥이 엄청나다고 하던데……. 지청장님께서도 각별히 아끼시는 듯하고요……."

움찔!

신안 인신매매 사건 해결의 공로로 내년이면 서울로 올라간다는 소문이 자자한 지청장. 아니면 이번 하반기 인사이동 때 광주지방검찰청의 지검장으로 간다는 말도 나돌고 있다.

신안 인신매매 사건과 얼마 전 터진 테러 사건으로 검찰도 한바탕 뒤집어지는 바람에 올해 하반기 인사이동이 경찰처럼 늦어지고 있었다.

"흥. 그래서요? 뭐?"

어차피 지청장은 갈 사람이다.

그가 광주에 똬리를 튼다면 다른 지방으로 가 버리면 그만. 더 이상 목포지청에 미련 따윈 없었다.

'내가 여길 왜 왔었는데!'

어차피 큰물에선 놀 수 없는 학벌이기에 가만히 있어도 돈을 벌 수 있다는 소문이 자자한 목포지청으로 온 것이다.

신안과 목포에 산재한 여러 폭력 조직들. 그리고 검사의 도움이 필요한 사람들.

은근히 노다지라고 해서 있는 돈 없는 인맥 다 써 가며 온 목포지청이다.

그런데 그렇게 온 지 고작 1년도 안 되어서 돈줄이 모두 잘렸다.

신안은 완전히 나가리가 됐고, 태흥건설의 태흥파는 일개 평검사가 건드리기 힘든 거물이 됐다.

이 모두 종혁의 그림자가 닿아 있었기에 종혁은 자신에게 있어 원수와 다름이 없었다.

"아니, 그래도 지청장님이 계시는 동안에는 자제를 하시는 게 좋지 않을까요?"

"됐습니다. 어차피 길어야 며칠이에요."

그 며칠이면 인사이동 작업도 마무리될 것이다.

'게다가 선배가 부탁을 하는데 그걸 매정히 거부하는 것도 좀…….'

몇 시간 전 연락이 왔던 대학 선배. 친한 변호사가 이번 사건을 맡아서 내려간다며 부탁을 해 왔다.

안 그래도 미운 놈인 종혁에게 물 먹일 수 있는 일이라 검사는 당연히 허락해 주었다.

"그러니까 신경 끄고 계장님은 계장님이 하셔야 할 일이나……."

쾅!

갑자기 거칠게 열린 문에 얼굴을 구겼던 검사는 다급히 일어났고, 그와 대화를 나누던 계장은 문을 박차고 들어온 중년인을 향해 허리를 숙인다.

"오셨습니까!"

뚜벅뚜벅!

계장의 인사를 무시하며 다가온 중년인이 검사를 가만히 바라본다.

"김 프로, 너 지금 빵끼 쓰고 있다며?"

속으로 얼굴을 구긴 검사가 뻔뻔하게 웃는다.

"부장님, 이게 어떻게 된 일이냐면 말입니다. 최 서장이 계속 말도 안 되는……."

빠아악!

"으악!"

정강이를 걷어차인 검사가 무너지자 부장검사가 그의

앞에 쪼그려 앉는다.

싸늘하다 못해 무심해지는 부장검사의 시선.

"어이, 김 프로. 내가 너 돈 받아 처먹은 거 정말 모를 거라고 생각하고 있는 거냐?"

"에, 에이. 부장님, 그건…….'"

"내가 전에 경고로 끝내니까 아, 이 새끼한테 증거가 없구나, 그렇게 생각한 거지? 아니야. 목포지청에 온 지 고작 1년밖에 안 된 애새끼니까, 선배들 강요 때문에 어쩔 수 없이 받은 거라고 생각한 거야. 그런데…… 못 쓰겠다, 너? 감히 지청장님이 맡긴 사건에 야료를 부려? 검사 된 지 겨우 3년밖에 안 된 새끼가?"

"부, 부장님! 제가 다 설명하겠습니다! 그게 어떻게 된 거냐면……!"

몸을 일으킨 부장검사가 그의 정강이를 다시 걷어찬다.

빠아아악!

"크읍?!"

검사는 터지려는 비명을 이 악물고 참아 냈다.

억울했다.

체포 영장은 솔직히 기분이 상해서 그랬지만, 이번 구속 영장은 확실한 명분이 있었다.

그리고 이 상황을 벗어나기 위해선 어떻게든 억울함을 피력해야 할 필요가 있었다.

"도주나 증거 인멸의 우려가 없는 피의자에게, 원칙을

벗어나 구속 영장을 발부할 순 없었습니다!"

　피의자는 체포당할 때 반항하지 않았고, 경찰 조사에서도 모든 죄를 인정했다. 또한 변호인까지 함께 대동한 것도 모자라 변호인을 보증인으로 내세움으로써 도주의 우려도 지극히 적다.

　"이건 외압입니다, 부장님!"

　'그걸 네가 왜 판단하는데?'

　구속영장 실질심사는 판사의 재량이다.

　그러나 구속영장 실질심사를 올리는 것 역시 담당 검사의 재량이기도 했다.

　"……하, 새끼. 오케이. 그건 인정."

　하지만 괘씸하다.

　이 젊은 검사에게 종혁의 사건을 맡기려 했던 이유가 뭐였던가.

　선배들의 강요에 의해 어쩔 수 없이 뇌물을 받은 검사의 명예를 회복시켜 주기 위해서였다.

　가만히 따라 주기만 했어도 실추된 명예의 일부분은 복구했을 기회. 그런 기회를 걷어찬 놈을, 그것도 딴마음을 품고 거부한 놈을 계속 식구로 품어 줄 순 없었다.

　'지청장님이 맡긴 일이라면 알아서 기었어야지. 쯧쯧.'

　가끔 이런 놈들이 있다.

　검사가 된 것에, 주위 사람들이 다 떠받들어 주는 것에 자기가 정말 뭐라도 되는 것처럼 생각하는 놈들이.

　이놈도 그런 부류였다.

"알았으니까 박 프로에게 사건 넘기고, 해남지청으로 가. 아니면 옷 벗든지."

"부장님!"

"고소당할래?"

"……."

서늘한 부장검사의 눈빛에 검사는 고개를 푹 숙였다.

* * *

꽈지직!

종혁의 손에서 돌아가던 볼펜이 부서져 내린다.

"어르신이요?"

―예. 다른 말들은 너무 웅얼거려서 잘 못 들었지만, 분명 어르신이라고 했습니다. 이거 아무래도 뭔가가 있는 것 같은데…… 왜 그러십니까?

"아뇨. 아닙니다. 수고하셨습니다."

―하하. 아닙니다! 어떻게 그럼 계속 미행할까요?

"부탁드리겠습니다."

이태홍이 소개시켜 준 목포의 흥신소 직원과의 통화를 종료한 종혁이 심호흡을 한다.

민영우와 김연진이 어디로 움직이는지 알기 위해 다급히 붙여야 했던 흥신소 직원.

'설마 놈들의 그 어르신인가?'

생각을 하는 것만으로도 눈앞이 흐려질 만큼 머릿속이

뜨거워지는 이름, 어르신.

놈들 조직이 충성하는 어르신이란 미지의 인물을 떠올리던 종혁은 고개를 저었다.

장담을 할 수가 없다. 어르신이란 단어는 일상적이라고 할 정도는 아니지만, 그래도 자주 쓰이는 지칭이었으니 말이다.

"그래도 일단 권력자가 뒤에 있는 건 맞군."

'첩? 스폰? 아님 사생아?'

뭐든 골치 아픈 놈이 이 사건의 뒤에 있었다.

혀를 찬 종혁은 핸드폰을 들었다.

"예, 나탈리아."

만약, 정말 만약에 민영우가 놈들 조직과 연관이 되어 있는 것이라면 결코 쉽게 움직여선 안 된다.

ㅡ……알겠어요. 요원을 붙이도록 할게요.

"부탁드리겠습니다."

통화를 종료한 종혁은 책상을 검지로 치며 생각에 잠겼다.

"알아봐야겠어."

김연진에 대해서 말이다.

만약 민영우가 놈들 조직과 연관이 있는 거라면, 그것도 어르신과 직통으로 연결된 놈이라면 어떤 제스처라도 취할 터.

종혁의 눈빛이 차갑게 가라앉았다.

* * *

"흐그악!"

쉬는 시간, 커다란 공장을 빠져나온 장년인이 기지개를 켠다. 일이 고됐는지 피로한 얼굴로 공장 한구석으로 향하는 장년인.

따듯한 자판기 커피 한 잔과 담배 한 모금이 1시간여 동안 쌓인 피로를 풀어 준다.

혀끝을 적시는 믹스커피의 단맛에 미소를 지은 장년인이 뒷주머니에서 지갑을 꺼내 든다.

"어이구. 또 가족사진 보시오? 그러다 닳겠네, 닳겠어."

누군가의 말에 주위에 함께 있던 사람들이 키득키득 웃고, 장년인은 코웃음을 쳤다.

"그러는 넌 이렇게 꺼내 볼 가족사진이라도 있냐?"

아직 결혼을 하지 않은 사람은 모른다. 쉬는 시간마다 사진을 꺼내 보게 만드는 이 감정이 뭔지.

"언제 결혼할래?"

"에헤이. 난 자유로운 영혼이라니까 그러네."

"허이구. 염병."

"킬킬킬!"

사람들은 만담 같은 대화에 잠시 고된 노동을 잊은 채 웃었고, 장년인은 모든 걸 무시하며 다시 사진을 봤다.

'밥은 잘 먹고 있니, 딸?'

눈에 넣어도 아프지 않은 딸, 연진.

날이 더운데 더위는 먹지 않았을지, 또 대충 먹고 다니는 건 아닌지 걱정이다.

지잉!

―사무실로 올라와 주세요, 김정태 과장님.

"응?"

잠깐의 휴식 후 다시 공장으로 들어가려던 장년인은 인사과 직원이 보낸 문자에 눈을 가늘게 떴다.

* * *

"해 저문 소양강에―!"

가사처럼 해가 완전히 저문 저녁.

술을 많이 마신 건지 비틀거리며 나아가던 장년인이 잠시 걸음을 멈추며 집을 바라본다.

지어진 지 30년은 족히 된 허름한 빌라.

가만히 쳐다보던 장년인이 이내 걸음을 돌려 근처의 술집으로 들어간다.

자신의 허름한 보금자리처럼, 오십대 생산직의 허름한 옷차림처럼 허름한 호프집.

딸랑!

"어서 오세요!"

"응? 사장님은 어디 가시고?"

"이모는 잠시 여행 가셨어요!"

손님이 거의 없어서 아르바이트는커녕 주방까지 혼자 도맡아 했던 사장 대신 젊은 남성이 보이자 눈을 껌뻑였던 장년인은 이내 이어진 대답에 고개를 끄덕였다.

"아이구. 장하다, 장해. 이모 대신 가게도 봐주러 오고."

또래의 딸이 있어서 그런지 더 기껍게 느껴진다.

"여기 소주 하나랑 우동 하나 줘요."

그에게 허락된 유일한 사치인 5천 원짜리 우동과 2천 원짜리 소주.

오늘처럼 마음이 심란해지는 날마다 자신에게 주는 선물이었다.

오늘, 인사과의 직원과 별말은 하지 않았다.

그저 일을 하는 데 힘든 점은 없냐, 지금 회사가 어렵지만 부족한 점은 없냐 등 일상적인 이야기만 나눴을 뿐이다.

하지만 장년인은 알고 있다. 이것이 퇴직에 대한 압박임을 말이다.

그래서 필사적으로 외면했다.

'아직은 아니지. 아직은.'

딸이 졸업을 하려면 아직도 한참 남았다.

가진 거 쥐뿔도 없는 부모라지만, 그래도 딸이 졸업할 때까지 학비와 월세 정도는 대 줘야 하지 않겠는가.

결혼을 할 때 혼수를 장만할 돈은 줘야지 않겠는가.

해 준 거 하나 없는데도 한국대에 입학한 딸.

지탱해야 될 가정이 있는 그는 모른 척할 수밖에 없었다.

"소주부터 드릴게요!"

"응? 후라이는 안 시켰는데요?"

"서비스입니다! 빈속에 술 드시면 안 좋아요."

생각지 못한 배려에 장년인의 눈이 흔들린다.

"대학생이에요?"

"아니요. 재수생이요. 다른 대학은 다 붙었는데, 한국대 경제학과에 가려고 재수했어요."

"어이구?!"

"왜 그러세요?"

"내 딸도 한국대 경제학과생인데?"

"우와! 진짜요?! 그럼 저보다 선배님이시겠네요! 몇 살이신데요?"

"23살인데, 2학년이에요."

"아, 따님도 재수를 하셨나 보네요."

"무슨!"

장년인은 단호히 고개를 저었다.

"유학을 두 번이나 다녀와서 그런 거예요."

"유학이요?"

대학에 입학하고 얼마 지나지 않아 뜬금없이 어학연수를 다녀오겠다고 말한 딸아이.

그렇게 1년을 휴학을 했고, 복학하여 학교를 다니다가 다시 1년을 어학연수를 갔다 왔다.

그래서 같은 학번의 동기들은 졸업반임에도 아직은 딸은 2학년이었다.

"자기가 모은 돈으로, 가서 알바를 하면서 영어를 배우겠다는데……."

그때만 생각하면 아직도 웃음만 나오고, 가슴이 찢길 듯 미안하다. 그렇게 딸이 노력하는데 해 준 게 없어서.

그런 장년인의 말에 젊은 청년은 의미심장한 미소를 지었다.

"그래요……. 정말 대단하신데요?"

"그렇죠? 나도 그렇게 생각해요!"

딸 바보인 장년인은 딸에 대한 자랑을 늘어놓기 시작했고, 가게 안쪽에서 그들의 대화를 듣고 있던 종혁은 낯빛을 가라앉혔다.

"김연진, 출국 기록 있습니까?"

"아, 예! 3년 전 호주로 출국해 6개월 동안 체류한 기록이 있습니다!"

순간 종혁의 눈이 빛났다.

'이거 혹시?'

"지금 당장 김연진이 호주에 머물렀을 때 흔적들 찾으세요. 어디서 머물렀는지, 누구와 만났는지 모두!"

그리고 당시 발생한 영아 유기 사건까지 전부. 혹시 모르니 데이터베이스도 모두 뒤져 봐야 했다.

"⋯⋯예!"

종혁은 다급히 뛰어나가는 형사를 바라보다 주먹을 쥐었다.

아마도 여기에 있을 것이다.

어째서 김연진이 자신의 아이를 살해했는지, 그리고 그녀의 뒤에 누가 있는지에 대한 단서가 말이다.

* * *

서울 어느 최고급 호텔의 로비.

민영우 변호사가 룸키를 김연진에게 넘긴다.

"경찰이 도어락을 뜯어 놨더군요. 도어락을 다시 달 때까지 여기에 머물고 계세요."

"저, 저기⋯⋯!"

"아, 재판은 걱정 마십시오. 징역을 피하긴 어려울 수도 있겠지만, 어떻게든 형량을 낮출 수 있도록 최선을 다하겠습니다."

"그, 그게 아니라요!"

"그럼?"

"저, 정말 그분께서 보내신 건가요?"

눈이 흔들리는 김연진을 본 민영우는 속으로 입술을 비틀었다.

"그럼요. 당연하죠. 그렇지 않다면 제가 어떻게 김연진 씨를 찾았겠습니까? 아깐 제가 너무 험한 모습을 보였죠? 저도 너무 급하게 움직였는지라 경황이 없어서 험한 모습을 보였던 점 사과드리겠습니다."

그 말에 김연진의 눈이 흔들린다.

민영우는 입술을 깨물며 억지로 울음을 참는 듯한 그녀의 손을 따뜻하게 잡아주었다.

"김연진 씨."

"예?"

"그분께서 상황이 이렇게 될 때까지 김연진 씨를 방치하신 것에 대해 깊이 통감을 하고 계십니다."

"아."

"하지만 그것은 젊고 혈기가 넘치는 김연진 씨를 새장 속의 새처럼 구속하기 싫어하는 마음에서 비롯됐음을 알아주셨으면 합니다. 그리고 미안하지만 사태가 진정될 때까진 연락을 하지 못할 것 같다는 말을 전해 오셨습니다. 그분이 어떤 분이신지는 김연진 씨도 아실 테니, 이 말의 뜻이 무슨 뜻인지는 아실 거라고 생각합니다."

김연진은 고개를 끄덕였다.

"이해해 주셔서 감사합니다. 그런데 김연진 씨."

"예?"

"혹시 이외에 다른 범죄 사실이 있습니까?"

움찔!

"아, 아뇨?"

순간 민영우의 눈이 가늘게 떠진다.

"이 부분은 무척이나 중요합니다. 정말 없습니까?"

"없다니까요!"

"……음. 알겠습니다. 무슨 일이 생긴다면 이 번호로 연락을 주세요. 그리고 되도록 이 호텔을 나가지 마시고요."

'어르신 쪽으로 알아봐야겠군.'

더 이상 협박을 해선 안 된다.

오는 동안 지켜봤을 때 너무 철이 없던 김연진. 분명 제 처지를 이해하지 못한 채 반발을 할 것이다. 지금은 다독여야 할 때였다.

고개를 숙인 민영우는 돌아섰고, 남겨진 김연진은 룸키와 명함을 흔들리는 눈으로 응시했다.

'그 아저씨가 날 이렇게까지 생각하고 있다고……?'

생각지도 못했던 말.

입술이 꿈틀거린 그녀는 이내 곱게 웃으며 룸으로 향했다.

―응애!

아기 울음소리가 전보다 희미해졌다.

＊ ＊ ＊

"꺄악!"

"와아!"

무더운 여름날, 사람들로 바글거리는 호텔의 야외 수영장.

새빨간 비키니를 입은 채 비치체어에 누워 주스를 마시던 김연진이 주위에서 흘기는 시선들에 선글라스 속의 눈을 곱게 흰다.

　'좋다.'

　너무 좋다. 이런 수영복도, 이런 명품 선글라스도, 심지어 이 달콤한 주스까지도 전화 한 통만 하면 모든 게 준비된다.

　'이런 게 부자의 삶일까?'

　벌써 사흘째인데 지루하기는커녕 맨날 짜릿하다.

　'그 아저씨도 맨날 이렇게 살고 있을까?'

　솔직히 뭐하는 사람인지는 모른다.

　그러나 명품을 온몸에 두른 것을 봤을 땐 돈이 아주 많은 사람임은 확신했다.

　"……나쁘지 않네."

　이것이 배 아파 낳은 딸을 죽이고 유기한 것에 대한 대가라고 생각하니, 썩 나쁘지 않다는 생각이 든다.

　어차피 한 번도 아닌데 말이다.

　"맨날 이렇게 살았으면 좋겠네."

　'그 아저씨도 나를 각별히 생각하는 것 같으니까…….'

　나이가 많아 보였지만, 그게 무슨 상관이란 말인가.

　그녀는 입술을 비틀며 다시 빨대를 입에 가져갔다.

　쿠르릉!

　"아."

　선글라스를 내린 김연진은 금방이라도 소나기를 뿌릴

듯 어두컴컴해지는 하늘에 혀를 차며 몸을 일으켰고, 그녀를 따라 남자들의 시선이 움직였다.

그럴수록 더 콧대를 높이고, 엉덩이를 더 씰룩이는 그녀.

그 순간이었다.

"어?"

야외 수영장 안으로 새하얀 옷을 입은 덩치 큰 사람이 들어오자 김연진은 눈을 동그랗게 떴다.

종혁은 그런 그녀를 향해 씩 웃어 주었다.

"여어."

김연진의 눈이 데구루루 굴러간다.

"다, 당신이 왜 여기에……."

"이야. 이거 우연도 이런 우연이 없네요. 마침 약속이 있어서 왔는데, 이렇게 김연진 씨를 뵙게 될 줄은 몰랐습니다."

푸근히 웃어 준 종혁이 그녀의 전신을 훑는다.

"그런데 반성 따윈 안 하네요?"

움찔!

"……이야기는 제 변호사와 나눠 주세요."

입술을 깨문 김연진이 종혁을 스쳐 지나가자 종혁은 그녀의 손을 잡았다.

"이게 무슨 짓이에요!"

뾰족한 외침에 사람들의 시선이 모이고, 그녀를 눈여겨보던 남성들이 슬그머니 다가온다.

그에 종혁이 선글라스를 살짝 내리며 그녀를 응시했다.

"김연진 씨, 내가 정말 약속이 있어서 왔을 거라고 생각해?"

쿵!

입가에 달린 미소와 달리 무심하기 그지없는 시선.

그녀의 시간이 얼어붙는다.

"이봐요, 여기 아가씨가 싫다잖아요."

"아, 죄송합니다. 경찰입니다."

"……예?"

타다닥!

"오셨습니까, 최 서장님!"

"아, 오랜만입니다, 김 상무님."

"연락도 없이 오셔서 얼마나 놀랐는지 모릅니다."

"하하. 근처에 온 김에 갑자기 생각나서요. 방 있죠?"

쩔쩔매는 이 호텔 관계자의 모습에 나섰던 남성들이 슬그머니 물러선다.

"지금 바로 처리하겠습니다."

"그리고 혹시 조용히 둘이서 식사나 차를 마실 수 있는 공간 좀 준비해 주실 수 있습니까?"

"아, 네. 지금 바로 준비하겠습니다."

"이분이 입을 옷도 준비해 주세요."

고개를 숙인 호텔 관계자가 물러나자 종혁이 다시 김연진을 바라봤다.

"망신당하고 따라올래요, 아니면 그냥 따라올래요?"

"……."

피식 웃은 종혁은 그녀의 손을 잡고 호텔 관계자의 뒤를 따라고, 김연진은 이를 악문 채 그의 뒤를 따랐다.

그렇게 그들은 호텔 레스토랑에 있는 룸으로 향했다.

"대충 코스로 준비해 주세요. 와인도요."

"알겠습니다."

호텔 관계자가 물러나자 종혁이 김연진을 본다.

꺼림칙해하면서도 궁금증이 가득한 그녀의 눈빛.

"아, 제가 이 호텔의 VIP라서 말입니다."

이곳뿐만이 아니다. 세계 모든 글로벌 체인 호텔의 VIP다.

"……경찰이 돈이 많으시네요."

"제가 좀 많습니다. 아마 김연진 씨가 생각하는 것보다 훨씬 많을 겁니다."

"전화 한 통 해도 되나요?"

"하시기 전에 이것 좀 보시겠습니까?"

툭!

종혁이 그녀의 출입국 기록을 그녀의 앞에 놓는다.

"3년 전, 그러니까 대학에 입학하신 후 1학기만 끝내고 어학연수를 가셨더군요."

흠칫!

그녀의 눈이 흔들린다.

"그, 그래서요?"

"그런데 참 신기하죠. 호주에 도착해 학원에 등록한 기록은 있는데, 그 어떤 경제 활동을 한 기록은 없어."

"그, 그거야……!"

"그리고 당신이 마치 임신한 것처럼 배가 불러서 다녔다는 목격 증언도 있고."

쿵!

종혁은 하얗게 질리는 그녀를 향해 이를 드러냈다.

"김연진 씨, 이번이 처음이 아니지?"

아기를 살해하고 유기한 것이.

드륵! 쾅!

파랗게 질린 그녀가 다급히 일어난다.

그에 종혁의 얼굴이 일그러진다.

"앉아!"

"무, 묵비권을 행사하겠어요!"

"……푸핫!"

이년은 알까. 방금 그 발언이 죄를 시인한 것이나 마찬가지라는 걸.

아니, 애당초 그녀의 대답은 필요도 없었다. 이미 증거는 확보했으니까.

김연진이 초범이 아닐 가능성을 염두에 두고 조사하기 시작한, 이번 사건과 유사한 영아 유기 사건들.

그리고 결국 미제로 남았던 한 사건을 발견할 수 있었다.

3년 전 강원도의 어느 해수욕장 화장실에서 발견된 영

아의 시신.

종혁은 곧장 당시 채취했던 영아의 DNA와 김연진의 DNA를 비교 분석을 의뢰했고, 99% 확률로 생물학적 친자 관계임을 확인할 수 있었다.

즉, 이미 김연진이 재범이라는 증거는 확보한 상황.

하지만 그걸 알려 줄 필요는 없었다.

찰칵! 치이익!

종혁은 담배에 불을 붙인 후 테이블 위에 사진을 뿌렸다.

촤락!

"이 중 누구야? 누가 너한테 그 새끼를 소개시켜 줬어?"

자신도 모르게 시선을 내린 김연진의 눈이 부릅떠진다.

"아, 그래. 이놈이야?"

"무, 무슨 말인지 모르겠는데요? 다 처음 보는 사람들이에요!"

"모르기는. 정말 아무것도 모르는 평범한 여대생이 무슨 수로 그런 권력가랑 연결이 됐겠어? 그렇다고 업소에서 일했던 적이 있는 것도 아니고."

업소에서 일했다면, 그곳을 찾은 권력가와 안면을 트고 그대로 밖에서도 관계를 쭉 이어 나갔을 수는 있다.

그러나 그랬다면 연진의 금융거래 기록은 다른 모양새가 됐을 것이다.

그렇다면 다른 가능성은 일명 스폰뿐.

그에 더러운 권력가들에게 젊은 여성들을 연결시켜 주는 브로커들의 사진을 보여 줬던 것인데, 연진이 기가 막히게 물은 것이다.

사진을 정리한 종혁은 낯빛이 검게 죽어 어쩔 줄 몰라하는 그녀를 보며 비릿하게 웃었다.

그때였다.

드륵! 쾅!

갑자기 열리는 문에 고개를 돌린 종혁이 미소를 짓는다.

"오, 이게 누구십니까?"

"지금 이게 뭐하는 짓입니까?"

"마침 근처셨나 봅니다? 아니면 근처에서 감시하고 계셨나?"

"뭐하는 짓이냐고 물었습니다만?"

딱딱하게 굳어 있는 민영우의 얼굴에 종혁은 미소를 지었다.

"아니, 여기 김연진씨가 변호사님과 통화조차, 문자조차 하지 않았는데도 변호사님이 그 먼 신안까지 갑자기 나타나신 게 좀 의문이어서 말입니다. 그래서 곰곰이 생각해 봤죠."

그러다 결론이 나왔다.

"여기 김연진 씨를 아끼는 누군가가 민영우 변호사님을 보낸 게 아닌가 하고요. 그리고 그 누군가는……."

"억측은 삼가 주시죠."

피식 웃은 종혁은 몸을 일으켰다.

"그래서 경고도 할 겸 찾아온 겁니다. 믿고 있는 게 대단한 것 같은데, 나란 새끼는 그딴 건 신경 쓰지 않는다는 걸 알려 주기 위해서요."

"……지금 협박하는 겁니까?"

"협박이라면?"

"어쩔 수 없죠. 저도 제 나름의 조치를 취하는 수밖에!"

"오! 싸우자고요? 재밌네. 이봐요, 민영우 변호사님. 당신하고 나하고 싸우면 어떻게 될 것 같은데?"

예상과 다른 저돌적인 대답에 민영우의 낯빛이 굳는다. 눈빛이 흔들린다.

그 모습을 본 순간, 연진도 흔들린다.

'아차!'

"무시하십시오, 김연진 씨. 이봐요, 최 서장님. 다시 한 번 묻겠습니다. 지금 행동과 발언, 협박으로 생각하면 되겠습니까?"

민영우 변호사가 녹음 기능을 켠 채 핸드폰을 내려놓자, 종혁은 피식 웃음을 흘렸다.

"뭐 맘대로 생각하시고. 그런데……."

어깨를 으쓱인 종혁은 민영우 변호사를 스쳐 지나가며 말을 이었다.

"정말 어떻게 온 겁니까? 당신 사무실은 잠실에 있잖아? 그런데 1시간 거리를 이렇게 빨리 왔다라……. 정말 김연진 씨를 감시하고 계셨나?"

종혁은 힐끔 김연진을 봤고, 민영우는 주먹을 쥐었다.

'이 자식이?!'

종혁이 독을 풀었다.

"음식 시켜 놨으니까 나 대신 먹고 가요. 여기 음식이
괜찮더라고."

씩 웃은 종혁은 민영우 변호사의 어깨를 두드리며 룸을
나섰고, 김연진은 민영우 변호사를 바라봤다.

"저, 정말이에요? 정말 저를 감시했어요?"

'빌어먹을!'

민영우 변호사는 속으로 얼굴을 구겼다.

'그냥 죽일까?'

아니다. 죽여도 지금 죽여선 안 된다.

최종혁이 김연진을 찍었다.

'인사이동 전 마지막 강력 사건이라고 신경을 쓰나 보
군.'

종혁이 주시하고 있는 이상, 김연진을 세상에서 지워
버렸다가는 들통이 날 수밖에 없었다.

민영우 변호사는 푸근히 웃었다.

"김연진 씨, 이건 경찰의 수작입니다."

"……수작이요?"

"예. 잠시만요?"

스윽! 슥!

종혁이 앉았던 자리의 테이블 아래를 손으로 훑던 민

영우가 손가락 한 마디 크기의 작은 기기를 빼 들어 보여 준다.

"이게 뭔지 아시겠어요? 잘 들리십니까, 서장님?"

"헉! 서, 설마?"

고개를 끄덕인 민영우가 도청 장치를 떨어트린 후 발로 짓밟는다.

콱! 콱콱!

"후우. 방금 전처럼 김연진 씨를 흔들고, 김연진 씨가 말실수를 하기를 기다리는 거죠. 경찰의 아주 전통적인 수사 방식 중 하나입니다."

"그런!"

그제야 자신이 속았다는 걸 알아차린 김연진이 얼굴을 구기자 고개를 끄덕인 민영우 변호사가 눈을 빛낸다.

"그래서 최종혁 서장이 뭐라고 하던가요?"

"이제 막 자리에 앉은 거라 별 이야기는……."

"후. 이보세요, 김연진씨. 제가 말했죠. 저를 믿어야 한다고."

가끔, 아니 그에게는 자주 이런 의뢰인들이 있다.

변호사에겐 비밀이 없어야 함에도 숨기는 이들이.

움찔!

민영우 변호사의 목소리와 표정이 서늘해지자 자신도 모르게 몸을 움츠렸던 연진은 이내 우물쭈물 입을 열었다.

"제, 제가 이전에 죽인 아이에 대해 언급했어요."

쿵!

"……예? 그게 무슨 말이죠?"

"이번이 처음이 아니란 말이에요. 그 아저씨의 아기를 죽이고 버린 게."

민영우의 얼굴이 와락 구겨졌다.

* * *

'제발, 제발, 제발.'

눈을 꼭 감은 채 간절히 기도하던 연진이 슬그머니 실눈을 뜬다.

[합격을 축하드립니다]

"아……."

연진은 오래된 컴퓨터 모니터에 나온 합격 발표를 멍하니 바라봤다.

이게 정말일까. 지금 환상을 보는 게 아닐까.

그녀는 핸드폰을 들어 한국대학교에 연락을 했다.

"아."

그녀는 귓가에 꽂히는 음성에 몸을 떨었다.

합격이었다.

그녀의 눈앞으로 지난 고생이 스쳐 지나간다.

공장에서 생산직으로 일하며 집엔 쥐꼬리만큼 가져다주던 아빠. 이날 이때까지 용돈은커녕 친구들, 다른 학우들 다 가는 학원도 가 본 적 없고, 과외는 꿈도 못 꿨다.

오직 누구의 도움 없이 스스로 노력해야 했다.

매일같이 포기하고 싶었지만 그럼에도 이 악물고 공부한 건 모두 이 지긋지긋한 가난을 벗어나고 싶었기 때문이다.

'드, 드디어······.'

가난을 벗어나기 위한 첫발을 내디뎠다.

그녀는 눈물을 뚝뚝 흘리며 방을 뛰쳐나갔다.

"엄마-!"

저녁에 파티가 열렸다.

"으하하핫! 딸, 많이 먹어! 아빠가 줄 서서 사 온 거야!"

"······응."

식탁에 깔린 음식을 보는 연진의 표정이 굳는다.

한국대다. 대한민국에서 0.001퍼센트의 천재만 간다는 한국대학교.

그런데 파티 음식이 고작 치킨에 피자다.

'오늘 같은 날은 외식 좀 할 수 있지 않아?'

한우를 바란 게 아니다. 그저 다른 친구들 다 가는 패밀리 레스토랑에 가길 바랐을 뿐이다. 그런데도 고작 치킨에 피자였다.

그날, 연진의 마음은 싸늘히 식어 버렸다.

'아빠랑 엄마는 가망이 없구나.'

이런 집에서 계속 산다면 자신도 가망이 없을 터.

연진은 독립을 준비하기 위해 아르바이트 사이트를 뒤졌고…….

"……하, 한 달에 5백이 아니고, 하루에 5백이라고요?"

고액 보장이라는 글만 보고 만난 한 남성.

그가 제안한 아르바이트는 지긋지긋한 가난에서 어떻게든 벗어나곤 싶었던 김연진이 거절하기엔 너무나도 달콤한 것이었다.

"김연진 씨가 하기에 따라 더 많은 돈을 벌 수도 있겠죠."

쿵!

며칠 후 연진은 아저씨를 만났고, 스폰이라는 새로운 세상을 알게 됐다.

처음엔 무서웠다.

하지만 돈의 위력이 너무도 컸다.

한 번 만날 때마다 5백만 원. 인생을 너무도 손쉽게 역전할 수 있는 액수였고, 그녀는 그렇게 돈의 망자가 되어 버렸다.

그래서 스폰서가 특이하다는 것을 알아차렸지만 무시했다.

담배는 피우냐, 술은 마시냐 등을 묻더니 가임기가 언제냐는 것까지 물어봤던 아저씨.

언제나 가임기에만 만나 관계를 맺길 원하던 아저씨.

그러다 보니 정말 임신을 하게 됐다.

두려웠다. 그런데 아저씨가 도와주자 연진은 자신의 인

생에 큰 전환점이 찾아왔다는 걸 깨닫게 됐다.

정실 부인이 아니라도 좋았다. 지금처럼 첩으로 살아도
좋았다.

돈만 있다면 모든 게 좋았다.

아저씨는 호주에서 지내게 해 줬고, 태교에 대한 모든
걸 지원해 줬다.

그러다 한국으로 돌아와 아이를 낳았다.

그런데…….

"네게 두 가지 선택권을 주지."

출산 후 다시 만난 아저씨는 너무도 싸늘했다.

어떤 서류 같은 걸 들고 있던 아저씨.

"하나는 이대로 네 아이를 처리하고 나한테 계속 지원
을 받는 것. 다른 하나는 이 험한 세상에서 이대로 미혼
모로 힘들게 살아가는 것. 잘 선택하는 게 좋을 거야. 잘
못된 선택을 하면 네 인생은, 아니 삶은 더 이상 이어지
지 않을 테니까."

쿵!

생명의 위협을 느낀, 그리고 돈의 망자가 되어 버린 그
녀가 내릴 수 있는 결정은 하나뿐이었다.

* * *

"그렇게 된 거였어요. 저, 저는 어떻게 되는 거죠? 정
말 교도소에 가는 건가요?!"

"……후. 알겠습니다. 일단 잠시 통화 좀 하고 오겠습니다."

룸을 나선 민영우는 얼굴을 구기며 핸드폰을 들었다.

"예, 어르신. 민영우입니다. 제게 속이신 게 있더군요."

민영우 변호사는 속으로 이를 갈았다.

일이 거지같이 꼬였다.

* * *

까앙!

"굿샷!"

짝짝짝짝짝!

경쾌한 소리와 축하의 박수가 울리는 녹색의 필드.

구름에 햇빛이 가려졌음에도 후덥지근한 날씨에 수건으로 땀을 훔치던 노인의 표정이 굳는다.

"……알아보고 연락하지."

전화를 끊은 노인이 눈을 감자 그의 주변에 지독한 침묵이 내려앉는다.

그에 장년인이 다가와 시원한 물통을 내민다.

"냉수입니다, 의원님."

"둘째 놈이 죽인 게 하나가 아니라고 하는군. 알고 있었어?"

장년인은 고개를 숙였다.

"노리개를 위해 많은 돈을 쓰시는 건 알고 있었습니다."

그 정도는 노인도 알고 있었다.

며늘아기와 정략결혼을 했는지라 서로 정을 붙이지 못한 채 노리개를 가지고 논다기에 그러려니 했었다.

둘 사이에 자식이라도 있으면 좀 낫겠지만, 며늘아기의 텃밭이 씨가 자라지 못할 상태라 자식도 들어서지 않는 상황.

그 정도는 노인도 용인했었다.

'그런데 그걸 또 못나게 들켜?'

이러니 아직도 믿질 못하는 것이다.

노인의 눈이 떠졌다.

"둘째 놈보고 들어오라고 해."

노인의 눈이 서늘하게 가라앉았다.

"예, 의원님."

"의원님, 안 가십니까?"

등 뒤에서 들리는 외침에 노인은 언제 그랬냐는 듯 서글서글 웃으며 몸을 돌린다.

"어이구, 김 회장. 내가 별거 아닌 전화를 받느라 김 회장을 기다리게 했습니다. 허허."

노인은 무더위에 연신 땀을 훔치는 김희건 회장을 향해 다가갔다.

*   *   *

서울의 어느 고층 빌딩.

검은색 세단 한 대가 멈춰 서자 사람들이 튀어나온다.

차문이 열리고 싸늘한 인상의 사십대 중년인이 내리자 허리를 깊이 숙이는 사람들.

마치 이런 일이 익숙하다는 듯 중년인은 그들에게 시선조차 주지 않은 채 고층 빌딩 안으로 들어간다.

뚜벅뚜벅!

그의 발걸음 소리에 로비에 있던 사람들도 허리를 숙인다.

"다음 스케줄은?"

"다음은……."

"회, 회장님!"

"막아!"

중년인의 뒤에서 튀어나온 경호원들이 달려오는 장년인을 막아선다.

며칠을 씻지 못한 듯 추레한 얼굴.

"회장님! 제 말 좀 들어 주십시오, 회장님!"

"입부터 막아!"

"가시죠, 회장님."

"……잠깐."

중년인이 손을 든다.

"놓아 드려요."

"회장님."

비서를 말린 중년인은 장년인을 바라보며 고개를 끄덕인다.

그에 얼굴이 확 밝아진 장년인이 다급히 달려와 중년인 앞에 무릎을 꿇는다.

"제발! 제발 살려 주십시오, 회장님!"

"처음 뵙는 분 같은데, 무슨 일인지 차분히 이야기해 주시겠습니까."

"저, 저는 삼중금속의 공장장입니다! 그런데……."

"삼중금속?"

중년인은 비서를 봤고, 그는 어렵사리 기억을 발굴해 냈다.

"아무래도 저희 그룹의 4차 하청 업체 같습니다. 작년에 신기술을 개발했는데, 3차 하청에 뺏긴 것도 모자라 계약이 만료되는 것으로 알고 있습니다."

"아."

고개를 끄덕인 중년인이 장년인의 어깨를 잡아 일으켜 세운다.

"무슨 말인지 알겠습니다. 돌아가 계시면 좋은 소식이 갈 겁니다."

"예? 저, 정말이십니까?!"

"오랫동안 저희 그룹을 위해 애써 준 파트너를 외면할 만큼, 그리고 이렇게 용기를 내 주신 분을 버릴 만큼 저희 그룹은 그렇게 신의가 없는 곳이 아닙니다. 사태를 파악하고 조치를 취해 놓도록 하겠습니다."

"흑! 가, 감사합니다! 정말 감사합니다!"

"그럼."

"감사합니다—!"

로비를 쩌렁쩌렁 울리는 외침을 뒤로하며 엘리베이터에 오른 순간 중년인의 얼굴에서 언제 그랬냐는 듯 푸근한 미소가 사라진다.

그에 비서가 얼른 물티슈를 내밀고, 중년인은 살갗이 벗겨질 것처럼 손을 박박 문지른다.

"굳이 이러실 필요가 있으셨습니까."

"직원들이 보고 있잖아. 그보다 방금 전 그 업체에게 하청을 준 업체가 어디지?"

"우산정밀이라는 곳입니다."

"거기까지 정리해."

다시는 이런 거지 같은 짓거리를 할 수 없도록.

가져가는 것 하나도 없이 철저하게 짓밟으라는 지시였지만, 비서는 익숙한 일이라서 그런지 눈 하나 깜빡하지 않는다.

"신기술도 그룹에 귀속시키겠습니다."

"이것들도 태워 버리고."

중년인이 방금 전 거지 몰골인 장년인에게 닿았던 재킷 소매와 와이셔츠를 벗어 넘긴다.

띵! 스르릉!

때마침 열리는 엘리베이터에서 내린 중년인이 회장실로 들어가 새 와이셔츠를 입으며 담배를 문다.

찰칵! 치이익!

저 아래 마치 개미처럼 움직이는 도로와 보도의 풍경을

바라보는 중년인.

"상황은 어떻게 돼가고 있지?"

앞뒤 잘린 말이었지만, 알아들은 비서가 고개를 숙인다.

"민영우 변호사가 무사히 빼냈다고 합니다."

"민영우라……."

중년인이 입안에서 그 이름을 굴린다.

이름 정도는 들어 본 적 있다.

기업가나 정치인 등 권력가들이 자신의 신분을 드러내지 않고 싶을 때 부르는 사냥개.

"소문만큼 능력이 좋나 보군."

"승률은 물론이거니와 현재까진 언론의 노출도 없다고 합니다."

"……스카우트를 할 가능성은?"

"다른 분들께서 불편해하실 겁니다."

"하긴."

그동안 많은 권력가의 비밀을 알게 됐을 민영우. 당연히 그에게 의뢰를 맡긴 권력가들이 좋아할 리 없었다.

아쉽지만 어쩔 수 없다.

"그보단 그 멍청한 년이 문제로군."

설마하니 이렇게까지 멍청할 줄은 몰랐다.

"역시 씨 도둑질은 못한다는 건가."

겨우 공장 생산직 노동자인 아비를 둔 연진.

누구의 도움 없이 한국대학교 경제학과에 입학했다기에 개천에서 용이 난, 씨를 다르게 타고 태어난 거라 생각했지만 근본은 바꿀 수가 없나 보다.

"그보단 운이 좋지 않았다고 봐야 하는 게 옳을 것 같습니다."

연달아 터진 대형 사건으로 인해 철저한 감시를 받는, 거의 2미터마다 CCTV가 있다고 할 정도로 CCTV가 넘쳐 나는 곳이 신안이다.

"거기다 요즘 경찰의 능력이 많이 상향됐습니다. 아무래도 인식 프로그램 시리즈라는 수사 기법을 쓴 것 같습니다."

이 분야의 스페셜리스트라고 해도 들켰을 것이다.

"김 비서."

"……죄송합니다. 제가 실언을 했습니다."

중년인은 코웃음을 쳤다.

자신이라고 그걸 모를 리가 없다. 그저 답답해서 푸념을 해 봤을 뿐이다.

"이번이 두 번째던가?"

"예."

두 번의 실패. 한 번이야 우연으로 치부할 테지만, 두 번은 연진에게 문제가 있는 것이었다. 그럼에도 그녀에게 세 번째 기회를 주려고 했던 건 순전히 그녀의 학벌 때문이었다.

놓치기에는 너무 명석했던 두뇌와 앞으로 그녀가 쌓아 갈 인맥.

그러나 이번 일로 인해 그것이 헛똑똑임이 증명됐다.

'정말 똑똑했다면 CCTV도 변수에 넣었어야지.'

"정리해."

"……알겠습니다."

지이잉! 지이잉!

"잠시 전화를 받겠습니다. 연희동입니다."

움찔!

싸늘하다 못해 삭막하던 중년인의 얼굴에 미약한 흔들림이 생긴다.

"……받아."

"예, 김 비서입니다. 예, 예. 알겠습니다."

통화를 종료한 비서는 낯빛이 어두워진다.

"회장님, 어르신께서 연희동 저택으로 들어오시라고 합니다."

이 시간에 전화가 올 때부터 그러지 않을까 싶었는데 역시나였다.

이번엔 또 뭐라고 잔소리를 할까 생각만 해도 머리가 아파 오자 중년인은 혀를 찼다.

"쯧."

* * *

어두워진 밤, 정원수가 아름답게 가꿔진 정원을 지나 저택 안으로 들어가니 신발장에 고용인이 대기하고 있다.

중년인이 신발장에 서는 것과 동시에 그의 구두를 잡는

고용인.

익숙하다 못해 일상이라는 듯 아무렇지도 않게 신발을
벗고 거실로 들어가니 아무도 보이지 않는다.

"의원님은 부엌에 계십니다."

"이럴 거면 왜 그렇게 건강을 챙기는지."

거의 매일 이 시간이면 야식으로 라면을 먹는 아버지.
아마 오늘도 먹고 있을 거다.

중년인은 고개를 저으며 부엌으로 향했다.

후루룩! 후루룩!

"나도 라면 하나 줘요."

"네, 회장님."

중년인이 맞은편에 앉자 노인이 힐끔 중년인을 쳐다본다.

"라면 먹을 정신은 있나 보구나, 둘째."

"형은 어디 갔습니까?"

"그걸 못나게 들켜?"

"오늘도 다른 의원들과 술 마시러 갔습니까?"

노인의 뒤를 이어 정계에 투신한 첫째 형.

아니, 애초부터 그를 위해 키워졌다. 자신이 기업가로
키워진 것처럼 말이다.

"이젠 머리가 굵어졌다고 아비 말도 무시하는 거냐?"

"아버지가 먼저 나서지만 않았어도 제가 알아서 대처
했을 겁니다."

연진은 이미 감시하고 있었다. 그래서 그녀가 경찰에
체포됐을 때 움직이려고 했는데, 눈앞의 아버지가 그보

다 먼저 움직인 거다.

"앞으론 제가 대처하겠습니다. 변호사의 연락처만 주세요."

"……쯧. 어떻게 된 일이야?"

"박 보좌관에게 보고받으신 그대로입니다."

"근본 모를 서얼을 집안으로 들이려는 게야?"

"그럼 어쩌겠습니까."

맨땅에서부터 시작해, 그 더럽고 천박한 노동자들과 굴러가며 힘들게 키워 온 그룹이다.

그런 그룹의 후계를 남매들이 노리고 있다.

지금이야 자신의 나이가 젊어 수월하게 막아 내고 있지만, 지금보다 나이가 든다면 그것도 힘들 수밖에 없다.

눈앞의 아버지가 개입을 하게 될 것이기 때문이다.

중년인의 눈빛이 서늘해진다.

"제게 강요하지 마십시오. 아버지는 그럴 자격이 없으니까."

"자격이 없다?"

탁!

노인의 눈빛이 싸늘해지자 중년인이 입술을 비튼다.

"저희가 한 건 거래였잖습니까?"

거래.

그 말에 노인의 눈빛이 한층 더 싸늘해진다.

"네가 내 자식이 아니었으면 그런 거래조차 할 수 있었을 거라고 보느냐?"

"그 값도 모두 치른 것으로 압니다만."

태어나 지금까지 10원 하나 허투루 받은 적이 없다.

용돈, 카드, 과외 등 중년인이 누려 온 모든 것에는 대가가 따랐고, 중년인은 그 대가를 모두 치렀다.

받은 것의 몇 배를.

"그보다 계속 이렇게 쓸데없는 이야기만 할 겁니까? 아, 다 끓였으면 가져와요."

"예, 회장님."

라면이 앞에 놓이자 중년인이 젓가락을 든다.

하지만 그것도 잠시. 계속 노려보는 아버지의 시선에 젓가락을 내려놓는다.

"무슨 말이 하고 싶은 겁니까?"

"후."

노인은 주먹을 쥐었다.

이번엔 어쩔 수 없이 자신이 을이었다. 자칫 잘못 터졌다가는 6선 의원이라는 타이틀도 지켜 주지 못할 터.

"최종혁이란 놈이 이번 사건을 맡았다."

이 이름도 들어 봤다.

결코 일개 경찰로 치부해선 안 될 인물, 최종혁.

"걱정 마십시오. 그년이 멍청하기는 해도 저에 대해 말할 정도로 멍청한 년은 아니니까."

아버지가 먼저 나서지만 않았다면 지금보다 더 확실하게 연진의 입을 막았을 테지만, 굳이 그걸 말해 심기를 건드릴 필요는 없었다.

"쯧쯧쯧. 그런 근본도 없는 년을 믿는 거야?"

"돈을 믿는 겁니다."

사람은 믿을 수 없지만, 돈은 믿는다.

돈은 결코 거짓말을 하지 않는 법이었다.

"그리고 설혹 일이 잘못되어도 걱정 마십시오. 저흰 서류상으로 남이지 않습니까?"

정치인의 자식이 기업을 운영하면 본인의 정치 인생에 바람 잘 날이 없을 거라며 태어나면서부터 먼 친척의 양자로 입적되어야 했던 중년인.

그렇기에 지금까지 공식적인 행사는 물론이고, 가족 행사에도 함께한 적이 없다.

참으로 비정한 아버지였다.

"그래서 네가 누리지 못한 건 없었을 텐데? 그리고 내가 그걸 말하는 것 같으냐?"

그런 근본도 없는 텃밭에 아무리 좋은 씨가 심어진다 한들 곡식이 제대로 자랄까. 어차피 서얼을 집안으로 들일 거라면 제대로 된 텃밭을 사들여야 할 것 아닌가.

그렇지 않아도 하자가 있던 연진이라는 텃밭. 알아보니 처음에 낳은 것은 계집이었고, 이번에 낳은 것은 심장에 문제가 있었다.

"그동안 애지중지 다뤄 온 텃밭이 영 못쓰게 됐으니 다른……."

후루룩!

노인은 중년인을 보며 눈을 크게 떴다.

그러다 이내 푸근히 웃는다. 오늘 처음으로 만족스런 미소를 짓는 노인.

"허헛. 아무튼 그 근본 없는 년은 문제없다는 거지?"

"예. 그년의 입이 계속 다무는 이상 최종혁이란 경찰이 제게 도달할 일은 없습니다."

고개를 끄덕인 노인은 젓가락을 들었고, 어느새 부엌엔 두 사람이 라면을 먹는 소리만 울렸다.

* * *

쿵쿵쿵쿵쿵!

강렬한 비트가 울리는 클럽의 VIP룸.

"자, 한 방 갑니다!"

뻥!

"꺄아아악!"

"와아아!"

비명을 지르는 남녀들의 잔에 샴페인이 따라지고, 남녀들은 눈을 빛낸다.

무려 한 병당 2백만 원짜리 샴페인. 이십대인 그들에겐 너무 고가의 술이다.

하지만 그들이 정말 기다리는 건 그게 아니었다.

"자, 우리 샴페인만으로는 섭섭하시죠?"

분위기를 띄운 클럽 MD가 뒷주머니에서 파란 알약이 든 작은 봉투를 꺼내 든다.

그에 이십대 남녀들이 눈을 빛내며 침을 삼킨다.

"우리 언니, 오빠들이 기다리고 기다리던 샴페인의 찰 떡궁합 안주! 캔디 대령입니다-!"

"와아아아아!"

퐁! 퐁! 퐁!

샴페인잔 속으로 떨어지며 기포를 만드는 파란 알약.

클럽 MD가 샴페인 잔을 높이 쳐든다.

"모두 잔 들어! 아, 마시기 전에 우리 회장님께 인사!"

"형, 잘 먹을게요!"

"잘 먹을게, 다니엘 오빠!"

테이블의 상석. 여성의 가슴을 주무르던 삼십대 후반의 남성은 남녀들의 외침에 입술을 비틀며 앞에 놓인 샴페인잔을 들었다.

그 순간이었다.

끼이익!

갑자기 열리는 문 뒤로 눈 하나가 드러난다.

높다란 위치에서 곱게 휘는 눈.

"여기 있네?"

상석에 앉은 남성을 발견한 종혁은 문을 완전히 열어젖혔다.

* * *

"이야! 내가 드디어 이곳에 와 보는구나!"

"아, 몇 시간을 더 기다려야 하는 거야!"

낮에 비가 내려 더 후덥지근한 밤.

사람들이 입장을 위해 줄지어 서 있는 클럽 앞으로 한 대의 스포츠카가 세워진다.

콰르르릉!

마치 더 달리지 못한 짜증을 드러내는 강렬하게 우는 스포츠카.

사람들의 시선을 받으며 내린 종혁이 달려오는 클럽 관계자를 향해 키를 던진다.

"제가 사건 하나 밀어 들인다니까요."

-정말이죠? 나 최 총경님만 믿습니다!

"믿으세요. 믿는 자에게 복이 옵니다. 예, 그럼 수고하십쇼."

지금부터 만나려는 브로커를 조사하고 있던 경찰과의 통화를 종료한 종혁이 클럽의 입구를 지키는 가드에게 다가가 브로커의 사진을 내민다.

"이 새끼 안에 있지?"

"……정말, 진짜로 혹시나 해서 묻는 건데 빚쟁이거나 담그러 오신 건 아니시죠?"

초고가의 명품을 쫙 빼입었지만 덩치가 너무 위협적이다.

"이거면 답이 될까?"

종혁은 수표를 흔들었고, 가드는 넙죽 허리를 숙였다.

"1시간 전부터 안에 있습니다, 사장님! VIP룸으로 갔을 겁니다, 사장님!"

"그래, 수고해."

직원의 어깨를 두드린 종혁은 안으로 들어갔고, 이내 곧 화려하게 번쩍이는 조명과 고막을 찢을 듯한 강렬한 비트가 그를 반겼다.

"안녕하십니까, 사장님! 혹시 찾으시는 MD 있으십니까?"

"됐고, VIP룸은 어느 쪽이야?"

"아, 일행을 찾으시러 오셨구나! 제가 안내해 드리겠습니다!"

"저긴가?"

2층으로 향하는 계단을 찾은 종혁은 걸음을 옮겼고, 이내 계단을 지키던 가드가 막아서다가 종혁의 뒤를 따르는 MD의 손짓에 다급히 물러난다.

그렇게 2층으로 올라온 종혁은 가까이 있는 문을 활짝 열었다.

그에 깜짝 놀라 종혁을 보는 룸 안의 사람들.

여름이라 더 헐벗은 여성들과 남성들을 훑어본 종혁이 씩 웃는다.

"너 뭐야!"

"예, 예. 열심히들 노세요."

문을 닫은 종혁은 그 옆에 있는 룸의 문을 향해 손을 가져갔다.

그에 MD가 기겁하며 종혁의 손을 잡았다.

"안 놔?"

"하하. 사장님! 일행분이 몇 번 방에 계시는지만 알려 주시면 제가 바로 안내해 드리겠습니다!"

"그럴래?"

종혁은 사진과 함께 수표를 흔들었고, MD는 넙죽 허리를 숙였다.

"저쪽 VIP룸입니다!"

곧바로 앞장서는 MD의 모습에 눈을 가늘게 뜬 종혁은 이내 입술을 비틀며 그의 뒤를 따랐다.

"이 룸입니다!"

"비켜 봐."

종혁은 문을 살짝 열며 안을 들여다봤다가 살짝 놀랐다.

"……여기 있네?"

담당 형사의 말로는 브로커 이놈이 이 클럽의 VIP라기에 MD가 보호하기 위해 가드 대기실로 안내하나 싶었는데, 정말 이곳에 있었다.

"새끼."

"헤헤."

"한 10분 뒤에 119에 신고해 놔."

"예?"

문을 완전히 열어젖힌 종혁은 안으로 들어갔고, 안에 있던 사람들은 갑자기 난입한 종혁을 보며 눈을 껌뻑였다.

종혁은 상석에 앉은 남성, 다니엘을 향해 손을 까딱였다.

"춘식아, 형이랑 이야기 좀 하자."

"넌 또 뭐…….."

쩌억!

퀭한 눈으로 다가오는 이십대 사내의 턱을 돌려 버린 종혁은 놀라 벌떡 일어나는 다니엘을 향해 잔인한 미소를 지어 주었다.

* * *

시끄럽다가 고요해진 룸 안.

종혁은 바닥에 널브러져 정신을 잃은 청년들을 무시하며 담배를 물었다.

찰칵! 치이익!

"춘식아."

"예, 예!"

청년들보다 더 얻어터진 브로커의 눈이 데구루루 굴러간다.

'이 새끼는 대체 누구야?!'

맹세코 처음 본 놈이다. 그렇기에 정말 억울했다.

'이유라도 알고 맞으면 이렇게 억울하지라도 않지!'

정말 미치고 팔딱 뛸 노릇이었다.

쩍!

"춘식아, 집중 안 하지?"

"죄, 죄송합니다!"

순간 정신과 함께 날아갔던 몸을 다급히 일으켜 종혁의 앞으로 달려와 무릎을 꿇는 브로커.

"저, 저기 정말 어쩐 일로 오신 건지……. 호, 혹시 제가 연결시켜 드린 아가씨가 도망을 쳤다거나 돈을 가지고 날랐다거나…… 죄, 죄송합니다!"

무심히 내려다보는 종혁의 시선에 브로커는 다급히 고개를 숙였고, 종혁은 그에게 연진의 사진을 보여 줬다.

"이 여자 알지?"

"어?"

브로커가 다급히 고개를 든다.

그런 그의 눈에 진한 의문이 서린다.

"호, 혹시 회장님께서 보내셔서 오신 겁니까? 이년이 회장님의 돈이라도 들고 날른 겁니까? 이런 쌍년! 걱정 마십시오! 제가 이런 년 찾는 덴 도사……."

"회장님?"

종혁의 눈이 다시 가늘어지자 브로커의 입이 다물어진다.

"김연진을 스폰한 게 기업가다?"

움찔!

"정말 누구신지……."

"그게 지금 중요할까?"

"중요하지 않을까요?"

"네가 체포되냐, 마냐보다?"

쿵!

브로커의 입이 떡 벌어진다.

"짜, 짭……."

빠악!

"단어 선택 똑바로 안 하지?"

"죄, 죄송합니다!"

종혁은 다급히 고개를 숙이는 브로커를 보며 눈빛을 가라앉혔다.

"그래서 누군데?"

"아, 그게…… 하, 씨발. 진짜 안 되는데……."

브로커는 울상을 지으며 입을 열었다.

"그럼 가자."

"아니, 형사님! 제가 이렇게 협조도 했는데!"

"네가 그 사람에게 소개시킨 김연진이 지금 자기가 낳은 아기를 살해하고 유기했어. 그것도 둘이나. 너 영아살해 및 유기 방조로 들어갈래, 아니면 성매매 알선으로 들어갈래?"

"……성매매 알선으로 들어가겠습니다."

브로커는 눈물을 삼키며 일어섰고, 종혁은 바닥에 널브러진 파란 알약을 무시하며 룸을 나섰다.

그러자 그의 앞을 가로막는 검은 정장의 떡대들.

종혁의 고개가 삐딱하게 기울어진다.

"하하. 사장님! 용무는 모두 끝나셨습니까! 좀 비켜 봐요."

떡대들을 헤치며 다가와 머리를 조아리는 MD의 모습에 종혁은 피식 웃으며 수표 한 장을 더 꺼냈다.

"이걸로 밥값 해."

"감사합니다, 사장님!"

"그럼 이 새끼는 내가 데려간다."

"조심히 들어가십시오, 사장님!"

MD를 뒤로하며 클럽을 빠져나온 종혁은 조수석에 브로커를 쑤셔 넣고는 핸드폰을 들었다.

"태홍아, 이 씨발 새끼야. 내가 마약 팔지 말라고 했지."

─무, 무슨……!

"이러면 내가 너흴 봐줄 이유가 없잖아, 개새끼야. 압구정이 누구 나와바리야? 아니, 됐고. 모레부터 압구정 클럽은 문 닫는 거다."

─자, 잠시만……! 서장님!

매정히 통화를 종료한 종혁은 담배에 불을 붙였다.

찰칵! 치이익!

"성수동 오피스텔 1503호라고?"

"예, 그렇습니다!"

처음 김연진을 데려다준 곳이 바로 성수동에 있는 한 오피스텔의 1503호였다.

"그 외에는 모르고?"

"이 짓을 오래 해 먹으려면 궁금증 따윈 치워 버려야
죠…….."

그렇지 않으면 목숨이 위태롭다.

그에게 문의해 오는 사람들 모두 이 세상에서 사람 한
명 정도는 쥐도 새도 모르게 지워 버릴 수 있는 사람들이
기에, 그는 오직 사진과 프로필만 보낼 뿐 만남의 장소도
제공하지 않는다.

"그런데 김연진의 스폰이 회장인 건 어떻게 알았어?"

"그 쌍년이…… 아니, 김연진이 말했습니다. 회장님을
소개시켜 주셔서 고맙다고. 저야 그러니까 당연히 회장
님인 줄 알고……."

"오케이. 알았어. 입 다물고 있어. 어, 철아. 지금 주소
하나 보낼 건데, 이게 누구 소유인지 좀 알아봐 줘. 아마
차명일 거야. 그래, 부탁한다."

통화를 종료한 종혁은 다시 누군가에게 전화를 걸며 차
를 출발시켰다.

"예, 선배님. 선배님이 알려 주신 클럽에서 캔디를 발
견해서 말입니다. 예, 엑스터시 말입니다. 하하. 형사 티
안 내고 일 봤으니까 내일이나 모레 그냥 덮치시면 될 겁
니다. 가실 때 형사 티 내지 마시고요. MD 애들이 꽤 얽
혀 있는 것 같으니까요."

입구에서 단 1분이라도 막혔다가는 마약은 모두 하수
구 속으로 사라지게 될 것이다.

때 빼고, 광내고. 험악한 형사 얼굴로 입구를 통과하려

면 돈도 좀 써야 할 거다.

"이쪽 서와의 교통정리는 선배님이 하셔야죠. 그래서 안 드시게요? 하하. 예. 그럼 전 약속 지켰습니다. 수고하십쇼."

부르릉!

* * *

스르륵!

서울의 어느 고층 빌딩 앞에 고급 중형차가 멈춰 서고, 뒷좌석에서 이십대 중반의 청년이 내린다.

"오, 오셨습니까, 실장님!"

고개를 끄덕인 청년이 한쪽을 바라본다.

"회장님을 뵙게 해 주십시오! 제발! 이건 아니잖아—!"

경비원들에게 끌려가는 허름한 옷차림의 장년인 두 명.

"저건 뭐야?"

"별거 아닙니다."

그를 마중 나온 중년인이 손가락을 들어 위를 가리켰고, 청년은 낯빛을 굳혔다.

"미래전략실?"

"비서실에서 움직였다는 소문이 있습니다."

"……에휴. 또 누가 우리 회장 삼촌 성질을 건드렸나 보구만."

고개를 저은 청년은 건물 안으로 들어갔다.

그가 엘리베이터 앞에 서자 엘리베이터를 기다리던 사람들이 분분히 비켜서고, 청년은 마침 도착한 엘리베이터에 오른다. 마중 나온 중년인과 둘이서만.

"내가 말한 건 어떻게 됐어?"

"그, 그게……."

"똑바로 안 해?!"

앞으로 몇 년 안에 다른 사촌들도 대학을 졸업하고 이 회사로 입사를 할 거다.

그리고 당연하다는 듯 고속 승진을 할 그들.

즉, 24살 나이에 실장이란 직함을 달았지만, 그들이 입사를 하는 순간 아무런 의미가 없어진다는 뜻이었다.

그 전에 무조건 회사에 자신의 존재감을 각인시켜 놔야 했다.

"죄, 죄송합니다."

"잘하자. 내가 잘되어야 우리 대리님도 나중에 상무 달고, 사장 되는 거잖아. 안 그래?"

"충성을 다하겠습니다!"

허리를 넙죽 숙인 중년인의 목을 두드린 청년은 엘리베이터에서 내려 사무실로 향한다.

"응?"

웅성웅성.

왜인지 분위기가 이상한 사무실.

혼란스러워하기도 하고, 들떠 있는 것 같은 요상한 분

위기에 청년이 의아해하다 옆을 지나쳐 가는 직원을 멈춰 세운다.

"뭐야? 사무실 분위기가 왜 이래?"

"아, 외국 자본들이 갑자기 저희 회사의 주식을 매입하기 시작해서 말입니다."

증시가 열리자마자 쏟아진 매수세에 주가가 곧바로 2퍼센트를 뛰었다. 그에 직원들이 동요하는 것이었다.

청년은 중년인을 봤다.

"뭐야. 회사에 무슨 호재라도 있어? 어느 부서에서 호재가 생긴 거야?"

"그건 저도 잘……."

"어휴. 아는 게 뭐냐, 진짜."

"죄, 죄송합니다."

혀를 차며 자신의 사무실로 향하던 청년은 막 탕비실을 나서는 여직원을 발견하곤 눈을 빛냈다.

"좋은 아침입니다, 연희 씨."

"아, 안녕하십니까, 실장님!"

"오늘도 예쁘게 하고 왔네."

가늘게 뜬 눈으로 여직원의 위아래를 훑는 청년.

여직원의 낯빛이 흐려지고, 그 모습을 본 다른 직원들이 슬그머니 외면을 한다.

상대는 로열이다. 회장이 직접 꽂은 낙하산.

파리 목숨보다 가벼운 그들로서는 외면을 할 수밖에 없었다.

"모닝커피 마시는 거예요? 그러면 나도 커피 한 잔 가져다줘요."

"……예."

고개를 숙이며 파르르 떠는 여사원의 모습에 히죽 웃은 청년은 자신의 사무실 안으로 들어갔다.

그 순간이었다.

"헉!"

"아, 안녕하십니까! 회장님!"

마치 얼음처럼 딱딱하게 굳는 청년과 중년인.

하지만 그것도 잠시다.

'이 개새끼들! 삼촌이 왔으면 말을 해야지! 아니면 눈치라도!'

정신을 차린 청년이 활짝 웃었다.

"하하. 제 사무실까진 어쩐 일로 오셨습니까, 회장님!"

사무실 소파에 앉아 차를 홀짝이던 회장, 이민석이 고개를 들어 모자란 조카를 본다.

"윤 실장."

"예, 회장님."

"지금 몇 시야."

"……10시입니다."

"우리 그룹의 근무 시작 시간은?"

"……9시입니다."

"이유는 있겠지?"

"오는 길에 차가 퍼지는 바람에 잠시 정비소를 다녀오

느라 늦었습니다."

아니다. 그저 늦잠을 잔 것뿐이다.

"그러면 차량을 제대로 관리하지 못한 운전기사 잘못이겠군."

"내일까지 해고 통보하겠습니다."

"그래."

고개를 끄덕인 이민석 회장이 몸을 일으켜 사무실을 빠져나간다. 그에 잘 가라며 고개를 숙인 청년이 미간을 좁힌다.

'대체 뭐하러 온 거야?'

"아, 맞아. 윤 실장."

"예, 회장님."

"너 여직원을 희롱하고 다닌다며?"

"예?"

놀라 고개를 든 청년의 모습에, 그리고 쟁반에 커피를 받쳐 든 채 사무실 안으로 들어오려다 멈춘 여직원의 모습에 이민석 회장의 눈빛이 차갑게 가라앉는다.

"김 비서, 잡아."

"예."

"자, 잠깐! 놔! 안 놔?!"

"형님 자식이 아니라면 아무것도 아닌 놈 주제에 감히 내 회사의 직원을 건드려?"

"자, 잠깐만요, 회장님!"

시계를 푸는 삼촌의 모습에 하얗게 질리는 청년.

"이 악물어."

이민석 회장은 그대로 청년의 뺨을 후려쳤다.

쩌어억!

실장실에서 퍼진 구타 소리와 비명 소리에 조용해진 사무실을 벗어난 이민석 회장이 엘리베이터에 오르며 입을 연다.

"이 정도면 되겠지?"

오늘 아침, 난동을 피웠던 하청 업체 사장들.

방금의 일이라면 직원들의 동요를 잠재울 것이다.

"회장님께서 나서게 해서 죄송합니다."

"아니야. 됐어."

자신이 움직이는 게 더 깔끔하다.

"어차피 마음에도 안 드는 놈이고."

자신이 힘들게 세운 회사를 날로 먹으러 들어온 놈인데 어찌 예뻐할 수 있을까.

"그보다 외국 자본들이 갑자기 왜 이러는 거야?"

"지금 알아보고 있지만……."

알아낸 것이라고는 얼마 전 일본에서 큰 이득을 본 세력 중 한 곳에서 주식을 매입하고 있다는 것뿐이었다.

"아무래도 크게 한탕 했으니 안전 자산을 형성하려고 하는 게 아닌가 싶습니다."

"……다른 그룹들 주식 현황도 한번 알아봐."

"예, 알겠습니다."

지이잉! 지이잉!

"잠시 전화 좀 받겠습니다. 그래, 무슨 일이야? 뭐?!"

수화기 너머에서 들려온 믿기지 않는 보고에 비서는 경악했고, 이민석 회장은 고개를 모로 기울였다.

"무슨 일이야?"

"회, 회장님. 지금 로, 로비에 누가 회장님을 찾아왔는데, 김연진이란 이름을 함께 댔다고 합니다."

쿵!

이민석 회장의 눈이 부릅떠졌다.

그리고 잠시 후.

"아이고, 회장님. 처음 뵙겠습니다. 신안경찰서장 최종혁 총경입니다."

종혁은 몸을 일으켜 손을 내미는 이민석 회장을 향해 김연진의 사진을 내밀었다.

"이 여자 아시죠? 어떻게 아십니까?"

종혁은 낯빛이 굳는 그를 보며 싱글싱글 웃었다.

* * *

퍼억!

"컥!"

장년인, 우산정밀의 사장이 배를 움켜쥐며 무너진다.

난데없이 들이닥친 청천벽력과 같은 결정인 계약 해지와 비슷한 크기의 고통.

함께 온 전무이사도 한 대 얻어맞고 땅바닥에 내팽개쳐진다.

"그만."

완전히 내쫓아 버리기 위해 다가가는 경비원들을 말린 비서실의 직원이 그들에게 다가가 차가운 눈으로 노려본다.

"괜찮으십니까? 저희 경비원들이 애사심이 넘치다 보니 실수를 하고 말았군요. 두 분의 행동에 따라 더 실수를 할 수도 있을 것 같고요."

우산정밀의 사장과 전무이사의 낯빛이 희게 질린다.

하지만 그것도 잠시. 그들은 이를 악물었다.

"가, 갑자기 이러시는 게 어디 있습니까! 계약 해지라니요!"

"계약 해지가 아니라 물가 상승으로 인해 단가를 낮추겠다는 것뿐입니다."

"그게 저희보고 죽으라는 말과 뭐가 다릅니까!"

종전보다 80퍼센트나 삭감된 단가.

만들면 만들수록 손해였고, 계약이 해지되면 다른 거래처가 없는 우산정밀은 그냥 망하는 거다.

"당신들도 그랬잖습니까."

"예?"

"삼중금속."

쿵!

"우리가 모를 줄 알았습니까?"

단가를 후려쳐 자금을 경색시키고, 빚에 허덕일 때 헐값에 신기술을 사 오고. 우산정밀이 삼중금속에게 했던 짓과 똑같았다.

비서실 직원이 입술을 비틀자 사장과 전무이사는 고개를 푹 숙였고, 비서실 직원은 싱긋 웃었다.

"그럼 더 이상 이런 민폐는 끼치지 않을 거라고 생각하겠습니다."

둘의 어깨를 두드린 비서실 직원은 경비들과 다시 건물로 돌아갔고, 그들을 말리려 다가갔던 종혁은 고개를 저으며 돌아섰다.

그렇게 고층빌딩 앞에 선 종혁은 눈을 가늘게 떴다.

"현진그룹이라……."

이른바 대기업이라고 말할 수 있는 현진그룹.

입안에서 사탕을 굴리듯 읊조린 종혁은 현진그룹의 본사 안으로 들어갔다.

그리고…….

"처음 뵙겠습니다. 신안경찰서장 최종혁 총경입니다."

* * *

"과분하게도 현진그룹을 이끌고 있는 이민석입니다."

"아이고. 이렇게 대단하신 분을 만나 뵙게 되어 영광입니다."

사진을 내민 종혁은 자신을 무심히 바라보다 손을 내민

이민석 회장과 악수를 하며 허리를 숙였다.

'이민석 회장.'

이쪽 바닥에선 유명한 이름이다.

전대 회장의 먼 친척의 조카로, 밑바닥에서부터 시작해 능력을 인정받아 결국 전대 회장의 친자들마저 제치고 현진그룹의 수장이 된 경영인.

그리고 지금의 현진그룹을 만든 사람.

김연진의 스폰서는 이렇게 대단한 인물이었다.

'그런 당신은 과연 어디까지 알고 있을까.'

종혁은 다시 사진을 팔랑였다.

"이 여자 아시죠?"

"……나가 있어."

"회장님."

비서는 손을 젓는 이민석 회장의 모습에 종혁을 노려보곤 밖으로 나갔고, 종혁의 눈이 곱게 휘었다.

"이렇게 독대까지 해 주시다니 영광……."

"압니다."

종혁이 잠시 입을 다문다.

'호오?'

"지금 자신이 성매매를 했다는 걸 부정하지 않는 겁니까?"

"어차피 다 알아보고 오신 것 아닙니까? 맞습니다. 몇 번 만나고 그 대가로 후원을 해 준 적이 있습니다."

그게 아니라면 종혁이 이렇게 본사까지 쳐들어올 수 있

었을까.

'그 모자란 년이 결국!'

종혁은 어디까지 알고 있을까.

이민석 회장의 신경이 곤두섰다.

"그러다 그 친구가 갑자기 경찰에 검거됐다기에 변호사를 구해서 보냈습니다."

그룹의 법무팀이 움직이면, 회사에 악영향을 갈 것 같아서 따로 알아봐 보냈다.

"아, 그리고 보니 사건 담당 경찰서가 신안경찰서군요."

움찔!

'이것까지 인정해?'

"그럼 그 죄목이 뭔지도 아시겠군요."

"예. 영아 살해 및 유기라는 말은 전해 들었습니다. 그럴 친구가 아니었는데, 왜 그런 짓을……."

"혹시 그 아이가 회장님의 아이일 수도 있다는 생각은 안 해 보셨습니까?"

"……요즘 경찰이 많이 바뀌었다고들 하던데 아니었나 보군요."

딱딱하게 굳는 그의 얼굴에 종혁은 코를 긁적였다.

그런 종혁을 한참 노려보던 이민석 회장은 한숨을 내쉬었다.

"후우. 가능성을 떠올려 보지 않은 건 아닙니다. 하지만 생각해 보십시오. 만약 그 아기가 제 아이였다면, 그 친구가 그런 짓을 저질렀을까요? 그 아이가 살아 있다면 제 유산을 물려받을 수도 있을 텐데?"

맞는 말이다.

무려 대기업 현진그룹이다.

그를 협박을 하든, 아니면 여론을 통해 난장을 피우든 혼외자임을 인정받을 수만 있다면.

그게 안 되더라도 그의 사후 인지청구소송을 통해 혼외 자임을 법원의 인정을 받는다면 대기업 현진그룹 회장의 유산을 상속받는 게 가능했다.

심지어 슬하에 자식이 없는 이민석 회장.

나눌 몫이 적은 만큼 유산의 액수는 가히 상상을 초월할 터였다.

"만나던 게 저 혼자만은 아니었을 테니 아마…… 후우. 잠시 담배를 태워도 괜찮겠습니까?"

"편하게 피우십시오. 여긴 회장님의 사무실이잖습니까."

감사하다는 듯 고개를 끄덕인 이민석 회장이 담배를 물고, 종혁이 불을 붙여 준다.

"하지만 저랑 상관없는 아이라고 한들 그 친구가 궁지에 몰리는 일은 없도록 만들어야 했습니다. 만약 그 친구가 궁지에 몰려서 악독한 마음이라도 먹었다가는……."

김연진이 궁지에 몰리면 무슨 이야기를 꺼낼지 몰랐다. 이번 사건과 무관하게 자신의 이야기까지 꺼낼 가능성도 배제할 수는 없었다.

"무슨 말씀이신지 이해했습니다."

이민석 회장은 안심하며 담배를 피웠고, 종혁은 그런 그를 바라보다 몸을 일으켰다.

"협조해 주셔서 감사합니다."

"더 물어보실 거 없으십니까?"

"예. 충분히 물은 것 같습니다. 다만 성매매 관련해서는 따로 다시 한번 연락드리게 될 거 같은데, 그때도 협조 부탁드리겠습니다."

아마 벌금형 정도로 끝날 테지만, 조서는 작성해야 했다.

"……알겠습니다."

다시 악수를 나눈 종혁은 돌아서다 아차 했다.

그의 눈빛이 순간 서늘해졌다가 원래대로 돌아왔다.

"아, 그런데 김연진 씨가 아이를 살해한 게 이번이 처음이 아닌 거 알고 계십니까?"

"……아뇨. 이번 일도 경찰 조사를 받게 되면서 알게 된 사실이라."

"음. 알겠습니다."

고개를 숙인 종혁은 회장실을 빠져나갔고, 곧 비서가 뛰어 들어왔다.

"회장님."

"김연진이 두 명을 죽인 것까지 알고 있더군."

"헉!"

"어디서 나에 관한 이야기가 새어 나갔는지 찾아."

비서는 자신의 실수를 만회하고자, 경찰이 찾아올 때까

지 아무것도 몰랐던 그 실수를 만회하고자 이를 악물며 고개를 숙였고, 이민석 회장은 불이 붙은 담배를 꽉 쥐었다.

'죽여야 할까?'

김연진을 떠올리며 고민에 빠지던 이민석 회장은 이내 혀를 찼다.

"일단 최종혁 서장 저놈부터 치워야겠군."

그의 눈이 서늘하게 빛났다.

한편 현진그룹의 본사를 나선 종혁이 코를 긁적이며 회장실이 있는 최상층을 바라본다.

"분명 뭔가 있는데……."

아니라면 코가 이렇게 간지러울 리가 없다.

그렇다고 마냥 의심을 하기엔 너무도 협조적이었던 이민석 회장.

진술도 빈틈이 없었다.

"하지만 아무래도 걸린단 말이지."

"시, 실장님!"

"뫄!"

"응?"

고개를 돌린 종혁이 얼굴이 난장판이 되어 건물을 나오는 청년을 본다.

"아빠, 삼촌이……! 회장 삼촌이 나를……!"

종혁은 멀어지는 청년과 그 뒤를 따르는 사내를 보며 눈을 가늘게 떴다.

'이민석 회장의 친척인가?'

통화 내용을 들어 보니 아무래도 무슨 잘못을 저질러 이민석 회장에게 얻어터진 것 같다.

"역시……."

이민석 회장의 조카가 무언가 잘못을 저지르긴 했을 거다.

하지만 어떤 잘못을 했더라도 사람이 저렇게 피떡이 되도록 폭력을 휘두른다는 건 쉽지 않은 일이다.

게다가 성매매를 하고 그 대가로 '후원'을 해 줬다고 진술하던 이민석 회장의 언행.

종혁은 이민석 회장에게서 은연중 그가 권위주의적이고 선민의식이 있음을 느낄 수 있었다.

발바닥으로 땅을 툭툭 두드리던 종혁은 이내 눈을 빛내며 돌아섰다.

"다시 만나 봐야겠어."

김연진을 말이다.

* * *

"오늘부터 사건이 끝날 때까지 여기서 지내면 됩니다."

대리석으로 치장된 넓은 거실과 천장에 달린 샹들리에에 김연진의 입이 벌어진다.

그녀의 눈이 빠르게 고급 단독 빌라 내부를 훑는다.

"수영장은 없지만 테라스에서 일광욕을 할 순 있습니다."

"여기가 아저씨 거예요?"

"……그렇습니다."

아니다. 이건 민영우 변호사 자신이 투자를 위해 매입한 고급 빌라지, 이민석 회장의 소유가 아니다.

종혁이 냄새를 맡은 이상 결코 이민석 회장과 연관된 그 어떤 곳도 이용할 수가 없는 상황.

하지만 일일이 설명하기 귀찮았기에 이렇게 말한 것이다.

"정말요?"

눈이 휘둥그레진 연진은 다급히 신발을 벗고 들어가 빌라 이곳저곳을 살피기 시작했고, 민영우는 그 뒤를 따르며 그녀가 궁금해하는 점들에 대답해 줬다.

"그리고 냉장고를 모두 채워 놨으니 요리는 여기 부엌에서 하면 될 겁니다."

"네? 전 음식을 할 줄 모르는데요?"

"……시켜 드세요. 배달 어플 이용할 줄 아시죠?"

스마트폰 보급화가 이뤄지자마자 전국을 휩쓴 배달 어플.

권&박 홀딩스의 투자를 받아 설립한 이 회사는 스마트폰이 보급화된 지 1년도 채 되지 않아 전 국민이 애용하는 곳이 됐다.

"당연히 이용할 줄은 아는데……."

지이잉! 지이잉!

"……잠시만요."

발신자를 확인하곤 의아해한 민영우가 정원으로 나가 전화를 받는다.

"예, 회장님. 예? 최종혁 서장이 회장님을 찾아왔단 말입니까?"

깜짝 놀란 민영우 변호사가 연진을 찾는다.

안방에서 행복의 비명을 지르고 있는 연진.

"김연진 씨."

"네?"

"혹시 최종혁 서장에게 회장님에 대해 발설한 적 있습니까?"

"아뇨? 제가 미쳤어요?"

연진은 어렴풋이 느끼고 있었다. 자신이 이민석 회장에 대해 언급한다면 결코 좋은 일이 생기지 않을 걸 말이다.

"왜요? 그 경찰이 아저씨를 찾아갔대요?!"

"……예. 아무래도 이쪽에서 새어 나간 건 아닌 것 같습니다."

"앗! 아저씨예요? 바꿔 주세요!"

민영우 변호사는 한숨을 내쉬며 핸드폰을 넘겼고, 연진은 환하게 웃으며 전화를 받았다.

"네, 아저씨. 아니요. 제가 말할 이유가 없잖아요. 제게 그렇게 잘해 주셨는데…… 네. 네."

한참 동안 통화를 한 연진은 이민석 회장이 다음 스케줄을 가야 한다는 말에 아쉬워하며 민영우 변호사에게 핸드폰을 넘겼고, 그는 다시 정원으로 나가 전화를 받았다.

─부탁합니다.

"걱정 마십시오. 저도 한번 알아보겠습니다. 예, 그럼."

통화를 종료한 민영우 변호사는 어느새 거실로 나와 귀를 쫑긋거리고 있는 연진에게 다가갔다.

"배달 외에도 필요한 것이 있다면 여기 경호원에게 말하면 될 겁니다."

"네?"

민영우가 가리킨 여성 경호원을 본 연진의 얼굴에 순간 불만이 가득 찬다.

"이젠 대놓고 감시하려는 건가요? 아저씨 지시예요?"

"또 최종혁 서장이 찾아올 수 있습니다."

움찔!

"아, 알았어요."

"원래 쓰시던 핸드폰도 이리 주시고, 앞으론 이 핸드폰만 쓰세요. 그럼 편히 쉬십시오."

고개를 숙인 민영우 변호사는 다시 핸드폰을 들며 밖으로 나가다 잠시 멈췄다.

끼이익! 쿵!

그의 등 뒤로 닫히는 문.

다시금 표정을 굳힌 민영우는 곧바로 차에 올라 서둘러 그곳을 떠났다.

한시라도 빨리 최종혁의 동선을 뒤져 이민석 회장에 대해 발설한 놈을 찾아야 했다.

한편 연진은 삐딱해진 시선으로 남겨진 경호원을 봤다.

"언니, 이름이 뭐예요?"

"……전 원활한 경호를 위해 내부를 살펴보고 오겠습니다."

멀어지는 경호원을 보는 연진의 얼굴이 일그러진다.

'내가 스폰녀라고 무시하는 거지, 지금?'

"흥!"

기분이 상해서일까.

방금까지 이 빌라의 이곳저곳을 더 탐방하고 싶다는 생각이 싹 사라진다.

꼬륵!

"아, 짜증 나."

짜증이 나서 그런지 더 배가 고프다.

그녀는 민영우 변호사가 준 핸드폰을 들어 배달 어플을 켜며 안방으로 향했다.

* * *

띵동!

'왔다!'

멍하니 TV를 보다 몸을 일으킨 연진이 안방을 나서자 경호원이 막아선다.

"안으로 들어가 계십시오."

민영우 변호사가 외부인의 출입을 무조건 막으라고 했다.

그 말에 연진이 어쩔 수 없다는 듯 안방으로 다시 들어가자 경호원은 다행이라고 생각하며 현관으로 걸어갔다.

지이잉!   지이잉!

"응? 예. 근무 중 이상 없습니다. 예?!"

그녀가 속한 경호업체의 직속 상사에게 걸려온 전화.

무슨 말을 들은 건지 그녀의 눈이 흔들린다.

"……알겠습니다."

무겁게 고개를 끄덕인 경호원이 문을 열고 나간다.

그런 그녀의 앞을 막아선 거대한 벽.

고개를 든 그녀는 철가방을 든 채 껌을 짝짝 씹고 있는 덩치 큰 사내를 보며 눈빛을 가라앉혔다.

"전화 받으셨죠?"

"……예."

"여기 있습니다. 가져다주고 반응만 보고 오세요."

"알겠습니다."

입술을 깨문 경호원은 이내 곧 체념하며 음식이 담긴 봉지를 들고 돌아서 안으로 향한다.

"음식 왔습니다."

"왔어요?! 아싸!"

환호성을 터트리며 봉지를 열어젖히는 연진.

그렇게 두 번째 봉지를 열어젖히는 순간이었다.

[네가 죽인 아기들의 아빠가 이민석 회장 맞지?]

"허억?!"

촤락!

낯빛이 하얗게 질린 연진이 다급히 봉지를 닫는다.

심장을 멎게 만드는 글귀와 이민석 회장의 사진.

황급히 고개를 돌린 연진은 경호원과 눈이 마주치자 버럭 소리쳤다.

"뭐, 뭘 그렇게 계속 쳐다봐요?!"

"……아닙니다. 맛있게 드십시오."

돌아선 경호원의 눈이 혼란으로 흔들렸다.

한편 오토바이에 오른 사내, 아니 종혁이 경호원이 문자를 보낸 문자를 보곤 이를 악문다.

"맞네?"

살해 및 유기된 두 영아의 아빠는 이민석 회장이 맞았다.

이러면 이야기는 달라질 수밖에 없었다.

* * *

뚜벅뚜벅.

대부분의 사람들이 잠들었을 새벽 1시, 종혁은 흉악하게 얼굴을 일그러뜨린 채 발걸음을 옮겼다.

김연진은 어째서 자신의 아이를, 그것도 두 번이나 죽인 것일까.

아이의 아빠가 누군지도 모르는 상황에서 혼자 아이를 키울 용기가 없어서?

'그건 아니야.'

김연진과 이민석 회장 둘 다 아이의 아빠가 누구인지 분명 알고 있었다.

이번 사건은 두 사람이 공모한 일임이 확실했다.

그렇게 종혁은 일그러진 표정으로 연진이 있는 고급 빌라 앞에 섰다.

"오셨습니까, 최. CCTV 해킹은 끝냈습니다."

CCTV를 통해 실시간으로 빌라 안과 밖의 상황을 지켜보고 있을 민영우.

그를 속이기 위한 CCTV 화면 조작이 끝났다는 말이었다.

"고마워요, 이고르."

"아닙니다."

고개를 끄덕인 종혁은 핸드폰을 들었다.

─누, 누구세요?

수화기 너머로 들리는 연진의 목소리.

"알잖습니까. 문 열어 주세요."

─……네.

잠시 후 현관문이 소리를 내며 열렸고, 뒤이어 겁에 질린 연진이 모습을 드러냈다.

"여름인데도 춥네요. 안으로 들어가도 되겠습니까?"

"……네."

연진은 비켜섰고, 안으로 들어간 종혁은 거실 소파에 앉아 고개를 꺾고 있는 경호원을 발견하곤 피식 웃었다.

"제대로 잠들었네요."

"다, 당신이 시켰잖아요!"

종혁이 배달부인 척 넘겼던 음식이 담긴 봉지 안에는 수면제도 함께 담겨 있었다.

김연진은 그것을 보자마자 종혁의 의도를 알아차리곤 경호원에게 그걸 먹인 것이다.

"눈치가 빨라서 다행이네요. 아니었다면 이민석 회장을 찾아가게 됐을 테니까요."

이민석 회장의 입장에서 이번 사건을 가장 조용히 처리할 방법은 하나다.

바로 연진이 세상에서 사라지는 것이다.

그녀만 사라지면 진실을 증명할 방법은 사라지고, 그 어떠한 주장도 가설에 불과해지니까.

"혀, 협박하는 건가요!"

"그럼?"

오싹!

"제 새끼를 둘이나 죽이고 화장실 쓰레기통에 유기한 네년을 곱게 대할까?"

설령 이민석 회장의 강요에 의한 것이라 하더라도, 혼자서 아이를 키울 자신이 없어서 저지른 일이라고 해도 용납할 수 없는 일이었다.

무슨 이유를 대든 김연진이 부모로서의 책임을 저버린 것만큼은 변함없는 사실이었다.

"아, 아니……."

"아가리 다물고 내 질문에 대답이나 해. 나도 너 따위와 오래 이야기하고 싶은 마음은 없으니까."

목과 심장을 옥죄는 거친 살기에 그녀가 주춤 물러서다 의자에 걸려 넘어진다.

"악!"

"쯧. 앉아."

"네, 네."

연진이 식탁의 의자에 앉자 종혁은 담배를 꺼내 들다 혀를 차며 다시 집어넣는다.

"일단 이민석과 민영우에게 말하지 않은 건 칭찬하지. 어차피 네 스스로 살기 위해 그런 것일 테지만."

그녀가 아무리 찢어 죽여도 모자랄 악독한 년이라지만, 그래도 다른 사람에게 살해당하는 걸 두고 볼 순 없었다.

"일단 다시 한번 확인하지. 이민석 회장은 죽은 아이가 자신의 아이인 걸 알고 있지?"

"……네."

까득!

순간 종혁의 심장이 옥죄어진다.

"그럼 이민석 회장이 살해를 지시한 거냐?"

"……네."

쾅!

테이블을 후려친 종혁의 몸이 부들부들 떨린다.

"두 명 다?"

연진은 망설이다 고개를 끄덕였다.

"하아……."

머리끝까지 치솟는 분노가 눈앞을 흐리게 만든다.

심호흡을 하며 애써 분노를 가라앉히려던 종혁은 결국 참지 못하고 연진의 멱살을 잡았다.

"꺅!"

"네가 그러고도 사람 새끼냐―!"

아무리 시킨다고 한들 자신이 낳은 아기를 죽인다는 게 말이 된단 말인가.

"그럼 이민석이 죽으라고 하면 죽을 거야?! 죽을 거냐고, 씨발년아―!"

"나, 나도 어쩔 수 없었다고요! 아기를 죽이지 않으면 죽인다는데 나보고 어쩌라고―!"

왜 자신이 죽어야 한단 말인가.

아무것도 없는 부모 밑에서 힘들게 공부해 한국대까지 진학을 했는데, 앞으로 창창한 앞길만 남았는데 왜 죽어야 한단 말인가.

"그럴 바에는 차라리 돈이 낫잖아! 그리고 왜 나한테만 이러는데! 다른 년들도 있는데 왜 나한테만―!"

쿵!

"……뭐?"

연진은 눈물을 쏟아 내며 종혁의 손을 뿌리쳤다.

"아저씨한테는 나 말고도 스폰하는 애들이 더 있다고요…….."

순간 세상이 멈췄다.

　　　　　＊　　＊　　＊

　겨우 진정이 된 연진이 입술을 삐죽 내민다.

　"나도 정말 우연히 봤어요."

　이민식 회장이 씻으러 들어갔을 때, 핸드폰으로 S-톡이 왔다.

　호기심이 들었다. 기업 회장은 평소에 누구와 어떤 대화를 나눌까 하는 호기심이.

　"그래서 봤는데……."

　이제 4살 정도 된 아기와 연진 자신 또래의 여자가 함께 찍은 사진이었다.

　"회장님 아기는 잘 크고 있어요, 라고요."

　놀랐다. 배신감도 들었다.

　하지만 그보다 더 궁금증이 컸다.

　그래서 톡을 더 뒤져 봤는데, 그 외에도 다른 사진들이 더 있었다.

　"모두 아기 사진이거나 아기랑 여자가 함께 찍힌 사진이었어요."

　그런데 희한하게 등록된 이름이 전부 대학명이었다.

　"한 명이…… 아니라고?"

　"그렇다니까요! 이런데 내가 어쩌겠어요!"

　자칫 다른 여자들에게 밀릴 판인데, 더 이상 돈을 받을 수도 없을 판인데 어떻게 죽이지 않을 수 있을까.

　"씨발년아, 그게 말이냐?"

"……흑!"

"후. 일단 알았어."

언제 경호원이 잠에서 깨어날지, 민영우 변호사가 돌아올지 알 수 없었다. 이제 그만 가야 했다.

"김연진."

"네, 네."

"명심해. 난 오늘 여기 안 온 거고, 너도 날 안 만난 거야. 입만 다물고 있으면 죽지는 않는다는 소리라고. 알아들어?"

겁에 질린 연진은 고개를 연신 끄덕였고, 종혁은 현관을 빠져나갔다.

"자라."

'잘 순 없을 테지만.'

끼이익! 쿵!

"이 개새끼……."

빠드드드득!

종혁의 입에서 피가 흘러내린다.

만약 자신의 생각이 맞다면, 정말 맞다면 이민석은 인간이라 부를 수 없는 악마다.

아니, 악마도 손을 저을 무언가다.

'정말 그렇다면 어떻게 죽여야 할까…….'

어떻게 죽여야 잘 죽였다고 소문이 날까.

종혁은 이를 갈며 골목을 빠져나갔고, 곧 골목에 숨어 있던 SVR도 해킹한 CCTV를 원래대로 돌려놓으며 사라졌다.

  한편 그로부터 30분 후.

"핫?!"

  눈을 뜬 경호원이 당황한다.

  그런 그녀의 앞에 서서 팔짱을 낀 채 노려보는 연진.

"경호원이라면서요? 두 번 경호했다가는 내가 납치돼도 모르겠다. 그쵸?"

"죄, 죄송합니다."

"흥!"

  쾅!

  연진은 안방으로 들어갔고, 남겨진 경호원은 눈빛을 가라앉히며 닫힌 안방 문을 바라봤다.

"접니다, 변호사님. 주무십니까?"

  분명 자신이 까무룩 잠이 드는 모습을 민영우도 봤을 거다.

  보고를 해야 됐다. 그의 의심이 자신에게 향하지 않도록.

  이것 역시 종혁이 알려 준 대처 방법이었다.

                    *   *   *

기이이잉!

"으흐응."

  아이보리 색채 때문인지, 아니면 테라스의 큰 창문을

통해 쏟아지는 햇빛 때문인지 화사하고 따뜻한 분위기의
아파트.

이십대의 미녀가 진공청소기를 들고 집 안을 누빈다.

아기가 있는 듯 거실 한구석에 놓인 장난감 박스와 거
실 전체에 깔려 있는 스펀지 매트.

TV 선반에 놓인 귀여운 여자아이가 해맑게 웃는 사진
이 담긴 액자를 마른 헝겊으로 닦아 낸 그녀는 양손을 높
이 들었다.

"다했다!"

집이 넓어서인지 청소를 하는데도 한 세월.

하지만 하루라도 빼먹을 순 없다. 자신의 게으름이 곧
소중한 아들에게 악영향을 끼칠 수 있기 때문이다.

아침보다 훨씬 말끔해진 거실을 보며 뿌듯하게 웃은 그
녀는 시계를 보곤 아차 하며 얼른 화장실로 향했다.

"약속 늦겠다!"

띵!

위에서부터 내려오는 엘리베이터에 오른 여성이 먼저
타 있는 아주머니의 모습에 흠칫 놀랐다가 고개를 숙인다.

"안녕하세요."

"805호 새댁이네. 어디 가? 예쁘게 빼입었네?"

"네. 약속이 있어서요. 아주머니도 어디 가세요?"

"난 잠깐 장 보러 요 앞 마트 가지. 그보다 남편은 언제
보여 줄 거야?"

"호호. 글쎄요. 너무 멀리 나가 있어서……."

그렇게 두런두런 이야기를 나누던 그들은 1층에 도착하자 서로 손을 흔들며 헤어진다.

그렇게 몸을 돌리는 순간 여성의 얼굴이 일그러진다.

"왜 저렇게 남의 일에 관심이 많은 거야? 하긴, 남자를 만족시키지 못하니 입이라도 떠들어…… 에부부. 좋은 말, 예쁜 말."

평소에도 예쁜 말을 쓰는 버릇을 하지 않으면 아들 앞에서 실수를 할 수 있다.

그녀는 차를 몰고 강남의 한 커피숍으로 향했다.

딸랑!

"미주야!"

"애들아!"

그녀는 무려 3년 만에 보는 친구들의 손을 잡고 방방 뛰었다.

* * *

커피숍에서 시작된 수다는 시간이 가는 줄 몰랐다.

"아, 우리 승한이 데리러 갈 시간이다. 난 먼저 일어날게! 오늘 만나서 즐거웠고, 다음에 또 만나자!"

"잘 가!"

손을 흔들며 떠난 여성이 시야에서 사라지자, 방금까지 웃고 있던 그녀의 친구들의 낯빛이 굳는다.

"정말 계속 애를 키우나 보네."

"아빠가 대체 누구래? 누구 아는 사람 없어?"

"알면 이미 말했지."

"확실해. 난 아무래도 어디 재력가의 첩으로 들어간 게 아닌가 싶어."

"뭐? 진짜?"

"미주 가방 못 봤어? 그거 올해 샤넬 신상이잖아! 8백만 원짜리!"

"와, 얌전한 고양이 부뚜막에 먼저 올라간다더니…….
그래서 연락이 끊겼던 거였어?"

낯빛이 차갑게 굳은 여성들이 몸을 일으킨다.

왜인지 더 이상 이곳에 있기 싫었다.

한편 어린이집에 도착한 여성이 선생님과 인사한다.

"안녕하세요, 어머님."

"오늘 우리 승한이는 어땠어요? 낮잠은 잘 재웠어요?
식사는 잘 먹었고요? 우리 승한이가 오리랑 당근 못 먹는 건 아시죠?"

"그럼요. 전에도 말씀 드렸지만 저희 어린이집은 모두
맞춤으로 설계하고 있으니까 너무 걱정 마세요."

고개를 끄덕인 여성이 선생님의 손을 잡고 있는 아들을
향해 양팔을 벌린다.

그러자 그제야 선생님의 손을 놓고 달려와 엄마에게 안기는 아이.

그녀의 입가에 큰 미소가 그려진다.

'이 아이가 내 아이야.'

자신을 아주 높은 곳으로 이끌어 줄 보물.

"승한아, 선생님한테 인사해야지?"

"네! 선생님, 굿 바이! 씨 유 투머로우!"

"승한이도 See you Tomorrow!"

"아이구. 우리 승한이 이제 영어도 잘하네?"

아이의 입에서 나오는 영어에 다시 미소를 짓는 그녀.

멀리서 한 사내가 카메라를 들어 그런 그녀와 아이를 찍었다.

찰칵!

* * *

"그럼 브리핑을 시작하겠습니다."

불이 꺼진 신안경찰서의 회의실.

대광해수욕장 영아 살해 및 유기 사건의 담당 형사와 종혁이 불이 켜지는 스크린을 응시한다.

"이름 박미주. 나이 26세. 현재 슬하에 5세의 남자아이를 두고 있으며……."

사건 담당 형사의 입에서 그녀의 약력이 주르륵 흘러나온다.

"그리고 2009년 1월, 경기도 안양에서 발생한 영아 유기 사건의 피해자와 친자 관계임이 확인됐습니다."

쿵!

마치 운동장만 한 망치가 내려친 듯한 회의실.

이를 악문 종혁이 겨우 입을 연다.

혹시나 하는 마음에 묻는다.

"혹시 여자아이입니까?"

"······예. 맞습니다."

"영아는 어떻게 됐습니까."

"다행히 그 근처를 지나던 행인이 아이를 발견, 고아원에 인계됐다가 현재는 다른 가정에 입양된 것으로 확인됐습니다."

"······계속하죠."

"그럼 다음 사람을 보시겠습니다. 이름 정시은."

사건 담당 형사의 입에서 무려 8명의 여성이 거론된다.

그는 브리핑을 하며 아주 잠시 종혁을 경이롭다는 듯 응시했다.

갑자기 자리를 이틀 비우더니 뜬금없이 이민석 회장의 S-톡 내역, 그리고 이민석 명의의 전화와 차명으로 된 전화의 통화 내역을 가져온 종혁.

그것은 폭탄이었다.

일개 형사로선 감당할 수 없는 폭탄.

"이상입니다."

브리핑이 마무리된 순간 회의실에 지독한 침묵이 내려앉고, 종혁이 천장을 보며 눈을 감는다.

'이로써 확실해졌군.'

이민석은 현재 자신의 뒤를 이어 그룹을 이어받을 후계자를 만들고 있는 거다.

"정확히는…… 좋은 텃밭에 좋은 씨를 뿌려서 훌륭한 열매만을 획득하려는 거겠지."

자신의 유전자를 아주 진하게 이어받은 아이만 고르려는 거다.

빠드드득!

자신의 생각이 맞았다.

이민석은 악마도 손을 저은 무언가였다.

"어떡하시겠습니까, 서장님."

"어떡하긴요. 당연히……."

지이잉! 지이잉!

말을 끊는 진동 소리에 신경질적으로 핸드폰을 봤던 종혁이 미간을 좁힌다.

"잠시만요. 예, 청장님."

장희락 경찰청장의 전화다.

ㅡ방금 경무인사국에서 서류가 올라왔어.

이번 인사이동에서 발령받아 갈 부서가 정해졌다는 말.

"그렇습니까? 어디로 가면 됩니까?

ㅡ외사국 부국장.

"……예? 홍보부가 아니라요?"

서울역과 서울고속버스 터미널 테러 사건으로 인해 1년은 상부가 가라는 곳으로 가야 되는 종혁.

그래서 종혁은 자신의 거취가 홍보부가 될 거라고 생각

했다. 그만큼 홍보부의 덕을 톡톡히 봤으니 말이다.

-그리고 미국 FBI로 1년간 연수.

쿠당탕!

기함한 종혁이 의자를 박차고 일어난다.

-최 서장, 대체 누굴 건드린 거야?

까득!

"……그러게 말입니다."

순간 종혁의 얼굴에서 표정이 사라진다.

"청장님."

-말해.

"현진그룹입니까?"

-……정계.

쿵!

'저, 정계라고?'

종혁은 의아해했다.

-내가 막아 줄 수 있는 건 일주일뿐이야.

이제 최종 결재만 남은 인사 결과.

신안 인신매매 사건 등으로 내부 진통이 심해서 본래의 인사 결정 예정일보다 훨씬 늦어졌기에 일주일이라는 시간을 더 눈감아 줄 수 있는 것이지 그 이상은 힘들다.

명분이 너무 확실했기 때문이다.

비록 서울역과 서울고속터미널 테러 사건으로 삐끗하긴 했지만, 종혁은 그동안 그 누구라도 이견을 달 수 없는 압도적인 실적을 냈다.

이런 경찰에게 기회를 주지 않는다면, 경찰 역사상 그 누구와도 비교할 수 없는 초고속 승진을 하는 경찰에게 기회를 주지 않는다면 그 어떤 경찰이 상부를 믿고 따를까.

이런 장희락 경찰청장의 말에 종혁이 눈을 동그랗게 뜬다.

"여의도는 가지 않으시려는 겁니까?"

─……가려고 하니까 일주일인 거야.

아니었다면 연수 따윈 반려시켰을 것이다.

물론 연수가 종혁에게 좋은 기회가 될 수 있다.

고위 간부를 꿈꾸는, 혹은 이미 고위 간부인 경찰들 모두 가고 싶어 하는 FBI 연수.

그러나 그것이 이렇게 쫓겨나듯 가야 한다면 그 누가 좋아할까.

"감사합니다."

─임명식 때 보지.

"충성."

통화를 종료한 종혁이 담배를 문다.

찰칵! 치이익!

'정계라……'

선뜻 이해가 잘 가지 않는다.

'현봉준 대표님과 홍정필 대표님이 내 뒤에 있는 걸 뻔히 알고 있을 텐데도 이런 수작을 부렸다?'

이 정도로 간이 큰 정치인이 누굴까.

"괘, 괜찮으십니까, 서장님?"

"이민석 회장이 움직인 겁니까?! 이 개자식!"

걱정스럽게 종혁을 쳐다보는 형사들.

'그래. 지금은 이게 문제가 아니지.'

이민석이라는 악마 그 이하의 무언가를 잡아 족치는 게
더 중요하다.

"현 시간부로 대광해수욕장 영아 살해 및 유기 사건의
수사팀을 한시적인 특수본으로 승격, 이민석 회장 검거
작전에 돌입합니다. 두 분은 수사지원과의 도움을 받아
저 여성들부터 체포하세요."

은밀히. 이민석 회장이 알아차리지 못하도록.

"······충성!"

경찰들이 튀어 나가자 종혁도 담배를 끄며 몸을 돌렸다.

'일단 시간부터 벌어야겠군.'

이민석을 잡아 족치기에 일주일이란 시간은 너무 부족
했다.

"예, 헨리."

* * *

[특종]신안경찰서장 최 모 총경, 외국인 관광객 폭행!

외국인 관광객, 알고 보니 브라질 대사관 직원?!

음주 폭행! 경찰이 아니라 깡패!

영웅 경찰, 최 모 총경의 민낯! 폭행당했다는 증언 잇
따라!

과도한 공권력. 폭력 경찰로 회귀?

장희락 경찰청장, 진상을 조사 중에 있다!

톡!

난리가 난 포털 사이트를 닫은 민영우 변호사가 눈을 가늘게 뜬다.

"이 정도로 절제력이 없는 사람이었나?"

아니다. 그가 조사한 최종혁이란 경찰은 폭력적이긴 해도, 영리하고 치밀한 사람이었다.

사명감이 높고, 정의로워 억울하고 불쌍한 사람들을 결코 두고 보지 못하는 경찰다운 경찰.

'그런 경찰이 술을 먹고 외국인을 폭행했다? 그것도 대사관 직원을?'

선뜻 받아들여지지가 않는다.

'하지만……'

수작으로 생각하기에는 이번 폭행 사건으로 인한 후폭풍이 너무 크다.

종혁에게 검거당하다 과잉 진압, 폭행을 당했다는 증언들이 연달아 터지고 있다.

이 정도면 제아무리 종혁이 그동안 쌓아 놓은 대외적인 이미지가 대단하더라도, 그가 만든 실적이 엄청나더라도 단순 징계로 끝나지 않는다.

"그만큼 이번 인사 결과가 충격이었다는 건데……. 하긴 그럴 수밖에 없겠지."

민영우 변호사가 연진을 감시하는 경호원의 혈액검사

결과를 확인한다.

별다른 일이 없는데도 갑자기 잠이 쏟아졌다던 경호원.

그래서 CCTV를 다시 확인하며 혈액검사를 의뢰했다.

"이것도 이상이 없다……."

아니다.

무슨 방법을 쓴 건지는 모르겠지만, 모종의 방법으로 경호원을 잠재운 뒤 종혁과 연진이 접촉한 것이 분명했다.

이것은 의심이 아니라 확신이었다.

자신이 파악한 종혁이라면 지금쯤 어떠한 움직임이라도 보여야 했으나, 너무나도 잠잠한 그의 모습.

그건 아무런 행동도 하지 않기에 조용한 것이 아니라, 아무도 모르게 행동했기에 그리 보이는 것일 터.

즉, 최종혁과 김연진은 남모르게 내통하고 있던 것이 분명했다.

'깜찍한 년.'

빠드득!

설마설마했는데 그 멍청해 보이는 모습으로 자신의 뒤통수를 치다니.

"후우……."

치솟는 살심을 겨우 누른 민영우 변호사는 담배를 물며 히죽 웃었다.

"뭐, 그년만 치우면 해결되는 문제니."

민영우 변호사는 핸드폰을 들었다.

이민석 회장에게 보고하고, 연진의 처우를 결정해야 됐다.

그 순간이었다.

쿵쿵쿵!

갑자기 두들겨지는 변호사 사무실의 문에 민영우가 눈을 껌뻑이며 일어선다.

"아, 음식이 벌써 온 건가? 예, 들어오세요!"

벌컥!

"음식은 거기 테이블에……."

"이야. 이런 곳에서 업무를 보시는군요? 여긴 월세가 얼마나 합니까? 30만 원? 40만 원?"

허름한 사무실 내부를 둘러보며 감탄을 터트리는 덩치 큰 사내.

"최종혁 서장, 당신이 왜 여기에……."

종혁은 자신을 부르는 듯한 민영우의 읊조림에 고개를 돌리며 윙크를 했다.

"오랜만입니다, 변호사님. 꽤 저렴한 곳에서 사시네요?"

민영우 변호사는 미간을 좁혔다.

* * *

"이야아!"

투다다다닥!

해가 진 어두운 밤, 5세의 남자아이가 아파트 거실을 내달린다.

활기차게 뛰어노는 아이의 모습에 젊은 여성, 미주가

흐뭇이 웃는다.

"승한아."

"응!"

"우리 승한이는 누구 거?"

"엄마 거!"

"아이구, 예뻐라! 누구 아들이기에 이렇게 예뻐?"

"엄마 아들!"

미주는 엄지를 치켜들었고, 그녀의 아들은 배시시 웃다 다시 한 손에 로봇을 들고 거실을 내달린다.

"쉬유유융!"

띵동! 띵동!

"……하."

갑자기 울리는 벨소리에 한숨을 내쉰 미주가 일어선다.

또 자신의 아이가 뛴다고 아랫집에서 올라온 것 같다.

얼마 전 이사를 온 아랫집. 이전에 있던 사람들은 아들이 아무리 뛰어도 별말을 안 했는데, 얼마 전 이사를 온 아랫집 신혼부부는 너무 참을성이 없었다.

"아니, 애가 그럴 수도 있지. 유난이네, 정말! 자기네들은 안 그럴 줄 아나!"

아무래도 회장님께 말을 해야 할 것 같다.

"알았다고요! 알았으니까……."

씩씩거리며 문을 열던 그녀는 험악한 인상을 지닌 남성 두 명이 문 앞에 서 있자 깜짝 놀라 문을 닫으려 한다.

그러나 그보다 먼저 남성의 발이 현관문 사이로 끼워

넣어진다.

턱!

"왜, 왜 이러세요! 누구세요!"

"아이고, 윗집입니다."

"무슨 말이에요! 당신들 윗집 사람이 아닌…… 헉!"

눈앞으로 내밀어지는 경찰공무원증에 미주의 얼굴이
하얗게 질린다.

"아이 뛰는 게 우리 집까지 울리네요. 진짜 아파트에서
혼자 사나. 조심 좀 합시다. 쯧. 수고하세요."

굳어 버린 미주를 안으로 밀어 넣으며 현관문을 닫는
형사들.

거실을 내달리던 그녀의 아들이 놀라 눈을 동그랗게 뜨
자, 두 형사 중 한 명이 몸을 낮추며 환하게 웃는다.

"안녕?"

"안녕하세요!"

"어이구, 옳지. 인사 잘한다. 아저씨들이 엄마랑 할 이
야기 있으니까 잠깐 방에 들어가 있을래?"

아들은 미주를 봤고, 어쩔 줄 몰라 하던 그녀는 이내
고개를 끄덕인다.

"바, 방에 가서 책 읽고 있어."

"응!"

그렇게 자신의 방으로 들어가는 아들에게서 시선을 뗀
형사들이 다시 미주를 본다.

"우리가 왜 왔는지 알죠?"

"……무, 무슨 소리인지 모르겠는데요. 경찰이라면 이렇게 함부로 다른 사람 집에 들어와도 되는 건가요?!"

발뺌하는 그녀의 모습에 형사들의 표정이 차가워진다.

"지가 배 아파 낳은 딸을 뒷골목에 버린 걸 벌써 잊었다고?"

"이야, 이년 진짜 쌍년이네?"

"허억?!"

다리에 힘이 풀려 주저앉는 그녀.

"임미주 씨, 당신을 영아 유기 혐의로 체포합니다. 여기 체포 영장 보이시죠? 당신은 묵비권을 행사할 수 있고……."

미주가 형사에게 잡히는 손을 다급히 빼낸다.

"다, 당신들! 이러고도 무사할 줄 알아?! 우리 아기 아빠가 누군지 아냐고!"

"알아. 현진그룹의 이민석 회장."

쿵!

"아, 안다고?"

"어. 네가 유기한 아기가 이민석 회장의 딸이란 것도."

"……하! 그런데도 날 체포하겠다고?!"

형사들은 도끼눈을 뜨는 그녀의 모습에 피식 웃었다.

"왜? 저 아이가 이민석 회장의 혼외자식이니까, 후에 현진 그룹을 물려받을 아이니까 널 빼내 주고, 너를 체포한 우리를 어떻게 할 거다? 꿈 깨세요, 임미주 씨."

비웃음을 내민 형사가 사진을 내밀었고, 그 사진을 본 그녀는 눈을 부릅떴다.

난생처음 보는 여성들 때문이 아니다.

환한 미소를 짓는 여성들이 끌어안고 있는 아이들.

자신의 아이와 외모가 많이 비슷한 남자아이들.

너무도 불길한 추측이 그녀의 뇌리를 강타한다.

"봤지? 당신 아들을 대체 할 아이는 많아."

"거, 거짓말. 이건 거짓말이야!"

"왜? 이 여성들과 이민석 회장이 나눈 대화 내용도 보여 줘?"

모든 진실을 깨달은 그녀는 다시 주저앉았다.

인생역전의 꿈은 그렇게 불발되었다.

* * *

허름한 소파에 앉은 종혁이 다시 사무실을 둘러본다.

의뢰 한 건당 십수억은 가볍게 챙기는 민영우의 위명에 맞지 않은 허름한 사무실.

'이런 식으로 위장을 하는 건가?'

마치 수임이 거의 없는, 능력 없는 변호사라고 착각하게끔 만드는 사무실.

이런 사무실을 보고 민영우의 본모습을 알아차릴 수 있는 사람은 거의 없을 거다.

"여기까진 어쩐 일이십니까?"

찻잔을 내려놓는 민영우 변호사를 향해 종혁이 별거 아니라는 듯 손을 젓는다.

"아, 내가 변호사님을 좀 살려 주려고 해서요."

"저를요?"

"예. 곧 당신에게 사건을 의뢰한 이민석 회장이 체포될 거라서 말입니다."

움찔!

어이없어하던 민영우 표정이 대번에 굳는다.

"죄목은 12명 영아 살해 교사 및 방조."

쾅!

"그, 그게 무슨 말씀이신지?"

뒤통수를 크게 한 대 얻어맞은 민영우의 눈이 파르르 떨리고, 종혁은 그런 그를 보며 거만하게 다리를 꼰다.

"모르셨나 봅니다? 이민석 회장과 만남을 가졌던 여성이 김연진 외에도 8명이나 더 있었다는 거."

종혁이 테이블 위로 그녀들과 이민석 회장의 대화 내역을 프린트한 걸 내려놓는다.

그에 다급히 그 내용을 살피기 시작한 민영우 변호사.

탁!

그 내용들을 모두 확인한 민영우 변호사가 입술을 비틀며 움츠렸던 어깨를 편다.

그 순간 그의 몸에서 기백이 쏟아져 나온다.

"제가 서장님 손바닥 위에서 놀고 있었군요."

"저도 돈을 만지는 놈인데 권력가의 사냥개를 모를 리가요. 어떻게, 이젠 관심이 좀 가십니까?"

만약 아무것도 모른 채 이민석 회장이 갑자기 구속됐다

면, 자신은 무능한 사냥개로 낙인찍힐 수밖에 없었다.

그랬다면 앞으로 그 어떤 권력가도 다시는 자신을 찾지 않을지도 몰랐다.

"하지만 지금쯤이면 이미 이민석 회장도……."

"아, 여성들을 감시하던 이들이라면 걱정하지 않으셔도 됩니다. 이미 그들도 다 잡아 뒀으니까요."

이민석 회장에게 이 정보가 넘어가는 일은 없을 거다.

"영장도 중앙지검의 특수부에서 맡아 주기로 했습니다."

목포지청에서 감당하기엔 너무 큰 사건. 어쩔 수 없이 비밀리에 중앙지검 특수부로 사건을 이관시켰다.

"강철선 부장검사……. 정말 빈틈이 없으시군요."

그렇다면 종혁의 폭행 기사도 이를 위한 연막이라는 뜻이었다.

"하하하!"

한 방 제대로 맞았다. 이 정도면 그로기다.

"저를 생각해 주셔서 감사합니다."

덕분에 살길을 마련할 시간을 얻게 되었다.

"아무리 쓰레기 같은 년이라지만 그냥 죽게 내버려둘 수는 없어서 한 일입니다."

그랬다. 종혁이 굳이 민영우를 찾아온 이유가 바로 이것이었다.

혹시라도 어떤 낌새를 눈치채고 이민석에게 보고할지 모르는 민영우의 입을 막기 위해.

보고를 받은 이민석이 김연진을 죽이는 걸 막기 위해.

'그리고 이래야 너도 방심하지.'

그간 권력가들의 사냥개로 살아온 민영우. 털면 터는 대로 왕건이들이 쏟아질 거다.

"그래도 은혜는 은혜죠. 제 밥그릇, 아니 제가 굶어 죽지 않을 수 있게 해 주셨는데요. 그 대가로 저도 선물을 하나 드리죠."

종혁은 고개를 모로 기울였고, 민영우는 커피향을 음미하며 입술을 달싹였다.

"제게 처음으로 의뢰한 사람은 이민석 회장이 아니었습니다."

"……혹시 정치인입니까?"

"오. 상부의 신임이 대단하신가 보군요. 확실히 저라도 서장님 같은 부하 직원이라면 예뻐할 것 같습니다. 제게 처음 의뢰를 맡긴 사람은 윤성철 의원이었습니다."

"윤성철 의원?"

의아해하던 종혁은 이내 눈을 부릅떴다.

(회귀 경찰의 리셋 라이프 39권에서 계속)